POUVOIR D'UNE FEMME

Née à Leeds en Angleterre, Barbara Taylor Bradford vit désormais aux États-Unis, partageant son temps entre New York et le Connecticut. Depuis son premier roman, *L'Espace d'une vie*, en 1979, elle a publié quatorze best-sellers dont *À force d'aimer, Passions dangereuses* ou *Pouvoir d'une femme*.

Paru dans Le Livre de Poche

À FORCE D'AIMER
PASSIONS DANGEREUSES
POUR QUE TRIOMPHE LA VIE
UN AMOUR SECRET
ACCROCHE-TOI À TON RÊVE
L'AMOUR EST AILLEURS
ANGEL MON AMOUR
L'ESPACE D'UNE VIE
L'HÉRITAGE D'EMMA HARTE
JAMAIS JE N'OUBLIERAI
QUAND LE DESTIN BASCULE
LES VOIX DU CŒUR

BARBARA TAYLOR BRADFORD

Pouvoir d'une femme

ROMAN TRADUIT DE L'AMÉRICAIN
PAR MICHEL GANSTEL

ALBIN MICHEL

Titre original :

POWER OF A WOMAN

Comme toujours, pour Bob,
sans qui mon univers ne tournerait pas rond.
Avec tout mon amour.

Première partie

THANKSGIVING

1

Telle une nappe d'eau laiteuse, la brume ondoyait à la surface des prés, roulait, enflait, engloutissait les arbres dont les silhouettes déformées se découpaient, irréelles, sur le gris du ciel. Au loin, on ne distinguait que les crêtes des collines de Litchfield, déjà à demi noyées dans le brouillard, que le crépuscule barbouillait de mauve.

Un silence oppressant régnait sur ce paysage hivernal. Le monde semblait plongé dans une torpeur surnaturelle. Rien ne bougeait, le vent lui-même retenait son souffle. Ce triste mercredi de novembre donnait l'aspect d'un désert hostile, presque lugubre, à ces prairies verdoyantes, que des fleurs sauvages aux couleurs vives et gaies émaillaient par milliers à la belle saison.

En temps normal, Stephanie Jardine aimait ce temps brumeux qui lui rappelait les landes du Yorkshire, où elle possédait une vieille ferme pleine de charme et de souvenirs heureux. Ce jour-là, pourtant, l'air froid chargé d'humidité la pénétrait jusqu'aux os et l'emplissait d'une inexplicable appréhension.

Enveloppée dans sa cape de laine, elle pressa le pas comme pour fuir les sombres pressentiments qui l'assaillaient soudain. On a marché sur ma tombe, pensa-t-elle en frissonnant. Le ciel prenait une teinte verdâtre, étrange, maladive. Dans sa hâte, Stevie courait presque. Elle regrettait sa décision de faire une aussi longue promenade. Quand elle était sortie une heure plus tôt, le ciel était bleu, il faisait doux. Rien ne laissait présager la brutale montée du brouillard, qui transformait un bel après-midi d'été indien en une sinistre soirée d'hiver.

Au creux du vallon, la brume se fit plus dense, mais le sentier lui était si familier que Stevie le parcourut d'un pas sûr. Bientôt, elle gravit l'autre versant, émergea des dernières écharpes de brume. Du sommet, où l'air plus froid était plus clair, elle découvrit au-dessous d'elle sa maison nichée dans un repli de terrain. Un filet de fumée bleue montait de la cheminée, les fenêtres illuminées lui faisaient des signes amicaux dans l'obscurité grandissante.

Soulagée de retrouver enfin son havre de paix et de sécurité, elle dévala la pente.

Bâtie en 1796, vieille de tout juste deux siècles, la maison se blottissait dans une riante vallée du Connecticut, à l'ombre des collines de Litchfield. Elle faisait peine à voir lorsque Stevie l'avait découverte cinq ans auparavant, défigurée au fil des ans par tout un fouillis d'ailes et d'appentis ajoutés au petit bonheur par ses précédents propriétaires. Désormais débarrassée de ses verrues et restaurée avec goût, elle avait retrouvé l'harmonieux équilibre de ses proportions et son élégance originelle.

Sans ralentir, Stevie traversa la pelouse détrempée, gravit le perron et entra par une porte latérale, accédant directement au vestiaire où elle se débarrassa de sa cape gorgée d'humidité avant de pénétrer dans le vestibule.

Malgré ses imposantes dimensions, Stevie

l'avait toujours considéré comme le cœur de la maison, car toutes les autres pièces s'articulaient autour de lui. Le parquet de chêne ciré comme un miroir, les poutres du plafond, les vitraux des fenêtres, les portes sculptées qui l'entouraient lui conféraient une atmosphère si chaleureuse et accueillante que, depuis le premier jour, la famille avait pris l'habitude de s'y réunir. Tout y contribuait, il est vrai, de la douce lumière tamisée par les abat-jour roses des lampes au tapis de la Savonnerie, des gracieux guéridons et des commodes anciennes en bois fruitier aux confortables canapés qui invitaient à la détente devant la grande cheminée de pierre.

Cette fois encore, Stevie n'échappa pas à la magie du lieu. Un sourire de contentement lui vint aux lèvres pendant qu'elle s'approchait de la cheminée. Les bûches de sapin qui crépitaient dans l'âtre embaumaient l'air d'une fumée odorante à laquelle se mêlait, venu de la cuisine, l'arôme appétissant du pain frais, juste sorti du four.

Stevie tendait vers les flammes ses mains engourdies quand elle éclata d'un fou rire qu'elle ne put maîtriser. Elle riait d'elle-même, des absurdes pressentiments qu'elle avait eu la sottise de prendre au sérieux tout à l'heure, quand le brouillard l'avait surprise dans les prés. Que pouvait-elle donc appréhender ? A quoi rimaient ses craintes irrationnelles ? Elle n'avait rien à redouter. Ressaisis-toi, voyons ! se dit-elle avec sévérité, avant de céder à un nouvel accès d'hilarité.

Quelques instants plus tard, réchauffée et rassérénée, Stevie se dirigea vers le grand escalier à l'autre bout du hall et monta à l'étage. Si elle aimait les moindres recoins de sa chère vieille maison, sa préférée d'entre toutes les pièces était le petit boudoir-cabinet de travail attenant à sa chambre. A chaque fois qu'elle en poussait la porte, elle ne pouvait s'empêcher de l'admirer pour l'intimité de ses proportions parfaites, ses fenêtres jumelles et sa cheminée flanquée de deux hautes bibliothèques.

Elle l'avait fait décorer par un véritable artiste. S'inspirant d'une très ancienne technique vénitienne, il avait appliqué sur les murs plusieurs couches, poncées et vernies au tampon, d'un enduit couleur d'ambre clair. Cette teinte peu commune à l'aspect d'or poli illuminait la pièce, comme si la lumière du soleil y était à jamais captive. Des tableaux sélectionnés avec amour, des photos de famille, des bibelots, des souvenirs, une collection de livres familiers imprimaient au boudoir sa marque personnelle et le lui rendaient plus cher encore.

Stevie s'agenouilla devant la cheminée déjà garnie, craqua une allumette puis, quand le feu fut bien pris, alla s'asseoir au bureau disposé dans l'embrasure d'une fenêtre. Elle ne jeta toutefois qu'un regard distrait aux dossiers qui y étaient empilés en bon ordre. Ce soir, elle avait la tête ailleurs, très loin de ses affaires.

Chaque objet posé sur sa table avait pour elle une histoire — la lampe Art nouveau dénichée à Paris au marché aux Puces ; l'encrier d'argent offert par sa mère des années auparavant ; les photographies de ses êtres chers ; le pot à lait en porcelaine de Meissen, rescapé du service à thé de sa grand-mère et reconverti en porte-crayons ; le proverbe hindou transcrit sur un parchemin encadré de nacre : « Qui achète un diamant acquiert une parcelle d'éternité. »

Pour la millième fois peut-être, Stevie relut cette phrase. C'était Ralph qui l'avait calligraphiée de sa main peu après leur mariage car, disait-il souvent, il n'aurait pu mieux exprimer ses propres sentiments envers ces pierres mythiques qu'il aimait et auxquelles il consacrait sa vie. Ralph, de qui Stevie tenait aujourd'hui tout son savoir...

Ses yeux se posèrent sur la photographie prise le jour de leur mariage en novembre 1966. Trente ans plus tôt, jour pour jour. Depuis le matin, Ralph n'avait pour ainsi dire pas quitté ses pensées. Une fois encore, elle se plongea dans l'évocation de ses souvenirs.

Ralph Jardine avait été un homme foncièrement bon, le meilleur qu'elle eût connu. Tendre, aimant, attentionné, il l'avait adorée dès leur première rencontre et n'avait pas hésité à se dresser contre ses parents qui s'opposaient farouchement à leur mariage. « Cette fille est beaucoup trop jeune », prétendaient Bruce et Alfreda Jardine. En fait, bien que les mots n'aient jamais franchi leurs lèvres, ils ne lui reprochaient que d'être une Américaine sans fortune. Stevie avait fort bien compris que si elle avait été une riche héritière, ils l'auraient acceptée, sinon de gaieté de cœur, du moins avec courtoisie, sans se soucier de son âge ou de l'obscurité de ses origines.

Car Stevie avait vite percé à jour les parents de Ralph, des snobs ayant toujours eu pour leur fils des idées de grandeur — sur le plan matrimonial, du moins. Mais Ralph était trop indépendant pour se laisser influencer. En les défiant ouvertement, il avait fait voler en éclats leurs ambitieux projets.

De très loin, dans le temps comme dans l'espace, Stevie entendit l'écho des paroles proférées par Bruce Jardine de sa voix distinguée aux intonations déformées, enlaidies par la rage. Des paroles infâmes, inexpiables, restées à jamais gravées dans sa mémoire : « Enfin bon sang, mon garçon, tu as vingt-sept ans ! A ton âge, tu devrais en savoir assez sur ce chapitre pour prendre des précautions élémentaires. Tu aurais pu coucher avec elle sans la rendre enceinte, que diable ! Fais sans tarder le nécessaire pour qu'elle s'en débarrasse, je te prie. Parles-en à ton camarade Harry Axworth. C'est un débauché, il me déplaît que tu le fréquentes, je sais, mais dans le cas présent, il me paraît l'homme de la situation. Si quelqu'un peut te renseigner utilement, c'est bien lui. Il connaît sûrement un médecin besogneux qui sera trop content d'expédier l'affaire pour cinquante livres. »

Elle attendait Ralph dans le grandiose vestibule de l'hôtel particulier familial de Wilton Crescent. Perchée au bord d'une chaise, les nerfs à vif, les mains tremblantes et le cœur au bord des lèvres, elle n'avait pas perdu un mot de la violente diatribe de Bruce Jardine, dont les vociférations traversaient la porte d'acajou de son cabinet de travail.

Ralph n'avait pas daigné riposter aux propos de son père. Livide, il était sorti en claquant la porte, avait pris Stevie dans ses bras le temps de la calmer puis, sans desserrer les dents, l'avait entraînée jusqu'à son studio de célibataire à Mayfair. Là, lorsqu'ils furent enfin seuls, il lui avait dit qu'il l'aimait plus que tout au monde et voulait vivre avec elle jusqu'à son dernier souffle.

Quinze jours plus tard, ils étaient mariés par l'officier d'état civil de Marylebone. De onze ans la cadette de Ralph, Stevie avait seize ans. Elle était enceinte de quatre mois.

Les parents de Ralph avaient manifesté leur colère et leur mépris en ne paraissant pas au mariage de leur fils. Sa sœur Alicia s'était elle aussi abstenue. Mais la mère de Stevie, la toujours belle Blair Connors, naguère encore le plus célèbre mannequin du monde et l'image même du top model avant que le terme soit inventé, était venue au bras de son récent mari, Derek Rayner, le grand acteur classique unanimement considéré comme l'héritier de Laurence Olivier. Après la cérémonie, Derek les avait emmenés déjeuner à l'Ivy, le fameux restaurant londonien où les plus grands noms de la scène et de l'écran côtoyaient des personnalités de la jet-set venues pour voir et être vues.

Le soir même, Ralph et Stevie étaient partis en voyage de noces à Paris. A leur retour, bannis par les Jardine, ils avaient vécu l'un pour l'autre sans plus s'occuper du monde.

Un soupir mélancolique lui échappa au souvenir de leurs week-ends et de leurs vacances dans les landes du Yorkshire. Elle y avait vécu tant de moments heureux, les plus heureux peut-être de sa vie entière. Des moments qui ne reviendraient jamais, un bonheur qu'elle ne connaîtrait plus.

J'étais si jeune alors, se dit-elle, mais déjà mère de trois enfants : Nigel, né quand j'avais à peine dix-sept ans. Et les jumeaux, Miles et Gideon, que j'ai eus à dix-neuf ans. L'image de ses enfants amena un sourire sur ses lèvres. Trois garçonnets blonds aux yeux bleus, plus remuants que le vif-argent. Des hommes dans la force de l'âge, maintenant. A quarante-six ans, elle était elle-même encore jeune — bien que Nigel l'ait rendue grand-mère depuis plus de deux ans...

Un bref éclat de rire lui échappa. Combien de fois la prenait-on pour la sœur de son fils aîné, au grand dam de Nigel à qui cette méprise déplaisait souverainement. Les jumeaux, au contraire, s'en amusaient beaucoup. Ces deux-là étaient incorrigibles ! Ils faisaient tout pour provoquer le quiproquo et, la plupart du temps, réussissaient à tromper les innocentes victimes de leur petit jeu.

Miles et Gideon étaient très fiers de l'allure toujours juvénile de leur mère, de sa sveltesse, de sa vitalité. Seul Nigel semblait considérer ça comme un affront personnel. Pourquoi ? Stevie fronça brièvement les sourcils en pensant à l'attitude de son fils et elle se hâta de chasser les idées déplaisantes qui lui traversaient l'esprit.

Elle avait beau vouer à son fils aîné autant d'affection qu'à ses frères, elle avait toujours su qu'il tenait énormément de son grand-père — trop, peut-être. Bruce Jardine ne lui avait jamais été extrêmement sympathique même si, avec le temps, il avait mis beaucoup d'eau dans son vin. En fait, ses sentiments envers sa belle-fille s'étaient surtout radoucis après la mort d'Alfreda. Du vivant de celle-ci, Stevie n'avait cessé d'être en butte à l'animosité de sa belle-mère, qui montait son mari contre sa bru.

Le regard tourné vers les flammes, elle poursuivit l'évocation de son passé difficile.

Quatre ans après leur mariage, la mort sans descendance de la sœur de Ralph, Alicia, victime d'une leucémie, avait contraint les Jardine à reconsidérer leurs rapports avec le jeune ménage. Ralph et Stevie étaient en effet les parents de leurs petits-enfants et uniques héritiers, trois garçonnets auxquels il incomberait un jour de prendre la relève de leur père et de leur grand-père à la tête de *Jardine's & Company of London, Ltd,* joailliers de la Couronne.

A contrecœur, Ralph et elle avaient fini par céder, non sans appréhension, aux pressantes ouvertures des parents et accepté le rameau d'olivier qu'ils leur tendaient. Leurs inquiétudes n'allaient cependant pas tarder à se révéler fondées car, à compter de cet instant, ils durent constamment déjouer les tentatives, plus ou moins subtiles, des parents Jardine pour prendre en main l'éducation des trois garçons.

Durant toute cette période, leur planche de salut avait été Aysgarth End, dans le Yorkshire, où ils s'esquivaient avec les enfants aussi souvent qu'ils le pouvaient. Certes, la vieille ferme sur la lande était incommode, ouverte à tous les vents, exigeant continuellement des travaux et des réparations ; mais elle représentait leur havre de grâce, leur petit coin de paradis sur terre. Là, ils se sentaient véritablement chez eux.

S'ils se plaisaient dans leur spacieux et confortable appartement de Kensington, idéal pour élever une famille, ils étaient attachés à Aysgarth End par des liens sentimentaux autrement puissants. Stevie n'avait jamais su les définir avec exactitude, sauf que la maison débordait toujours de gaieté et d'amour. Elle y jouissait d'un bonheur d'une qualité très particulière puisant sa source, estimait-elle encore aujourd'hui, dans la foncière bonté de Ralph et sa profonde spiritualité. Ralph avait une âme si droite, un cœur si pur, au sens le plus fort du terme, que Stevie n'en rencontrerait jamais de semblables chez un autre homme.

Ce bonheur sans mélange, cet amour partagé avec leurs enfants s'étaient librement épanouis à Aysgarth End jusqu'à la mort de Ralph en 1973. Il n'avait que trente-quatre ans.

Si jeune. Trop jeune.

A vingt-trois ans, elle se retrouvait veuve.

Et c'est alors que ses ennuis avaient commencé — fomentés, bien entendu, par ses beaux-parents.

Sans la moindre considération pour son immense chagrin et le désarroi dans lequel la perte de Ralph la plongeait, ils s'étaient aussitôt efforcés de l'évincer et de lui arracher ses enfants. En vain, cela va sans dire. Ils ne disposaient d'aucun argument sur le plan légal, encore moins sur le plan moral. Elle était une mère exemplaire à la réputation sans tache, vierge de toute flétrissure.

Le meilleur ami de Ralph, James Allerton, était aussi son homme de loi. Après son veuvage, c'est tout naturellement vers lui que Stevie s'était tournée pour se défendre contre les agissements de ses beaux-parents.

James avait invité les Jardine, en termes choisis, à aller se faire pendre. Stevie avait la loi de son côté. Le testament de Ralph exprimait avec force son amour pour elle, son admiration, son entière confiance dans ses capacités à élever leurs enfants. Il lui léguait tout ce qu'il possédait et assurait sa sécurité en la rendant totalement indépendante de ses parents. Les fonds hérités de ses grands-parents allaient à ses trois fils, sous la responsabilité exclusive de Stevie, qu'il désignait comme exécutrice testamentaire. Stevie détenait donc tous les atouts, avait conclu James. Les parents Jardine ne pouvaient que reconnaître leur défaite.

Son ressentiment envers ses beaux-parents, sa colère allaient finalement se révéler fructueux. Plutôt que de se laisser ronger par ces sentiments négatifs, Stevie avait su en user à son avantage. Ils avaient aussi renforcé sa volonté de ne pas se laisser dessaisir de l'éducation de ses fils. Sans qu'elle en ait eu conscience, sa colère avait également éveillé son ambition et allait la pousser à accomplir des choses dont elle ne se serait jamais crue capable. Dans sa tête mûrissait un projet conçu tout à la fois pour la rendre indispensable à Bruce Jardine et pour exercer son autorité parentale jusqu'à ce que ses enfants aient l'âge de voler de leurs propres ailes. Cette année-là, encore sous le coup du chagrin et des problèmes matériels, son idée resta à l'état de projet. Mais la graine était semée.

Foncièrement pragmatique, Stevie n'avait jamais perdu de vue que ses fils hériteraient un jour de la firme familiale et qu'il fallait les y préparer. Fondée en 1787 par un ambitieux orfèvre écossais, Alistair Jardine, qui s'était établi à Londres, *Jardine's & Co.* avait toujours été depuis lors dirigée par un Jardine.

En 1974, ayant retrouvé son équilibre un an après la mort de Ralph dont le choc commençait à s'estomper, Stevie avait repris contact avec ses beaux-parents. Grâce à James Allerton, le rapprochement avait pu être négocié, mais ce n'était, au mieux, qu'une paix armée. Plus résolue que jamais à empoisonner la vie de sa belle-fille, Alfreda ne ratait aucune occasion de lui être désagréable.

Stevie ne persistait pas moins dans son désir de voir ses enfants mieux connaître leur grand-père. Bruce Jardine détenait la clef de leur avenir, car lui seul était capable de les former, de les guider dans le complexe labyrinthe de la firme jusqu'à ce qu'ils soient en mesure de se substituer à lui lorsqu'il devrait prendre sa retraite. Les Jardine étaient joailliers de la Couronne depuis le règne de la reine Victoria. Dans l'esprit de Stevie, il était donc essentiel que ses fils prennent conscience de la valeur de leur héritage et de la continuité de la dynastie familiale dans laquelle le destin les avait fait naître...

La sonnerie du téléphone arracha Stevie à ses souvenirs et la ramena brutalement au présent.

— Je voudrais parler à Mme Jardine, fit une voix d'homme.

— C'est elle-même.

— Bonsoir, Stevie. Matt Wilson à l'appareil.

— Matt ? Quelle bonne surprise ! D'où appelez-vous ? Pas de Paris, je pense, il doit être affreusement tard.

— Non, en effet, mais de Los Angeles. Nous y sommes arrivés hier pour voir un client. Je vous passe monsieur.

— Merci, Matt.

Un instant plus tard, la voix d'André Birron résonna à l'autre bout du fil.

— Comment va ma Stephanie ?

— A merveille, mon cher André, répondit-elle avec un sourire joyeux.

A soixante-quinze ans, André Birron était unanimement considéré dans la profession comme l'un des plus grands, sinon le plus grand, joaillier du siècle. Mieux qu'un ami de toujours, ce « grand seigneur de la pierre précieuse », comme chacun le surnommait avec un affectueux respect, était pour Stevie à la fois le père et le grand frère dont elle était privée. Il ne manquait jamais de répondre présent quand elle avait besoin de lui et elle savait pouvoir compter sur son inébranlable fidélité.

— Je suis enchanté de vous entendre, ma chère Stephanie, mais je le suis bien davantage à l'idée de vous voir bientôt. Je serai à New York dans une dizaine de jours pour la vente Sotheby's. Je suis à peu près sûr que vous y assisterez aussi, non ?

— Bien entendu ! Et j'espère que vous aurez le temps de dîner ou de déjeuner avec moi.

— L'un ou l'autre, ou plutôt l'un *et* l'autre, ma chérie ! Dites-moi, ajouta-t-il après une brève pause, vous comptez enchérir sur l'Impératrice Blanche, n'est-ce pas ?

— Oui.

— C'est bien ce que je pensais, Stephanie, vous avez toujours rêvé de la posséder.

— Vous pouvez même dire que j'en bave d'envie ! répondit-elle en riant. Vous me connaissez trop bien, André. Mais qui ne rêverait pas d'une telle pierre ? L'Impératrice est un des plus beaux diamants au monde.

— En effet. Sachez cependant que je m'abstiendrai afin de ne pas vous causer de tort. Je ne ferais que pousser les enchères à des chiffres exorbitants, et vous aurez bien assez de concurrence sans que j'y mette mon grain de sel. D'ailleurs, si j'admire ce diamant, je n'ai pas pour lui la même passion que vous. Il faut que ce soit vous qui ayez cette pierre, Stephanie. J'irais même jusqu'à dire qu'elle vous revient de plein droit.

— Merci de me faciliter la tâche, mon cher André. Il n'empêche qu'avec ou sans vous, elle partira sans doute à une somme astronomique. Qu'en pensez-vous ?

— C'est très vraisemblable. Elle n'a pas reparu sur le marché depuis les années cinquante, elle soulève donc un intérêt considérable, autant chez les professionnels que chez les collectionneurs. Bref, nous ne nous battrons pas, je tenais à vous rassurer sur ce point. Mais si vous voulez bien m'accorder cet honneur, je serai ravi de vous accompagner à la vente.

— Rien ne me fera plus de plaisir, André.

— Ensuite, Stephanie, vous me réserverez votre soirée. Je tiens à vous inviter à dîner pour célébrer votre succès.

Stevie pouffa de rire.

— Comme vous y allez, André ! Avant de célébrer quoi que ce soit, il faudrait que j'aie acquis l'Impératrice.

— Je ne doute pas un instant que vous l'emporterez, Stephanie, répondit-il en riant à son tour. Croyez-en mon instinct, il est infaillible pour ce genre de choses.

2

Après avoir dit au revoir à André Birron et raccroché le téléphone, Stevie ne put résister à l'envie de regarder à nouveau le catalogue de Sotheby's, bien qu'elle n'ignorât rien des caractéristiques et de l'histoire de son joyau préféré.

Elle retrouva vite la page et s'abîma un long moment dans la contemplation du diamant. La photo avait beau être excellente, elle ne pouvait rendre justice à la magnificence de la pierre. L'Impératrice Blanche méritait son nom par sa perfection absolue, la pureté de son eau et son éclat exceptionnel. Un tel ensemble de qualités dans un diamant était rarissime au point de le rendre quasi inestimable.

En regard de la photographie, Stevie relut le texte de présentation, qu'elle connaissait pourtant par cœur. La pierre, d'un poids initial de 427 carats, avait été extraite en 1954 d'une mine d'Afrique du Sud. Le célèbre joaillier américain Harry Winston l'avait acquise brute en 1956, dans un lot d'une valeur totale de 8 400 000 dollars. Après l'avoir retaillée, Harry Winston avait donné le nom d'Impératrice Blanche au fragment le plus important, un diamant poire de 128,25 carats, monté en pendentif sur une rivière de diamants vendue la même année à un industriel européen. Revenue sur le marché après être restée quarante ans aux mains de la même famille, l'Impératrice était donc le clou de la vente Sotheby's.

Avant de refermer le catalogue, Stevie s'attarda un instant encore sur la photographie en se remémorant sa conversation avec André Birron. Son vieil ami s'abstiendrait d'enchérir, certes ; mais d'autres, venus du monde entier, convoitaient le diamant autant qu'elle. A n'en pas douter, ils pousseraient les enchères jusqu'à des sommets vertigineux.

Résolue à l'acquérir à tout prix, Stevie s'efforça de prévoir la somme qu'elle devrait y consacrer. Six, sept millions de dollars ? Non, trop bas. Huit millions, plus encore ? Connaissant l'âpreté de la concurrence, mieux valait tabler sur dix millions, peut-être davantage. Eh bien, oui ! décida-t-elle, elle irait jusque-là, voire au-delà.

Pas pour elle-même, bien sûr. Le véritable enjeu n'était pas la satisfaction d'une vaine gloriole personnelle, mais le prestige de *Jardine's of New York, Inc.*, la filiale dont elle était la fondatrice. Elle conserverait le diamant un an ou deux, le montrerait dans des expositions publiques et en ferait le centre d'attraction des collections permanentes du magasin. Elle ne le retaillerait sûrement pas, en tout cas, ni ne se hâterait de le revendre. L'Impératrice constituait un investissement rentable à bien des égards, ne serait-ce que par sa valeur publicitaire pour *Jardine's of New York*.

A coup sûr, la pierre ne perdrait pas de valeur avec le temps, au contraire, et Stevie ne serait pas en peine de lui trouver un acheteur quand elle le jugerait opportun. Il y avait de par le monde assez d'hommes et de femmes fortunés — dont beaucoup étaient déjà ses clients — toujours prêts à acquérir un diamant aussi exceptionnel, considéré par la profession comme une pierre d'importance historique. Oui, pensa Stevie avec fierté, la possession de l'Impératrice servirait la renommée de Jardine's.

Elle avait fondé la filiale américaine huit ans auparavant avec l'accord de Bruce Jardine — un accord concédé du bout des lèvres : jusqu'à ce jour, il daignait à peine en reconnaître l'existence. Pourtant, le magasin de la Cinquième Avenue jouissait, depuis son inauguration, d'un succès qui ne se démentait pas. La croissance constante du chiffre d'affaires et des bénéfices était là pour justifier les efforts de Stevie et confirmer la justesse de ses vues.

Quand elle avait soumis à son beau-père l'idée d'ouvrir une succursale de la firme à New York, Bruce Jardine avait sursauté, moins de stupeur que d'horreur. Les joailliers de la Couronne britannique dans ce temple de la vulgarité ? Un sacrilège, le mot n'était pas trop fort ! Ce serait l'échec assuré sous les risées de ses pairs !

Il avait fallu à Stevie des trésors de persévérance et de persuasion pour vaincre les réticences de Bruce. En fait, elle s'était vite rendu compte que l'opposition de son beau-père au projet venait de ce qu'il voulait la garder près de lui à Londres. Il allait d'ailleurs finir par lui avouer que, l'âge venant, il se reposait sur son dynamisme et son sens des affaires pour diriger la firme. En un mot comme en cent, il ne pouvait plus se passer d'elle.

Stevie lui avait alors fait valoir qu'il avait un petit-fils de vingt-deux ans tout à fait capable de le seconder et qui brûlait même d'impatience de prendre la place de sa mère. « Sous votre supervision, Nigel fera un excellent travail », affirmait-elle. C'était vrai, Bruce le savait, mais il ne se résignait toujours pas à accepter ce qu'il considérait comme une désertion. Inlassablement, elle revenait à la charge sans laisser passer une occasion de lui démontrer, chiffres à l'appui, qu'une filiale américaine serait une source de profits considérables et contribuerait à la renommée mondiale de la maison mère.

« Vous me manquerez, Stephanie », avait-il grommelé un soir, au bout de plusieurs semaines de discussions qui semblaient devoir toujours aboutir à une impasse. Par ces quelques mots à peine intelligibles, Stevie avait compris que son obstination avait porté ses fruits et que son beau-père se ralliait à son projet. De fort mauvais gré, certes, mais il avait quand même capitulé. Par la suite, il est vrai, Bruce ne cesserait jamais de récriminer en lui rappelant qu'elle lui avait forcé la main.

Stevie l'avait emporté de haute lutte en 1987. Un an plus tard, le magasin de la Cinquième Avenue ouvrait ses portes et, pour la première fois depuis plus de vingt ans, Stevie revenait vivre dans sa ville natale. Elle avait émigré à Londres à l'âge de quatorze ans, lorsque sa mère s'était remariée avec Derek Rayner. Et si elle se rendait souvent à New York, c'était en simple visiteuse de passage. Mais il ne lui avait fallu que quelques courtes semaines pour se réacclimater, retrouver ses anciens repères et se sentir de nouveau chez elle à Manhattan.

Stevie se leva, remit des bûches sur le feu et se laissa tomber dans un fauteuil près de la cheminée, les yeux clos. Aujourd'hui, le passé l'obsédait — peut-être parce qu'on était le 27 novembre, une date à jamais gravée dans sa mémoire. Si Ralph avait encore été en vie, ils auraient fêté ensemble leur trentième anniversaire de mariage...

Certains de ses amis s'étonnaient qu'elle ne se soit jamais remariée. Pas elle, pour la simple raison qu'elle n'avait jamais connu d'autre homme dont elle aurait voulu partager la vie. Non, se corrigea-t-elle, ce n'était pas tout à fait exact. Après la mort de Ralph, elle en avait aimé un autre — mais il y avait si longtemps et pour si peu de temps ! Il n'avait pas non plus été question entre eux de mariage, pour lui du moins car, de son côté, elle l'avait sérieusement envisagé. De fait, elle aurait accepté sans hésiter s'il le lui avait demandé. Mais il ne l'avait pas fait. Ce n'était pas écrit dans ma destinée, se dit-elle ce soir-là, comme elle se l'était maintes fois répété au fil des ans. Certains événements sont inéluctables, d'autres non. Et puis, on ne peut pas toujours tout avoir dans la vie.

On y croit pourtant quand on est jeune, la jeunesse est si sûre d'elle-même ! On s'imagine invincible, immortel. On est certain de pouvoir accomplir n'importe quoi, de modeler son existence à sa guise, d'en infléchir le cours selon son gré. C'est absurde, bien entendu. Tôt ou tard, la vie se charge de nous détromper. Elle nous brise, nous inflige des épreuves, rabaisse notre orgueil, détruit nos illusions...

Je n'ai pourtant pas lieu de me plaindre de ma vie, se reprit-elle aussitôt, honteuse de ses pensées négatives. Ses enfants avaient plutôt bien tourné. Aucun, en tout cas, n'avait sombré dans la drogue ou l'alcool. Partant de rien, elle-même s'était bâti une belle carrière, sans qu'aucun talent inné lui ait servi de tremplin. Elle ne bénéficiait que d'un esprit pragmatique, d'un tempérament équilibré, d'une certaine disposition pour les chiffres et le commerce. Rien d'exceptionnel, en somme.

« Votre modestie est mal placée, ma chérie ! s'était exclamé André Birron à qui elle faisait part un jour de ces réflexions. N'oubliez pas que Ralph vous a enseigné tout ce qu'il savait sur les diamants — et il en savait autant que moi. »

Echo d'un passé déjà lointain, la voix d'André résonna dans sa mémoire : « Votre idée est excellente, Stephanie. Parlez-en à Bruce, il vous écoutera. Vos arguments sont parfaitement valides, il ne pourra pas refuser. »

Sur l'écran de sa mémoire, Bruce Jardine reparut tel qu'il était vingt ans plus tôt, en 1976. Grand, brun, encore bel homme, mais toujours d'humeur sombre et d'une inflexible rigidité. Oh, oui ! comme elle se souvenait de son expression méprisante et du ricanement sarcastique par lesquels il avait accueilli les grandes lignes du projet qui mûrissait depuis trois ans dans son esprit et que, pour la première fois, elle osait lui exposer. Pensez donc : elle émettait la prétention de travailler chez Jardine's ! Et elle voulait que ce soit *lui* qui se charge de sa formation !

Devant une telle outrecuidance, il était d'abord resté sans voix. Puis, au bout d'un long silence incrédule, il lui avait demandé le plus sérieusement du monde si la douleur d'être veuve ne lui avait pas fait perdre le sens commun. Vingt ans déjà... Pourtant, tout cela restait aussi net dans sa mémoire que si c'était la veille.

Elle avait vingt-six ans cet été-là, trois ans après la mort de Ralph sur la table d'opération. Si la rage que lui avait inspirée cette tragédie s'était un peu apaisée, il lui arrivait encore de sombrer dans le désespoir en pensant à la mort inutile, voire scandaleuse, de son mari. Une appendicite mal diagnostiquée dégénérant en péritonite aiguë, un chirurgien négligent, une septicémie foudroyante. Chacun, depuis, s'accordait à convenir que Ralph n'aurait jamais dû succomber dans de telles conditions. Mais il était trop tard, la mort avait fait son œuvre...

Privé de son fils unique, Bruce Jardine se retrouvait seul à la tête de la firme. Malcolm, son frère aîné, s'en étant retiré des années auparavant pour raisons de santé, le fardeau de l'entreprise reposait désormais entièrement sur ses épaules. En février 1976, surmené à l'excès, Bruce avait été victime d'un infarctus. Soigné à temps, il en avait réchappé, mais il en était sorti affaibli — et à bout de nerfs.

Stevie avait aussitôt compris pourquoi. Malgré son jeune âge, elle connaissait assez la nature humaine pour savoir que son beau-père, conscient de son handicap, redoutait que celui-ci ne compromette la bonne marche de la firme deux fois séculaire à laquelle il était attaché par toutes les fibres de son être. Aussi, forte des sages conseils d'André Birron, elle avait décidé d'agir. Elle avait eu le temps de mûrir son plan, le moment était venu de le mettre en œuvre. Pour l'avenir de ses enfants, elle le devait.

La solution au dilemme de Bruce Jardine, c'était elle.

Par un chaud jeudi après-midi de juillet, elle était donc allée voir son beau-père à son bureau de Bond Street, sans se faire annoncer. Déconcerté par cette visite inattendue, il l'avait cependant accueillie avec la courtoisie impersonnelle inculquée par son éducation et s'était enquis de ce qu'elle souhaitait.

« Apprenez-moi le fonctionnement de la firme, avait-elle déclaré de but en blanc. Formez-moi. Nigel et les jumeaux sont des enfants, je suis le seul membre de la famille dont vous disposiez d'ici longtemps. Que deviendrait Jardine's si vous aviez une nouvelle crise cardiaque ? Si vous deveniez invalide ? Si vous mouriez ? » Choqué par des paroles aussi crues, il n'avait d'abord su que dire, avant de réagir avec dédain en mettant en cause la santé mentale de sa belle-fille. Alors, sans se laisser démonter, Stevie avait poussé son offensive :

« Personne ne désire envisager sa propre mort, je suis bien placée pour le savoir. Mais pour vous, c'est un devoir. Ralph m'a toujours dit que vous étiez l'homme le plus intelligent qu'il ait connu, que vous aviez un esprit clair, un jugement sain. Réfléchissez. Vous avez besoin d'une personne de toute confiance pour diriger la firme au cas où vous ne pourriez continuer à le faire vous-même. Une personne dévouée aux intérêts de vos petits-enfants, vos héritiers. Je suis leur mère, cette personne ne peut donc être que moi. Par conséquent, c'est de moi que vous avez besoin. De toute façon, je suis la seule Jardine disponible. »

Bruce avait fini par se rendre à ses raisons et reconnaître la justesse de ses arguments. Seule adulte de la famille vers qui il puisse se tourner, Stevie représentait en effet la solution au dilemme qui l'angoissait. Sa sincérité, son enthousiasme, son évident désir de se mettre au travail sous sa tutelle l'avaient convaincu. Il l'avait donc prise comme assistante personnelle — en espérant qu'elle ne décevrait pas les espoirs qu'il plaçait en elle.

« Si vous voulez réussir dans notre profession, il faut l'aimer », lui répétait-il constamment les premiers temps de leur collaboration. Et Stevie s'était vite rendu compte qu'elle adorait toutes les facettes du métier. Les diamants et les pierres précieuses la fascinaient, comme le côté créatif et artistique de la haute joaillerie. Mais plus son expérience s'approfondissait, plus elle s'apercevait que les complexités de la stratégie financière et commerciale la captivaient bien davantage encore. Au bout d'à peine six mois, elle faisait preuve d'une maîtrise des chiffres et d'un sens des affaires qui surprirent agréablement Bruce Jardine.

C'est ainsi qu'elle s'était peu à peu rendue

indispensable à son beau-père. Naguère encore son ennemi juré, Bruce Jardine avait fait la paix avec sa belle-fille. Il ne pouvait méconnaître ses mérites et ses talents, et sa capacité de travail lui inspirait une sincère admiration. Avec le temps, il en était même venu à la respecter — et à se reposer de plus en plus sur elle. Cinq ans d'étroite collaboration avaient effacé la méfiance et l'animosité qui avaient marqué leurs rapports depuis qu'elle avait épousé Ralph.

Alfreda, de son côté, ne professait aucune admiration pour sa belle-fille ni ne lui manifestait d'affection. Certes, elle avait approuvé la décision de son mari de faire son bras droit de la mère de leurs héritiers, la seule personne capable de protéger leurs intérêts. Elle se bornait donc à ne plus provoquer Stevie et à se montrer froidement polie envers elle s'il lui arrivait de la croiser, mais ses concessions s'arrêtaient là. Jusqu'au jour de sa mort en 1982, Alfreda n'avait cessé de détester sa bru et de lui refuser le moindre geste amical.

Stevie se leva pour aller prendre sur le bureau sa photographie de mariage, qu'elle contempla pensivement. Qu'ils avaient l'air jeunes, Ralph et elle ! Ils l'étaient, d'ailleurs, elle surtout — à peine seize ans, encore une enfant. Pas même l'âge qu'a maintenant Chloe, se dit-elle.

Oh ! Ralph, qui aurait cru que ton père accepterait de me prendre dans la firme ? Qui aurait pu prévoir que je dirigerais un jour Jardine's des deux côtés de l'Atlantique ? La vie qui apporte des épreuves réserve aussi des surprises. Mais je n'aurais jamais pu faire tout ce que j'ai accompli sans l'aide d'amis fidèles, surtout celle d'André Birron.

André lui en avait appris au moins autant que Bruce sur les pierres précieuses et les arcanes de la profession. Il était pour elle un mentor, un ami ; un père, aussi, qui lui avait toujours prodigué les plus sages conseils.

A vingt-sept ans, elle était tombée amoureuse pour la première fois depuis son veuvage. Un an après, découvrant qu'elle était enceinte, c'est vers André qu'elle s'était tout naturellement tournée. Elle avait pris l'avion pour le rencontrer à Paris seul à seule et se confier à lui — jusqu'à un certain point, du moins, car elle était trop discrète par nature pour infliger à un ami, même le plus intime, des confidences susceptibles de l'embarrasser.

Elle avait d'ailleurs à peine esquissé une allusion voilée à l'identité de son amant, le père de son enfant à naître, qu'André l'avait fait taire d'un geste péremptoire : « Ne dites rien, ma Stephanie, je ne veux pas le savoir. N'oubliez jamais qu'un secret confié à une seule personne n'est déjà plus un secret. » Stevie se l'était tenu pour dit et nul n'avait su ni cherché à deviner le nom de son amant. Chloe elle-même ignorait toujours qui était son père.

Chloe... Voilà un pur diamant blanc-bleu, se dit-elle avec un sourire attendri en pensant à sa fille de dix-huit ans. Et puis non, ajouta-t-elle en pouffant de rire, Chloe n'est pas parfaite, Dieu merci ! Quoi de plus ennuyeux et de plus invivable qu'un parangon de vertu ?

Sa fille devait arriver tout à l'heure, à temps pour le dîner. Le lendemain, sa mère et son beau-père viendraient de Manhattan passer avec elles les fêtes de Thanksgiving. Stevie savait que Chloe se réjouirait autant qu'elle de les revoir.

Anobli par la reine depuis plusieurs années, Derek Rayner était devenu Sir Derek et sa mère Lady Rayner. Sacré plus grand acteur du théâtre britannique, ainsi qu'on le prédisait de longue date, il était à soixante-huit ans une légende vivante. N'ayant pas eu d'enfants, il remplissait avec conviction son rôle de père et de grand-père. Il vouait à Chloe une adoration que celle-ci lui rendait au centuple.

Stevie attendait aussi son fils Miles, qui arriverait de New York en voiture avec les Rayner. Miles était son fils préféré, ce qu'elle s'efforçait toujours de cacher aux autres afin de ne pas créer de jalousies ou de rivalités malsaines entre ses enfants. Artiste de talent, Miles poursuivait une brillante carrière de décorateur de théâtre. Il résidait actuellement à New York, où il réalisait les décors pour une production de Broadway.

Contrairement à son frère aîné Nigel et à Gideon, son jumeau, Miles n'avait jamais manifesté le désir de travailler dans la firme familiale, bien que son œil d'artiste ait toujours su apprécier la beauté des bijoux et des pièces d'orfèvrerie sortis des ateliers. Malgré son désintérêt pour les activités de l'entreprise, dont il était actionnaire au même titre que ses frères, son grand-père Bruce Jardine avait tenu à ce qu'il siège au conseil d'administration et prenne une part active à ses travaux. Miles s'y prêtait d'autant plus volontiers que Jardine's avait toujours tenu dans sa vie une place importante. Sa mère avait veillé à ce que rien ne le détache de ses racines.

Gideon était le véritable joaillier de la famille, Stevie s'en était rendu compte dès son enfance. Lapidaire dans le sang, il avait hérité de son père l'amour des pierres précieuses, des diamants en particulier. Comme Ralph, Gideon savait d'instinct les tailler de manière à mettre leurs qualités en valeur ou effacer leurs défauts. Les pièces les plus belles, dignes de la tradition bicentenaire des joailliers de la Couronne, sortaient de ses mains expertes.

Nigel était, à bien des égards, le portrait de son grand-père. Homme d'affaires avant tout, il assurait la gestion financière et commerciale de l'entreprise sous les directives de sa mère. Mais Stevie était consciente que Nigel avait les dents longues et ne se satisfaisait pas de ce rôle. Elle en arrivait, par moments, à se demander si son fils aîné ne complotait pas dans l'ombre pour usurper ses fonctions à la tête de la firme.

Avec un profond soupir, elle reposa la photographie sur son bureau et alla s'accouder au manteau de la cheminée.

Aucune preuve ne lui permettait d'accuser son fils de nourrir d'aussi perfides desseins, mais son instinct lui envoyait des signaux si forts et si précis qu'elle ne pouvait les ignorer. Depuis très longtemps, elle jugeait Nigel avec lucidité pour ce qu'il était — semblable au jeune loup que Bruce avait sans doute été, froid, calculateur, dominateur, pétri d'ambition. L'ambition en soi n'a rien de blâmable tant qu'elle est dirigée dans le bon sens, Stevie était la première à le reconnaître. Ce qui lui paraissait aberrant, et même ridicule, c'est que son fils soit ambitieux à ses dépens ! L'affaire serait un jour à lui. Il en partagerait la propriété avec ses frères, bien entendu, mais c'est lui qui la dirigerait puisqu'il était l'aîné et le plus doué dans ce domaine — ce que nul, d'ailleurs, ne lui contestait.

Alors, pourquoi persistait-elle à soupçonner Nigel de vouloir prendre prétexte de son premier faux pas, voire de le provoquer, afin de l'évincer de la direction générale de Jardine's à Londres — et, du même coup, à New York ? De toute façon, grommela-t-elle à mi-voix, il peut toujours attendre ! Bruce ne le permettra jamais.

A quatre-vingt-deux ans, sujet à des attaques

de goutte qui le handicapaient depuis des années, son beau-père avait été forcé de prendre une semi-retraite. Mais en dehors de ces douloureux intermèdes, il restait aussi alerte que jamais et gardait toute sa tête. Stevie savait qu'il tenait à elle, même s'il le lui manifestait rarement. Plus important encore, il lui faisait pleine et entière confiance pour diriger la firme, une confiance amplement justifiée car elle lui avait à maintes reprises administré la preuve qu'elle savait ce qu'elle faisait et le faisait à la perfection. Non, Bruce ne tolérerait pas les machinations de Nigel, qu'il qualifierait avec dédain d'insubordination puérile. Bruce la soutiendrait sans faiblir, elle en était certaine...

Assez ! se dit-elle. J'ai mieux à faire que de ressasser ces pensées morbides. Sur quoi, elle quitta le boudoir et se dirigea d'un pas rapide vers l'escalier.

Svelte, de taille moyenne, sachant se mettre en valeur par une élégance raffinée et discrète, Stephanie Jardine était une femme attirante. Ses boucles brunes que ne déparait aucun fil gris, ses yeux gris-vert, son nez finement modelé dans un visage aux traits harmonieux lui conféraient un charme et une distinction auxquels nul ne restait insensible.

Stevie s'en voulait de s'être si longtemps attardée à revivre ses souvenirs, bons et mauvais. Elle attendait des hôtes le lendemain. Même s'ils appartenaient à sa famille proche, elle devait être prête à leur prodiguer l'hospitalité sans fausse note à laquelle elle les avait accoutumés. Sa mère, surtout, qui avait toujours vécu dans le luxe un peu ostentatoire entourant, bon gré mal gré, une star de la scène et de l'écran aussi mondialement célèbre que son mari.

Six heures sonnèrent à la grande horloge du hall alors que Stevie posait le pied sur la dernière marche. Un sourire heureux lui vint aux lèvres en pensant que Chloe serait là dans une heure à peine. Elle brûlait d'impatience de serrer sa fille dans ses bras.

Le bruit d'une porte qui claquait et un courant d'air froid détournèrent soudain son attention. Elle se hâta de traverser le hall vers le solarium, une galerie vitrée s'étendant sur toute la longueur de la façade, qui communiquait avec la véranda par deux portes-fenêtres. Le vent, levé depuis son retour de promenade, avait ouvert l'une d'elles, sans doute mal refermée. Stevie la rajusta, puis elle marqua une pause pour regarder à travers la vitre.

Il faisait nuit noire, aucune étoile ne brillait dans le ciel. Seule la bande de lumière qui tombait des fenêtres du solarium et éclairait la terrasse jusqu'à la balustrade atténuait un peu l'obscurité. Stevie rouvrit la porte-fenêtre et sortit, comme elle aimait souvent le faire à pareille heure afin de profiter du calme et du silence de la campagne, si précieux pour quiconque subissait comme elle le rythme trépidant et le continuel vacarme de New York.

La brume de la fin de l'après-midi était retombée pour se masser dans le jardin en contrebas. Un épais matelas laineux tapissait la pelouse, masquait le banc de pierre et la fontaine, oblitérait les cheminements dallés menant à la roseraie. Stevie ne reconnaissait plus ces sites pourtant si familiers. Tout lui paraissait étrange, presque inquiétant...

Prise d'un frisson, elle tourna les talons pour rentrer. Alors, en franchissant le seuil, elle éprouva un sentiment inattendu, inexplicable, un pressentiment plutôt, proche de celui qui l'avait assaillie au cours de sa promenade, mais sensiblement plus fort, plus angoissant.

Elle réagit de la même façon et rit de ses

alarmes. Elle n'accordait aucune foi aux présages et n'avait jamais cédé à la superstition. Allait-elle se laisser troubler par de vagues impressions, absurdes et dénuées de tout fondement ? Si j'en parlais à quiconque, je me couvrirais de ridicule, se dit-elle en refermant la porte d'une main qui ne tremblait pas.

A quelques mois de là, Stevie allait se remémorer ces craintes diffuses dont elle se moquait et réviser son jugement péremptoire sur la réalité des pressentiments.

3

Tout le monde la trouvait extraordinaire.

Chloe ne voyait pas en quoi. Depuis qu'elle était en âge de comprendre, elle se savait à part, mais seulement parce qu'elle était illégitime. Et si elle portait le nom de Jardine, qui était celui de sa mère, elle savait de longue date qu'elle ne faisait pas vraiment partie de la famille.

Ne voulant pas lui cacher les circonstances de sa naissance, Stevie les lui avait révélées peu après ses huit ans avec les ménagements d'usage. C'est pourquoi Chloe avait toujours admis les faits le plus naturellement du monde. Ses trois frères aussi, d'ailleurs. Vieux Bruce lui-même, comme Miles et elle le surnommaient, ne semblait pas choqué qu'elle ait usurpé son nom de famille, pas plus qu'il ne se formalisait qu'elle l'appelle grand-père. Il l'était de fait, autant de son point de vue que de celui de Chloe qu'il avait toujours traitée avec une sorte d'affection bourrue, exactement comme ses vrais petits-fils.

Quand elle était petite, Chloe ne voulait pas être différente, cela l'embarrassait. Elle aurait préféré être comme les autres — ordinaire. Une fois, vers ses dix ans, elle avait demandé à Miles pourquoi les gens disaient qu'elle était extraordinaire. Miles l'avait fixée de ses yeux bleus au regard profond, en lui décochant un des sourires pleins de chaleur et de gentillesse dont il avait le secret : « Parce que tu es un adorable petit lutin, ma puce. Tu es plus vive et plus chaleureuse qu'un rayon de soleil, tu es si gaie qu'avec toi tout le monde se croit au cœur de l'été, même en plein hiver. Ça, c'est la première raison. La deuxième, c'est que tu es une ravissante petite fille, aussi belle au-dedans qu'au-dehors. Et aussi parce que... eh bien, ma puce, parce que ton âme a déjà beaucoup vécu. »

Déconcertée par cette dernière remarque, dont la signification lui échappait, elle avait froncé les sourcils : « Qu'est-ce que ça veut dire, Miles ? Je n'ai pas beaucoup vécu, je viens d'avoir dix ans ! — On dit cela de quelqu'un qui possède une sagesse bien supérieure à son âge, l'avait rassurée son frère. Quelqu'un qui a vécu des vies antérieures et paraît tout savoir sans avoir rien appris. » Après une profonde réflexion, Chloe avait hasardé : « Et... c'est bon, ça ? » Miles avait éclaté de rire : « Bien sûr que c'est bon ! Réjouis-toi d'être tout ce que je viens de te dire, ma petite sœur. Il n'y a pas assez d'êtres humains comme toi dans le vilain monde où nous vivons. »

De ses trois frères, Miles était son préféré. Elle se sentait plus proche de lui que de Gideon et de Nigel, leur aîné. Bien qu'il ait neuf ans de plus qu'elle, Miles ne se prétendait jamais trop occupé pour lui consacrer du temps.

Malgré les explications de Miles, Chloe ne se voyait pas du tout telle qu'il l'avait décrite. Si elle voulait bien admettre qu'elle était différente, ce ne pouvait être que par les circonstances de sa naissance. De toute façon, personne n'était jamais tout à fait pareil aux autres, il n'y avait donc pas de quoi en faire une histoire.

A vrai dire, Chloe n'avait jamais éprouvé de honte ni d'embarras du fait de sa naissance illégitime. Pendant son enfance et son adolescence, elle n'y avait pensé que de loin en loin, quand il lui arrivait de se demander qui était son père. Son acte de naissance mentionnait un certain John Lane, mais sa mère était si cachottière à ce sujet que Chloe n'était même pas sûre que ce soit son vrai nom.

Pourtant, depuis deux ans surtout, ce père inconnu piquait de plus en plus souvent sa curiosité. Des dizaines de questions lui traversaient l'esprit, mais elle n'osait plus les poser à sa mère. Lorsqu'elle s'enhardissait à aborder le sujet, Stevie se bornait à répéter ce qu'elle lui avait toujours dit : son père, John Lane, s'était tué avant sa naissance dans un accident d'automobile. A chaque fois, Stevie paraissait bouleversée, au bord des larmes, de sorte que Chloe n'avait plus insisté.

Elle éprouvait cependant le besoin croissant d'en savoir davantage sur le mystérieux auteur de ses jours, son caractère, sa personnalité, son apparence. Aussi, en se rendant dans le Connecticut ce week-end-là, elle s'était demandé si elle pouvait encore tenter de questionner Stevie.

Debout devant le miroir de sa chambre, Chloe avait l'esprit si occupé par sa mère qu'elle oubliait de se regarder. Pour elle, Stevie était unique au monde. Tendre, généreuse, indulgente, elle ne portait jamais de jugements tranchés sur les gens, dont elle s'efforçait de ne voir que les bons côtés — même chez Vieux Bruce, ce croque-mitaine ! Il lui avait d'ailleurs dit un jour que sa mère l'avait élevée à la perfection et lui avait inculqué toutes les valeurs essentielles.

Ses camarades de classe à Brearley enviaient l'intimité et la confiance qui régnaient entre elles. « Ta mère est super-cool », lui répétait Justine Seawell, sa meilleure amie. Mais Stevie avait beau être à bien des égards comme une grande sœur idéale, elle n'était pas moins à cheval sur la discipline. Chloe devait respecter les règles, sinon...

Chloe comprit qu'elle n'aurait pas le courage d'aborder le sujet tabou de John Lane, mort depuis plus de dix-huit ans. Plutôt que de risquer d'indisposer sa mère pendant ce week-end familial, mieux valait faire parler Derek Rayner, son grand-père. Elle s'entendait bien avec lui et il l'avait toujours traitée en adulte, même quand elle était toute petite. Il pourrait l'éclairer mieux que quiconque.

Rassérénée, Chloe brossa ses longs cheveux bruns, ajusta le décolleté de sa tunique bordeaux et recula d'un pas pour se voir en pied dans le miroir. Son image lui plut : la tunique la faisait paraître plus grande et plus mince qu'elle ne l'était. Après s'être légèrement parfumée, elle mit de simples boucles d'oreilles en or et dévala l'escalier pour rejoindre sa mère.

Quand Chloe était arrivée à la maison une demi-heure auparavant, Stevie se rendait à la cuisine, elle devait donc encore y être. Chloe l'y trouva en effet, assise à la longue table de chêne, en grande conversation avec Cappi Mondrell, leur cuisinière-factotum depuis plus de huit ans.

Cappi faisait pratiquement partie de la famille et elle aimait beaucoup Chloe, qui le lui rendait au centuple. Elles se donnèrent une affectueuse accolade.

— Hmm ! fit Chloe en fronçant le nez. Je crois sentir l'arôme de mon plat préféré. Une poule au pot, n'est-ce pas ?

— Tout juste, confirma Cappi.

— Vous me gâtez, Cap !

— Je sais, répondit-elle en pouffant de rire, mais j'ai bien le droit de me faire plaisir aussi.

— Tu es ravissante, dit Stevie avec un large sourire. Cet ensemble te va à la perfection.

Chloe lui apparaissait tout à coup comme une adulte. Avec ses yeux pétillants de gaieté, son opulente chevelure brune et son teint clair, elle était en effet ravissante.

— Merci, maman. Mais tu es toi-même resplendissante, je te l'ai d'ailleurs dit en arrivant.

— Merci, ma chérie.

— Quand les autres doivent-ils arriver ?

— Demain, vers midi.

— Miles amène-t-il sa petite amie ?

Stevie eut un léger mouvement de surprise.

— Non, je ne crois pas, sinon il m'aurait prévenue. Je ne suis d'ailleurs pas au courant de l'existence d'une petite amie en particulier. Serait-il devenu fidèle ?

— Je n'en sais rien, maman. Peut-être, après tout, ajouta-t-elle en hésitant. Il voit beaucoup Allison Granger, ces derniers temps. Mais pour le faire parler, tu le connais, il est toujours muet comme une carpe sur ce chapitre.

— Qui est donc Allison Granger ? voulut savoir Stevie.

— La créatrice des costumes de la pièce sur laquelle il travaille en ce moment. Tu l'as déjà vue, je crois. La jolie rousse avec plein de taches de son.

— Ah oui, je m'en souviens maintenant. Elle est plutôt jolie, en effet. Ce serait sérieux, à ton avis ?

— J'en doute ! répondit Chloe en riant. Leur grande passion en a peut-être encore pour une quinzaine de jours, au maximum. Tu connais Miles et Gideon, maman. Avec les filles, ils ne sont pas jumeaux pour rien.

— Que veux-tu dire ?

— Ils tombent follement amoureux, c'est la femme de leur vie, cette fois c'est pour de bon, promis, juré... et puis ça finit aussi vite que ça a commencé. Par précaution, ils s'entourent d'ailleurs toujours d'une cour de jolies filles. Comme Miles aime à le répéter, la quantité est un facteur essentiel de sécurité.

Stevie ne put s'empêcher de rire à son tour. Chloe connaissait vraiment bien ses frères.

— Miles doit venir seul, dit-elle, sa « grande passion » est donc peut-être déjà terminée.

— Cela ne m'étonnerait pas de lui. Mais Cap et toi aviez l'air très absorbées. Je vous ai interrompues ?

— Non, nous mettions simplement au point les derniers détails des menus pour le week-end et nous finissions quand tu es arrivée.

— Je vais mettre la table..., commença Cappi.

— Inutile de vous donner du mal pour nous deux, Cappi, l'interrompit Stevie. Nous prendrons chacune un plateau devant la cheminée du petit salon, ce sera plus agréable.

Plus tard ce soir-là, pendant qu'elles savouraient leur dessert, Chloe reposa sa fourchette.

— Je voulais te parler de quelque chose, maman.

Stevie remarqua aussitôt sa mine embarrassée.

— Je t'écoute, ma chérie.

— Au sujet de l'année prochaine, après avoir fini mes études à Brearley. Vois-tu, je...

Chloe s'interrompit et se mordit les lèvres.

— Qu'y a-t-il, Chloe ?

— Eh bien... je n'ai pas vraiment envie de continuer. Je veux dire, d'aller à l'université.

Stevie fronça légèrement les sourcils.

— Veux-tu dire ici, en Amérique ? Ou ailleurs ?

— Nulle part, maman.

— Pas même à Oxford ? Tu semblais pourtant enchantée d'y aller. Il y a quelques mois encore, tu disais que tu brûlais d'impatience.

— Je sais, maman, mais... j'ai changé d'avis. Je préfère commencer tout de suite à travailler. Chez Jardine's.

Cette déclaration prit Stevie au dépourvu même si elle savait que sa fille aimait le magasin de la Cinquième Avenue.

— Ecoute, dit-elle prudemment, je suis ravie que tu veuilles travailler avec moi, mais je tiens quand même à ce que tu ailles à l'université. Tu prendras ta place dans la maison à la fin de tes études, quand tu auras vingt et un ou vingt-deux ans.

— Non, maman, je ne veux vraiment pas perdre mon temps à poursuivre des études qui ne me serviront à rien, déclara Chloe avec conviction. Tu peux le comprendre mieux que n'importe qui, après tout, tu travailles comme une forcenée et tu ne t'ennuies pas une seconde !

— C'est vrai et je comprends ce que tu dis. Mais je considère malgré tout que tu aurais tort de te priver d'une éducation qui te rendrait d'immenses services plus tard.

— Tu n'as pas fait d'études supérieures, toi.

— Non, mais je le déplore.

— Qu'aurais-tu appris de plus sur notre métier ? Rien. Tu es une femme d'affaires hors pair, tu sais tout ce qu'il faut savoir des diamants et des pierres précieuses, et tu es devenue un personnage légendaire dans la profession, c'est Gideon lui-même qui le dit ! A quoi cela t'aurait avancée de passer des années à l'université ? A rien.

— Peut-être, mais j'ai eu la chance que Ralph m'apprenne tout ce qu'il savait dès le début de notre mariage. Ensuite, Bruce m'en a enseigné autant que les meilleurs professeurs — sans parler de tout ce que je dois aussi à oncle André.

— Justement, Gideon peut m'en apprendre autant. Je veux aller travailler à Londres avec lui, maman.

— Et pourquoi pas avec moi à New York ? s'étonna Stevie, de plus en plus désarçonnée. Je ne comprends pas...

— Si, maman ! l'interrompit Chloe avec fougue. Je ne demande pas mieux que de travailler avec toi plus tard, mais je préfère commencer à Londres. Gideon est un grand lapidaire, il m'apprendra des tas de choses. Et puis, les ateliers de Londres sont beaucoup plus importants que ceux de New York. Là-bas, j'aurai une meilleure formation, d'autant plus que Vieux Bruce y est aussi. Il est plus ou moins à la retraite, je sais, mais il peut encore m'en apprendre autant que ce qu'il t'a appris à toi.

— Je vois...

— Tu es fâchée, maman ?

Stevie fit un signe de dénégation.

— Si, je le vois bien. Ne te fâche pas, maman, je t'en prie !

— Je ne suis pas fâchée, Chloe, je t'assure.

— Alors pourquoi me regardes-tu comme cela ?

— Je suis un peu... déçue, voilà tout.

— Parce que je ne veux pas aller à l'université ?

— Oui. Et aussi parce que tu ne veux pas rester avec moi à New York. Les ateliers de Londres sont plus importants, c'est vrai, mais ceux d'ici n'ont rien à leur envier, tu sais. Nous avons nous aussi des lapidaires de premier ordre. Tu en apprendrais autant qu'à Londres.

— Peut-être, mais je préfère que ce soit Gideon qui m'initie au métier.

— Tu t'es toujours bien entendue avec lui, je sais.

— Je m'entends mieux avec Miles, mais j'aime beaucoup Gideon et c'est un excellent professeur. Il me fait toujours découvrir quelque chose de nouveau quand je vais le voir à l'atelier pendant les vacances.

— Qu'il soit patient et méticuleux, je l'admets bien volontiers, et je te crois sur parole quand tu dis qu'il fera un bon professeur. Mais... lui as-tu déjà parlé de tes projets ? ajouta Stevie.

— Oh ! bien sûr que non. Je ne l'aurais jamais fait avant de t'en avoir parlé à toi. Alors, maman, je peux aller à Londres l'année prochaine ? demanda Chloe avec ferveur.

— Il faut d'abord que j'y réfléchisse. C'est un grand pas à franchir pour toi, d'aller vivre seule là-bas.

— Mais je n'y serai pas seule, maman ! J'ai deux frères et une belle-sœur à Londres. Sans compter Vieux Bruce et mes grands-parents. Blair et Derek pourront veiller sur moi à ta place.

— Si j'étais d'accord, je dis bien *si*, je voudrais que quelqu'un fasse bien plus que de veiller sur toi, Chloe. Il faudrait que tu puisses vivre chez un membre de la famille.

Chloe ne put dissimuler sa déception.

— Tu veux dire que je ne pourrais pas m'installer dans ton appartement d'Eaton Square ?

— Certainement pas ! Tu es beaucoup trop jeune pour y vivre seule.

— Mais... et Gladys ?

— Gladys ne vient que deux fois par semaine faire le ménage. Non, ce serait hors de question — à supposer, je te le répète, que je sois d'accord avec ton idée.

— Je pourrais m'installer chez Gideon. Il serait ravi.

— Pas du tout, voyons ! Un jeune homme de vingt-sept ans avec des légions de bonnes amies, comme tu viens de m'en informer, n'a sûrement aucune envie de s'encombrer de sa petite sœur à demeure. Tu lui rendrais la vie impossible.

— Nigel accepterait sûrement de me recevoir. Il est marié, lui, et Tamara m'aime beaucoup.

— Je sais, mais cela n'irait pas non plus. Des jeunes mariés comme eux n'auraient pas envie d'une intruse.

— Voyons, maman, ils ont déjà deux enfants !

Stevie refréna à grand-peine un sourire amusé.

— En tout cas, répondit-elle, un jeune ménage comme Nigel et Tamara ne souhaiterait pas se charger d'une responsabilité supplémentaire. Ils en ont déjà bien assez.

— Et moi, je ne voudrais pas vivre chez Vieux Bruce, si c'est à cela que tu penses. Sa maison de Wilton Crescent est sinistre, j'aurais l'impression d'être en prison. Tu ne m'imposerais quand même pas cela, n'est-ce pas, maman ?

— Je ne t'ai surtout pas encore donné mon accord pour que tu ailles à Londres, Chloe.

— Grand-mère et Derek voudront bien m'accueillir, eux, hasarda Chloe. Et ils m'aiment beaucoup, tu le sais bien.

— Ne mettons pas la charrue avant les bœufs, Chloe ! Je t'ai déjà dit que je voulais d'abord y réfléchir à tête reposée. Je n'aime pas prendre de décisions hâtives.

— Quand te décideras-tu ?

— Je n'en sais rien.

— Mais, maman...

— Pas de *mais*, ma chérie ! Tu m'as dit ce que *toi* tu avais envie de faire, soit. Laisse-moi maintenant le temps d'y penser. Tu ferais bien, toi aussi, d'y réfléchir davantage. De peser le pour et le contre, de considérer ce dont tu te priverais en n'allant pas à Oxford comme tu l'avais envisagé. Je ne te parle pas seulement des connaissances académiques, mais des amis que tu t'y ferais et que tu garderais ta vie entière. Et puis, je ne te le cache pas, je suis déconcertée. Tu avais tellement envie d'aller à Oxford. Que s'est-il passé ?

— J'ai changé d'avis, maman, c'est tout.

— Promets-moi au moins d'y réfléchir.

— Oui, bon, je réfléchirai, maugréa Chloe, dépitée.

— Ne prends pas cette attitude, Chloe, dit Stevie d'un ton sec. Elle ne te va pas du tout.

Chloe piqua un fard. Puis, repoussant le guéridon sur lequel elle avait posé son plateau, elle courut s'asseoir près de sa mère, lui prit la main et l'embrassa sur la joue.

— Pardonne-moi, maman. Ne te fâche pas, je t'en prie.

Sensible à la mine sincèrement contrite de sa fille, Stevie s'adoucit aussitôt.

— Je ne suis pas fâchée, ma chérie. Je veux pour toi ce qu'il peut y avoir de mieux et je te demande simplement de faire l'effort de le comprendre. A l'évidence, tu y as longuement réfléchi avant de m'en parler, alors que moi, je tombe des nues. Donne-moi au moins quelques jours pour le digérer. Avant de me décider, je voudrais en discuter avec Gideon, et aussi avec ma mère et Derek.

L'expression de Chloe s'éclaircit.

— Tu ne dis donc pas un non catégorique ?

— Bien sûr que non, voyons, répondit Stevie en souriant. Pour le moment, je me contente de dire... peut-être.

Stevie savait de longue date que quand le sommeil la fuyait, mieux valait se lever et s'occuper à n'importe quoi plutôt que de rester seule dans le noir à ressasser ses problèmes. Chloe et elle étaient montées se coucher à onze heures du soir. Elle s'était endormie aussitôt, mais pour se réveiller à trois heures du matin.

A quatre heures, incapable de se rendormir, elle se leva, prit une douche, enfila un jean, un sweater et descendit se faire du café et un toast. Elle fit ensuite le tour de la maison, ramassa ses orchidées qu'elle emporta dans la serre attenante à la buanderie, où elle les arrosa avec soin avant de les remettre en place une par une. Connaissant son goût pour ces fleurs, chacun lui en offrait à la moindre occasion, de sorte qu'elle en possédait une collection impressionnante qu'elle bichonnait avec amour et réussissait à conserver des mois, parfois davantage.

Au bout d'une heure, satisfaite du résultat, elle se versa une nouvelle tasse de café et se rendit au solarium. Debout devant une porte-fenêtre, sa tasse au creux des mains pour se réchauffer, elle examina le ciel que blanchissaient les premières lueurs de l'aube. La fête de Thanksgiving 1996 ne se présentait pas sous de riants aspects. Un épais plafond de nuages gris annonçait une triste journée, froide et sans soleil. Entre les silhouettes des arbres dénudés et la pellicule de givre qui recouvrait la pelouse, le paysage lui-même semblait s'être mis au diapason. Avec un soupir, Stevie se détourna de ce spectacle déprimant et s'étendit sur un des canapés, la nuque calée par un coussin.

Que faire au sujet de Chloe ? se demanda-t-elle pour la énième fois. Elle ne savait quelle décision prendre. Sa fille l'avait moins désarçonnée que déçue en lui déclarant de but en blanc qu'elle ne voulait pas poursuivre ses études, surtout après avoir si longtemps fait preuve d'enthousiasme à la perspective d'aller à Oxford.

Stevie avait toujours souhaité que Chloe reçoive une éducation soignée, sanctionnée par un diplôme prestigieux. Elle ne s'attendait absolument pas à ce que sa fille manifeste le désir de travailler — et chez Jardine's, qui plus est ! Rien jusqu'alors n'avait laissé prévoir son soudain intérêt pour la joaillerie.

Avoue-le, murmura une voix intérieure, elle t'a blessée en insistant pour aller à Londres. Bien qu'il lui en coûtât, Stevie dut l'admettre : les paroles de sa fille avaient été pour elle comme une gifle. Puisqu'elle tenait à s'initier au métier, Chloe aurait reçu à New York une formation aussi bonne qu'à Londres. Les ateliers de la Cinquième Avenue produisaient des pièces aussi belles, les lapidaires étaient aussi compétents, voire davantage à certains égards.

Alors, suis-je égoïste au point de vouloir la garder près de moi ? se demanda Stevie. Suis-je une mère abusive ? Trop possessive ? En toute sincérité, peut-être... un peu. Mais quelle mère ne souhaite pas voir sa fille rester le plus longtemps possible avec elle — sinon dans ses jupons, du moins dans le même pays ? Or, Chloe ne manifestait pas seulement le désir, somme toute légitime à son âge, de s'envoler du nid, mais bel et bien de prendre le large.

Un soupir lui échappa. Chloe avait à peine dix-huit ans et était restée très jeune par bien des côtés. A Londres, durant son enfance, elle avait toujours mené une existence protégée, elle y était entourée par une famille pleine de sollicitude, ses trois frères, ses grands-parents. Elle n'avait fréquenté que des écoles privées. Elle n'avait jamais été exposée aux rudes réalités quotidiennes du monde moderne. Même à New York, où elle était installée avec sa mère depuis huit ans, Chloe menait une vie plus retirée que la plupart des jeunes de son âge.

Elle ne s'en sortira jamais par elle-même, dans une société et à une époque comme la nôtre où règne la loi de la jungle, pensa Stevie. Elle est encore beaucoup trop jeune, trop sensible, trop inexpérimentée pour s'éloigner de moi et voler de ses propres ailes. Je ne peux pas la laisser partir seule pour l'Angleterre, mon devoir de mère m'impose de m'y opposer. Je lui dirai non. Si elle persiste dans ses intentions, s'il ne s'agit pas d'un simple caprice sans lendemain, elle ira d'ici un an — mais à la condition de s'inscrire à Oxford comme nous l'avions prévu.

Sa décision apporta à Stevie un sentiment de soulagement d'une ampleur inattendue. Pour la première fois depuis le début de son insomnie, elle eut l'impression qu'un pesant fardeau glissait de ses épaules et l'aurore blafarde qui pointait lui parut moins sinistre.

4

Quelles que soient ses occupations, Stevie s'arrangeait toujours au cours d'une journée pour trouver le temps d'écrire quelques lignes dans son journal. Aussi, tandis qu'elle attendait ce matin-là l'arrivée de sa mère, de son beau-père Derek Rayner et de son fils Miles, elle ouvrit le volume en cours, inscrivit : *Thanksgiving 1996, Connecticut,* et s'abîma dans la contemplation de la page blanche.

Cela faisait des années qu'elle tenait ce journal, dont elle conservait les volumes sous clef dans un placard de son boudoir-cabinet de travail. La chronique de trente-quatre années y était ainsi consignée, jour après jour, depuis que sa mère lui avait offert son premier journal pour son douzième anniversaire. En 1962 — c'était si loin, déjà ! Tant d'événements étaient survenus entre-temps que Stevie avait l'impression d'avoir vécu plusieurs vies.

Son tout premier journal, un volume relié pourvu d'un petit cadenas, avait bien supporté l'épreuve du temps, comme elle s'en était rendu compte en le feuilletant récemment. Certains feuillets avaient jauni sur les bords, l'encre un peu pâli par endroits. Quant au contenu... mais, après tout, elle n'était encore qu'une enfant.

Avec un sourire attendri, elle revint par

l'esprit à cette époque et à ses souvenirs de sa mère — qui s'était, elle aussi, astreinte toute sa vie à tenir un journal.

Elles étaient si proches l'une de l'autre pendant son enfance qu'elles vivaient pour ainsi dire en symbiose. Son père, Jerome Anderson, n'était pas du tout le mari qu'il aurait fallu à Blair Connors ; il était loin aussi d'être un père idéal, ce qui avait contribué à resserrer les liens entre la mère et la fille. Journaliste, bon vivant, coureur impénitent, Jerry Anderson n'était pas fait pour la paisible vie de famille à laquelle Blair aspirait.

Car ce mannequin vedette de renommée internationale ne rêvait que d'une existence rangée. Elle devait son succès à sa beauté éclatante, à son port de reine, à son extraordinaire photogénie, mais nullement au calcul ou à l'ambition. Au sommet de sa carrière, alors même que les grands couturiers et les magazines du monde entier se disputaient ses faveurs, elle aurait tout donné pour rester chez elle à élever ses enfants, faire la cuisine, tenir son ménage et être une épouse modèle. L'image qu'elle se faisait du bonheur parfait était incarnée par la femme au foyer.

Aussi, lorsqu'elle avait jeté son dévolu sur Derek Rayner, illustre acteur classique et star du grand écran adulé des foules, ses amis s'étaient gaussés, considérant son choix comme une flagrante erreur de jugement. Cette fois, pourtant, les rieurs avaient tort. Contrairement aux apparences, Derek était bel et bien le mari idéal dont elle avait longtemps rêvé en vain. Mariés depuis trente ans, ils s'aimaient comme au premier jour et le fait de n'avoir pas eu d'enfants, seule ombre à leur bonheur, les avait peut-être rendus encore plus inséparables. On ne voyait nulle part Derek Rayner sans sa ravissante épouse.

Stevie se réjouissait de les recevoir pendant ce long week-end de fête. La veille, au téléphone, sa mère lui avait paru soucieuse, ce qui était inhabituel de sa part. Derek était épuisé, lui avait-elle dit, par trois mois de tournage en extérieurs dans l'Arizona, suivis d'éprouvantes séances de postsynchronisation en studio à Los Angeles, sans avoir eu le temps de souffler entre le premier tour de manivelle et la fin de la longue série de représentations d'une reprise de *Becket* à Broadway. Selon sa mère, il avait grand besoin d'un repos complet : « Plus question de travail pour un bon moment ! avait-elle conclu. Il est enchanté que nous puissions passer ces quelques jours chez toi avant de reprendre enfin l'avion pour Londres la semaine prochaine. »

Stevie se préparait donc à les dorloter de son mieux et à leur éviter toute contrariété — ce qui la fit penser à sa conversation de la veille avec Chloe. Elle devrait l'avertir de ne pas infliger ses problèmes à Derek, qu'elle avait trop souvent tendance à harceler pour un oui ou pour un non.

Derek, il est vrai, s'était toujours conduit comme un père envers Chloe, alors que Bruce Jardine incarnait plutôt le personnage du grand-père. Il était plus âgé que Derek, moins débordant de vitalité et, surtout, nettement plus ronchon la plupart du temps — ce qui justifiait le sobriquet de Vieux Bruce dont Miles et Chloe l'avaient affublé.

De fait, Bruce vieillissait mal. Stevie savait pourtant que Chloe l'aimait beaucoup, même si elle faisait mine de le considérer comme un ogre et un tyran. Bruce, de son côté, manifestait à Chloe une évidente et réelle tendresse, comme en témoignaient l'indulgence avec laquelle il lui passait ses caprices et les faveurs dont il la comblait depuis son enfance. Si elle s'expliquait mal le faible qu'éprouvait son intransigeant beau-père pour sa fille, Stevie ne pouvait cependant que s'en féliciter. Elle vouait aussi à Bruce une sincère reconnaissance d'avoir toujours traité Chloe comme si elle était véritablement de son sang.

Bien que Bruce ne soit pas homme à inspirer de l'affection, Stevie s'y était attachée avec le temps. Depuis vingt ans, leur collaboration se déroulait sans heurts notables et dans un climat de confiance réciproque. Ce serait peut-être une bonne idée, se dit-elle, de s'ouvrir à Bruce de ses soupçons sur Nigel. Chloe et elle devaient passer les fêtes de fin d'année à Londres. Pourquoi ne pas en profiter pour me décharger de ce qui me pèse sur le cœur ? Cette expression toute faite, qui lui était venue machinalement, la choqua. L'attitude de Nigel me pèse-t-elle à ce point ? Hélas oui, s'avoua-t-elle.

Elle aimait pourtant son fils aîné et éprouvait même pour lui de l'admiration. Nigel était doué d'une intelligence brillante, de talents avérés et d'une tête bien faite. Ces qualités étaient néanmoins altérées par un défaut grave, sinon rédhibitoire : croyant toujours tout savoir mieux que les autres, il tenait mordicus à ses idées et ne souffrait pas la contradiction. Il était beaucoup trop entêté pour reconnaître ses torts, au point de faire preuve de mauvaise foi et de se montrer cassant jusqu'à l'arrogance — exactement comme était son grand-père à son âge, sinon pire.

Ce ne serait pas facile, se dit-elle avec un sourire amer, de critiquer devant Bruce ce petit-fils qui était son portrait craché. Mieux vaudrait donc s'abstenir d'évoquer le caractère de Nigel et se borner à dire qu'elle le soupçonnait de chercher à l'évincer de la firme. Si c'était le cas, Bruce mettrait sans hésiter un terme à ses agissements.

Mais au fait, pensa-t-elle aussitôt, rien ne l'empêchait d'y mettre elle-même bon ordre ! Nigel était son subordonné. Elle était directrice générale de *Jardine's of London* et présidente de *Jardine's of New York*. Nigel était administrateur inamovible de la société, dont il possédait des parts au même titre que ses deux frères, mais ses fonctions salariées étaient éminemment révocables. S'il devenait par trop agressif, il suffirait de le congédier comme n'importe quel employé coupable d'une lourde faute professionnelle.

Non, se reprit-elle, impossible ! Nigel est mon fils, mon aîné. Comment l'humilier à ce point et risquer de briser son avenir ? Que lui reprocher, d'ailleurs ? Il fait son travail à la perfection. Je devrai simplement le rappeler à l'ordre, lui dire de ravaler ses ambitions et d'avoir la décence d'attendre que je me retire pour prendre ma place. Un bref éclat de rire lui échappa. Plus facile à dire qu'à mettre en pratique, quand je me trouve de l'autre côté de l'Atlantique, à des milliers de kilomètres...

Son frère Gideon, lui au moins, n'était pas ambitieux. Il ne rêvait pas de s'emparer de l'entreprise pour assouvir sa soif de pouvoir. Il ne voulait que créer de belles choses et dégager de leur gangue les plus parfaits diamants du monde. Depuis quelque temps, toutefois, Gideon lui causait du souci sur le plan personnel. La dernière fois qu'elle l'avait vu à Londres en septembre, elle l'avait trouvé pâle, nerveux, abattu. En fait, il n'était plus le même depuis qu'il avait rompu avec Margot Saunders. Eprouvait-il pour cette jeune femme des sentiments plus profonds que ceux qu'il voulait bien admettre ? Stevie se promit de parler à Miles de ses inquiétudes au sujet de son frère jumeau.

Miles... Son préféré, comme elle ne se

l'avouait que dans le secret de son cœur. Elle pourrait compter sur lui pour reprendre Chloe en main. Miles avait toujours eu une bonne influence sur sa jeune sœur, alors que Gideon la traitait volontiers comme une petite peste insignifiante. Et voilà que Chloe voulait précisément prendre Gideon pour mentor ! Les êtres humains sont vraiment incompréhensibles, se dit-elle, même ceux qu'on croit connaître le mieux.

Elle s'était souvent étonnée que Miles et Gideon, quasi identiques au physique, soient pourvus de caractères et de personnalités aussi radicalement différents. Autant Miles était gai, insouciant, équilibré et débordant de charme, autant son jumeau était introverti, têtu — presque autant que Nigel — et méticuleux au point de couper par moments les cheveux en quatre. A côté de cela, il pouvait se montrer généreux jusqu'à la prodigalité et possédait un indéniable tempérament d'artiste. Doué d'un œil infaillible et d'un goût raffiné, il aimait avec passion la beauté sous toutes ses formes, que ce soit une femme, un tableau, une fleur, un paysage, un bijou ou une pierre précieuse.

Consciente que la page sous ses yeux ne comportait encore que la date et le lieu, Stevie commença à écrire au fil de la plume. Un long moment plus tard, elle revissa le capuchon de son stylo et se relut.

Thanksgiving 1996, Connecticut.

Quand je pense à mes enfants et à ce qu'ils font, j'ai l'impression d'avoir affaire à des étrangers. Sauf Miles, l'enfant chéri de mon cœur, qui me ressemble par tant de côtés. Je les aime tous, bien sûr, mais Miles a toujours tenu une place à part. Les mères sont-elles toutes comme moi ? Aiment-elles un de leurs enfants plus que les autres ? Je le crois, mais il est difficile d'obtenir une réponse sincère à une telle question. Les enfants, eux, en ont-ils conscience ? Le sentent-ils, le devinent-ils ? Savent-ils que l'un d'entre eux est le préféré de leur mère ?

Mes enfants sont différents les uns des autres. Je vois pourtant en chacun d'eux certains traits qui leur viennent de moi, de Ralph, de Bruce aussi. Ils n'ont heureusement rien pris de leur grand-mère Alfreda, ce dont je remercie le ciel du fond du cœur. Elle était foncièrement méchante, froide, refoulée, amère. Jamais elle n'a eu un mot aimable, pour moi comme pour ceux qu'elle considérait comme ses inférieurs. Si mes enfants ont reçu quelque chose d'une aïeule, c'est de ma mère. Chloe a hérité de sa beauté, de sa sveltesse, de sa personnalité chaleureuse. Miles tient d'elle aussi son sens de l'humour et sa nature sociable.

J'aime mes enfants. Je les aime tous. Trop, peut-être. Pourtant, à un moment ou à un autre, je les ai sans doute meurtris sans le vouloir. Mais, après tout, ne sommes-nous pas tous meurtris ? La vie, les autres surtout se chargent de nous blesser, comme nous nous faisons du mal à nous-mêmes. J'ai donc dû leur causer des chagrins inutiles ; nous en infligeons si souvent, malgré nous, à ceux qui nous sont les plus chers ! Peut-être aussi les ai-je négligés lorsque j'étais absorbée par mon travail et mes voyages. Jamais, pourtant, je n'ai cessé de les aimer.

Je les considère toujours comme mes enfants alors que ce ne sont plus des enfants mais des adultes. Des individus distincts les uns des autres. Des étrangers pour moi, par moments du moins. Chloe elle-même a grandi d'un seul coup à mes yeux. C'est maintenant une jeune femme qui sait ce qu'elle veut, décidée à tout faire pour l'obtenir.

Je vais bientôt cesser d'être une mère, de penser en mère, de jouer mon rôle de mère. Je serai... quoi donc ? Eh bien, je serai... moi-même. Je serai là pour eux s'ils ont besoin de moi. Est-ce possible ? Peut-on ne plus être une mère ? Ne plus se faire du souci pour ses enfants ? Ne plus penser à eux ? C'est impensable ! Quelqu'un peut-il me dire si on est capable, un beau jour, de ne plus être une mère ?

M'en sortirai-je mieux avec mes petits-enfants ? Je me suis posé la question quand je me suis réveillée en sursaut au milieu de la nuit. Oui, je crois que je serai pour Natalie et Arnaud une grand-mère à la hauteur. On est souvent, dit-on, meilleure grand-mère que mère. Moins possessive, en tout cas. Mes petits-enfants sont adorables. Nigel a beaucoup de chance de les avoir et d'avoir Tamara. C'est une jeune femme remarquable, une épouse parfaite et une mère exemplaire.

J'en veux à Gideon de toujours la taquiner en l'appelant « l'étrangère ». Qu'elle ait un père français et une mère russe ne justifie pas une telle attitude. J'ignore pourquoi il la traite ainsi et j'en suis mécontente. Il a beau dire que c'est pour plaisanter, j'ai bien peur que ses prétendues « plaisanteries » ne procèdent d'une forme de xénophobie qui me déplaît profondément chez un de mes fils. Pour Gideon, tout ce qui n'est pas anglais est inférieur, je le sais. Pourquoi n'a-t-il pas réussi à vaincre ce préjugé stupide ?

Quant à Chloe... Décidément, non. Je ne peux pas la laisser partir seule à Londres à son âge. Ce serait criminel de ma part. Elle est beaucoup trop jeune et elle doit aller à l'université. C'est trop facile de reculer devant l'effort. La cause est entendue, je n'y reviendrai pas.

Quel bonheur d'être bientôt entourée de ma famille ! En ce jour de Thanksgiving, chacun d'entre nous aura des raisons de remercier le ciel de ses bienfaits. Moi, surtout. J'ai beaucoup de chance d'avoir tant de joies en ce monde.

Stevie refermait son journal quand elle entendit une voiture rouler sur le sable de l'allée. Elle courut à la fenêtre et écarta le rideau au moment où Miles mettait pied à terre. Il leva les yeux vers la fenêtre, salua sa mère d'un geste de la main et d'un sourire.

Le cœur battant, Stevie sortit de la pièce en courant et dévala l'escalier à sa rencontre.

5

Miles Jardine ne put s'empêcher d'observer que plus son jumeau et lui avançaient en âge, plus leur mère paraissait rajeunir. Quand il la vit ce matin-là descendre le perron pour les accueillir, ses grands-parents et lui, dans une tenue à l'élégance discrète, tailleur gris à rayures tennis et chemisier blanc, elle faisait à peine trente-cinq ans.

Son frère Gideon avait raison de dire qu'ils finiraient par la rattraper : lorsqu'ils auraient quarante-six ans, elle en aurait toujours quarante-six elle aussi — par son allure, du moins... Mais sa mère, il est vrai, avait à peine dix-neuf ans à leur naissance et elle devait à ses gènes de conserver son allure juvénile. A soixante-six ans passés, bientôt soixante-sept, sa grand-mère ne paraissait pas son âge elle non plus. Blair débordait d'une vitalité et d'une joie de vivre inconnues de bien des femmes plus jeunes.

Avec un large sourire, Miles posa ses deux valises et serra Stevie dans ses bras.

— Bonjour, maman. Tu es plus éblouissante que jamais.

— Merci du compliment, mon chéri. Je suis si contente de te voir, dit-elle en lui rendant son sourire.

Pendant qu'elle allait embrasser sa mère et Derek, qui aidait le chauffeur à vider le coffre de la voiture, Cappi et les deux jeunes filles du pays venues lui prêter main-forte pour le week-end sortirent sur le perron et souhaitèrent la bienvenue à Miles. Malgré ses protestations, l'une d'elles s'empara de ses valises qu'elle emporta dans la maison. Ainsi réduit à l'oisiveté, Miles allait rejoindre les autres quand un appel de Chloe le fit se retourner.

— Je t'ai attendu toute la matinée ! lui dit-elle en se jetant dans ses bras. Pourquoi êtes-vous aussi en retard ?

— Nous sommes en avance, au contraire, ma puce. Nous devions arriver à midi, il est à peine onze heures et demie. Et toi, tout va bien ? Quoi de neuf depuis l'autre jour ?

— Ça va, répondit-elle d'un ton évasif. Sauf que...

— Quoi donc, ma puce ?

— Oh ! rien. Rien d'important, sincèrement.

Miles ne fut pas dupe mais s'abstint d'insister.

— Allons aider Cappi, enchaîna-t-il. Les Rayner ne se déplacent jamais sans une montagne de bagages. Dieu sait ce dont ils peuvent avoir besoin pour un simple week-end.

— Maman avait prédit une douzaine de valises.

— Elle ne s'était pas trompée ! dit-il en riant.

La main dans la main, ils s'approchèrent de la voiture.

— Alors, tu n'as pas amené Allison ? demanda Chloe.

Miles fronça les sourcils, agacé.

— Bien sûr que non ! Pourquoi l'aurais-je amenée ?

— Amener qui ? s'enquit Derek, en se préparant à subir l'assaut fougueux de Chloe qui se précipitait sur lui.

Stevie attendit avec curiosité la réponse de son fils.

— Personne, déclara Miles. Personne qui compte, en tout cas, ajouta-t-il.

Si c'est vrai, pensa Stevie, amusée, nous voilà fixés sur le sort de cette pauvre fille.

Chloe embrassa sa grand-mère, Derek empoigna deux valises et se dirigea vers le perron, suivi de Blair et de Stevie, chargées de bagages plus légers. Miles et Chloe fermèrent la marche avec le reste des impedimenta.

— Je constate que les petits lapins n'ont pas seulement de grandes oreilles, dit Miles à sa sœur d'un ton de reproche, mais aussi des langues trop bien pendues.

Chloe pouffa de rire.

— Ce n'est pas drôle, Chloe ! la rabroua son frère. Pourquoi t'es-tu crue obligée de parler d'Allison devant notre mère ? Tu sais bien qu'elle rêve de me voir marié pour lui donner d'autres petits-enfants. Tu as eu tort.

— Ecoute, protesta Chloe d'un air penaud, tu voyais tout le temps Allison et...

— Ça ne concerne que moi. Tu n'as pas à t'en mêler.

— Je croyais que c'était sérieux entre vous.

— Non. Et quand bien même ça l'aurait été, ma vie sentimentale ne regarde pas maman. Toi encore moins.

— Bon, j'ai eu tort, je l'avoue. Tu es fâché ?

— Non, mais promets-moi de ne plus déballer mes affaires personnelles devant toute la famille. D'accord ?

— Oui, Miles. Pardonne-moi.

— Passe pour cette fois, mais n'oublie pas ce que je viens de te dire. Tu as dix-huit ans, tu n'es plus une gamine, bon sang ! Il serait temps que tu apprennes à faire preuve d'un peu de discrétion et à te conduire en adulte.

Chloe hocha la tête d'un air pénétré.

Après les retrouvailles devant la cheminée du grand hall autour d'une cafetière fumante, la famille se dispersa. Les Rayner allèrent défaire leurs nombreuses valises avec l'aide de Cappi et de Chloe, Stevie se rendit à la cuisine surveiller la cuisson de la dinde. Une fois seul, peu pressé de se retirer dans sa chambre, Miles s'attarda dans le hall et explora en flânant la salle à manger et le salon.

A chacune de ses visites, il admirait l'ambiance que sa mère avait su créer dans cette maison, qu'il jugeait encore plus séduisante que ses autres résidences. Comment, s'étonnait-il souvent, une femme d'affaires aussi active réussissait-elle à être en même temps une maîtresse de maison aussi accomplie ? Du parquet ciré aux vitres étincelantes, tout était irréprochable ; chaque meuble, chaque objet occupait sa place idéale ; des fleurs, des bougies parfumées embaumaient l'atmosphère. Chacun se sentait aussitôt à son aise dans ce cadre accueillant où, grâce à un évident souci du détail, rien ne trahissait l'effort malhabile ou le luxe ostentatoire.

Tout naturellement, Miles passa ensuite au solarium, sa pièce préférée, qui exerçait sur lui un irrésistible attrait lorsqu'il séjournait ici. Il aimait le rapport entre le blanc des murs et le rouge du sol de tomettes ; les meubles rustiques chinés par sa mère, du Val de Loire à la Provence, à l'occasion de ses voyages en France ; la lumière, surtout, dont la pièce était inondée, même par une journée sans soleil telle que celle-ci. Le ciel d'un gris uniforme, translucide, déversait une lumière froide dépourvue d'ombres.

Une lumière idéale pour peindre, pensa-t-il en se promettant de profiter de son séjour pour réaliser quelques aquarelles.

Et puis, il y avait les orchidées... Stevie en ornait toutes les pièces de la maison, mais le solarium bénéficiait d'une profusion de ces fleurs magiques. Miles partageait la passion de sa mère pour l'infinie variété des couleurs et des formes dont elles étaient parées par la nature. Quand il était petit, dans leur maison du Yorkshire, Miles se portait toujours volontaire pour aider sa mère à les soigner.

« Va donc, espèce de fille ! » Venue d'un lointain passé, la voix moqueuse de son frère aîné résonna dans sa mémoire. Nigel l'avait longtemps taquiné de prendre plaisir à cette tâche, qu'il considérait indigne d'un garçon. Indépendant et sûr de lui depuis son plus jeune âge, Miles n'y prêtait pas même attention, mais Stevie, excédée par ce constant harcèlement, avait fini par sévir en imposant à Nigel de nettoyer les W-C de la maison — qui en comportait six ! Miles s'était bien gardé de sourire de la punition de son frère. Nigel était déjà un rude garnement, qui n'aurait pas hésité à se venger de manière éclatante. Et il n'a guère changé à cet égard, pensa Miles. Il est même pire que jamais...

Malgré la température inclémente, Miles ne put résister au désir de sortir sur la terrasse. Accoudé à la balustrade, il contempla le paysage se déroulant jusqu'aux collines de Litchfield. Les vallonnements boisés et les lacs limpides de cette partie du Connecticut lui rappelaient le Yorkshire où s'était écoulée une partie de son enfance — la meilleure. C'était Nigel, ces temps-ci, qui se servait d'Aysgarth End comme maison de week-end ou de vacances, quand il n'allait pas en France avec sa famille rendre visite aux parents de Tamara. Miles se promit d'y passer quelques jours dès son retour en Angleterre. Il avait depuis longtemps envie de faire le portrait des enfants de Nigel, Natalie et Arnaud, dans un décor de lande romantique.

Le spectacle du jardin dénudé et de la campagne aux contours estompés par la brume lui fit prendre conscience du froid. De retour dans le hall, il se réchauffa quelques instants devant la cheminée en pensant à Allison Granger.

Il avait dû prendre sur lui pour ne pas morigéner plus sèchement Chloe lorsqu'elle avait étourdiment prononcé son nom tout à l'heure. Il lui déplaisait d'étaler sa vie privée devant sa famille, même sa mère. Il l'adorait mais, comme toutes les mères, elle rêvait de voir son fils casé pour la vie. Allison lui plaisait beaucoup, c'est vrai. Elle était charmante, intelligente, pétrie de qualités, il ne s'était jamais ennuyé en sa compagnie depuis qu'ils se connaissaient. Mais — et c'était un *mais* capital — il n'avait aucune envie de passer sa vie entière avec elle... pour la simple raison qu'il ne l'aimait pas d'amour.

Aujourd'hui, en tout cas, il avait appris une bonne leçon : il ne pouvait pas se fier à Chloe qui, à l'évidence, ne savait pas tenir sa langue. Le fait qu'elle soit encore aussi écervelée à son âge l'agaçait et le peinait pour elle. Pourquoi éprouvait-elle toujours le besoin de fourrer son nez dans ses affaires ? Certes, il aimait tendrement sa jeune sœur, il ne voulait pas la chagriner, mais il allait devoir mettre un terme à ses indiscrétions. N'était-ce quand même pas un peu de sa faute à lui ? Il l'avait beaucoup trop mise dans la confidence depuis son arrivée à New York. Bah ! se dit-il, le mal n'est pas bien grand, tout compte fait. Et puis, je serais bien avisé, moi aussi, d'apprendre à tenir ma langue — du moins en présence de ma petite sœur...

Lorsqu'il entra dans sa chambre, Miles fut à la fois touché et amusé de constater, une fois de plus, que sa mère déployait pour les membres de sa famille la plus proche les mêmes attentions que pour des hôtes de marque. Du feu qui flambait dans la cheminée au panier de fruits frais et à la bouteille d'eau minérale, rien ne manquait au confort et à l'agrément du visiteur. Dût-il séjourner un jour ou un mois, tout était prévu pour satisfaire ses moindres désirs : les magazines les plus récents et les derniers livres parus s'étalaient sur une table ; une lampe, au faisceau orienté à la perfection, était disposée près d'un moelleux fauteuil ; une couverture de cachemire se tenait à portée de la main sur le dossier du sofa ; un édredon ventru couvrait le large lit double — sans parler, bien entendu, des orchidées de diverses variétés stratégiquement réparties un peu partout.

Elle aime nous dorloter, se dit-il en souriant. Elle le faisait déjà quand nous étions enfants. « Dis plutôt qu'elle nous étouffait », entendit-il la voix de Nigel commenter avec aigreur. Son sourire disparut à cette nouvelle évocation de son frère. Depuis un bon moment déjà, Nigel se montrait de plus en plus désagréable, agressif, comme s'il était amer et en voulait au monde entier.

Je me demande bien de quoi il pourrait se plaindre, grommela Miles en s'adossant à la cheminée. La détérioration du caractère de Nigel tenait pour lui du mystère. Gideon disait de lui, à juste titre, qu'il avait tout pour être heureux : une femme idéale, deux enfants adorables, une carrière passionnante et un avenir assuré, puisqu'il prendrait un jour en main les destinées de Jardine's & Co. Et malgré tout, cela ne paraissait pas lui suffire ! Décidément, Nigel perdait le sens commun...

Avec un soupir, Miles chassa son frère de ses pensées et alla se rafraîchir dans la salle de bains avant de descendre rejoindre les autres. Dans l'image que lui renvoya le miroir pendant qu'il se coiffait, il reconnut une bonne partie de sa famille. Il tenait de sa mère ses traits fins et ses cheveux bruns légèrement ondulés, mais son long nez droit et ses yeux bleus lui venaient de son père. Bien entendu, son visage était identique à celui de son frère jumeau.

Il pensait beaucoup à Gideon, ces temps-ci, car il ne s'expliquait pas sa transformation. Son frère était morose, déprimé, sujet à d'imprévisibles sautes d'humeur. Quand il l'avait vu à Londres, une semaine auparavant, il avait tenté de le cuisiner, mais Gideon l'avait si sèchement rabroué que Miles n'avait pas insisté. Pourtant, il était sûr que Gideon souffrait de quelque chose. Mais de quoi ? Toute leur vie, les jumeaux s'étaient compris à demi-mot. Pourquoi, d'un seul coup, ne parvenaient-ils plus à communiquer ? Pour la énième fois, Miles se posa la question avec une sourde inquiétude sans réussir à entrevoir le moindre commencement de réponse.

6

— L'acteur qui jouait le traître est tombé malade au beau milieu du tournage, ce qui a plongé toute l'équipe dans un effroyable bourbier, raconta Derek de sa merveilleuse voix de scène qui emplissait le grand hall. Chacun de nous s'évertuait à imaginer un remplaçant, quand j'ai eu la malheureuse idée de dire à la secrétaire de production que Sydney Greenstreet aurait été idéal dans le rôle. Et voilà qu'elle me demande le plus sérieusement du monde le nom de son agent pour le contacter au plus vite...

A ce souvenir cocasse, Derek éclata d'un rire si communicatif qu'il déclencha l'hilarité générale.

— La pauvre fille était si sotte, reprit-il quand le calme fut revenu, que nous ne pouvions pas nous empêcher de la taquiner. En fait, elle était beaucoup trop jeune pour le job et manquait des connaissances les plus élémentaires sur le cinéma. Pensez donc, ignorer que le cher vieux Sydney était depuis des lustres dans un monde meilleur ! Elle n'avait sans doute jamais entendu parler de lui, encore moins vu *Le Faucon maltais*.

— Ni même *Casablanca,* renchérit Chloe. Il était fabuleux, dans ce film.

— C'est fort exact, ma chérie, approuva Derek.

— De tous les films que j'ai vus, déclara-t-elle avec conviction, *Casablanca* est mon préféré.

— Le mien aussi, enchaîna Miles. Il m'est arrivé à peu près la même chose l'autre jour avec une costumière. Quand je lui ai dit que personne n'avait jamais joué Anna dans *Le Roi et moi* mieux que Deborah Kerr, elle m'a regardé bouche bée comme si je parlais le chinois.

— Je n'ai rien contre les jeunes, dit Derek en reprenant son sérieux. Au contraire, je fais tout pour les encourager. Mais il faut avouer que certains des gamins qui se lancent aujourd'hui dans le théâtre ou le cinéma font preuve d'une inexpérience et d'une ignorance incroyables de la profession où ils veulent pourtant faire carrière, comme si rien n'avait existé avant eux.

— Hélas, oui ! acquiesça Miles. On croirait parfois qu'ils débarquent d'une autre planète.

— C'est vrai que Deborah était divine dans *Le Roi et moi,* dit Blair avec mélancolie.

— Et Yul Brynner, donc ! De nos jours, observa Derek, on ne trouve plus de stars de leur envergure.

— Tu exagères ! protesta Blair. Et toi, mon chéri ?

Derek se contenta de sourire avec modestie.

— Mère a raison, Derek, intervint Stevie, mais je comprends ce que tu veux dire. Tant de stars inoubliables ont disparu ou pris leur retraite !

— Ce n'est guère réjouissant, répondit Derek. Je ne vous cacherai pas que beaucoup de mes anciens compagnons me manquent cruellement : Laurence Olivier, Jack Hawkins, Duke Wayne, Bill Holden. Richard Burton, surtout. Dieu sait si nous avons passé de bons moments ensemble ! C'était un homme extraordinaire, doué d'un talent exceptionnel. Je me souviens de son interprétation de Hamlet dans les années cinquante, en 53 je crois, quand il appartenait encore à l'Old Vic. Claire Bloom jouait Ophelia. Ils étaient fabuleux tous les deux ! J'étais allé les voir à Edimbourg. Un moment de théâtre véritablement sublime, je dirais même miraculeux. Vous savez, ajouta-t-il, j'ai toujours été jaloux de sa voix.

— Vraiment ? s'étonna Miles. Voyons, Derek, tu n'as rien à lui envier. Tout le monde s'accorde à louer la beauté et le timbre de ta voix.

— Merci, Miles, mais — et je le dis sans fausse modestie — elle n'a rien de comparable avec celle de Burton. Richard avait la voix la plus prodigieuse du théâtre anglais. Une voix plus prenante, plus bouleversante que celle de Laurence Olivier lui-même — à mon avis, du moins. Une voix celte, comme peuvent en avoir les Gallois. Car nous autres Gallois vénérons le verbe, voyez-vous. On dit dans nos vallées que Richard avait une cloche de bronze dans chacune de ses dents, un compliment qu'on réserve d'habitude aux voix de chanteurs, mais qui s'appliquait aussi bien à son cas. Littéralement, sa voix chantait, sonnait comme un carillon. Je pouvais l'écouter des heures sans me lasser.

— Comme nous tous, mon chéri, compléta Blair.

Un bref silence suivit. Stevie consulta sa montre et se leva d'un bond.

— Grands dieux, qu'il est tard ! Je file à la cuisine voir où en sont Cappi et les filles. Elles ont sans doute besoin d'un coup de main.

— Je t'accompagne, ma chérie, offrit Blair en se levant à son tour pour suivre sa fille qui s'éloignait déjà.

— As-tu besoin de moi, maman ? s'enquit Chloe.

— Inutile, nous nous débrouillerons, lança Stevie par-dessus son épaule avant de franchir la porte.

Derek alla vers la console où était posé le plateau des apéritifs, prit la bouteille de vin blanc dans le seau à glace et se tourna vers Miles :

— Encore un peu ?

— Merci, ça ira pour le moment.

Derek se servit un autre verre et revint s'asseoir près de la cheminée, à côté de Chloe.

— Les décors pour *Le Roi et moi* avancent bien ? demanda-t-il à Miles.

— Pas mal du tout. C'est une pièce où l'on peut donner libre cours à son imagination pour évoquer les anciens palais du Siam. Temples, bouddhas, éléphants, draperies bariolées, dorures, rien n'y manque. Je dois dire aussi que les costumes sont sensationnels.

— Il est rare en effet, dans une comédie musicale, que l'aspect visuel ait autant d'importance que le livret et la partition. Et comment sont les acteurs, à ton avis ?

— Personne ne remplacera Yul Brynner et Deborah Kerr, bien entendu, mais les nôtres se donnent à fond. Je crois que nous formons une équipe gagnante...

— Donc promise à un triomphe, compléta Derek.

— Que Dieu t'entende, grand-père ! s'exclama Chloe.

Les deux hommes ne purent s'empêcher de rire. Cappi apparut à ce moment-là au bout du couloir de la cuisine.

— Chloe, ta mère te demande de venir nous aider quelques minutes. Rien de compliqué.

Chloe se leva aussitôt.

— Dommage, j'adore ce qui est compliqué ! A tout de suite, vous deux. Et défense de parler de moi en mon absence !

— N'y compte pas trop, répondit Derek en souriant.

Une fois seul avec Derek, Miles vint occuper à côté de lui la place libérée par Chloe.

— Je voudrais te demander quelque chose avant que maman revienne, commença-t-il.

— Vas-y, mon vieux Miles, je t'écoute. Qu'est-ce qui te tracasse ? Tu parais soucieux.

— Je le suis, c'est vrai. Gideon m'inquiète.

— Gideon ? s'étonna Derek.

— Oui. Je sais que tu l'as vu quand il est allé à Los Angeles pour affaires il y a trois semaines et j'aimerais avoir ton avis. Je veux dire, quelle impression t'a fait son comportement ?

— Il m'a paru tout à fait normal, répondit Derek sans hésiter. Où veux-tu en venir, au juste ?

— Eh bien, je l'ai vu la semaine dernière à Londres, où j'avais dû aller passer quelques jours et, franchement, je l'ai trouvé bizarre. Pas du tout dans son assiette.

Derek réfléchit un instant avant de répondre.

— Honnêtement, Miles, je n'avais rien remarqué de particulier à son sujet, mais maintenant que tu attires mon attention, je me souviens en effet qu'il m'avait paru un peu — comment dire ? — distrait ou préoccupé la deuxième fois qu'il est venu dîner à la maison.

— Il était carrément déprimé quand je l'ai vu à Londres.

— Allons, Miles, n'oublie pas que ton frère n'a jamais été un joyeux luron, même étant enfant. Vous vous ressemblez physiquement comme deux gouttes d'eau, mais vous avez des personnalités radicalement différentes.

— Je sais. Il n'empêche que je ne l'avais jamais trouvé aussi sombre et abattu. Tu n'avais rien remarqué à ce moment-là ?

— Non. Ta grand-mère non plus, sinon elle

m'en aurait parlé. Comme je te le disais il y a un instant, il m'avait simplement paru préoccupé et j'avais mis ça sur le compte de ses affaires, sans plus. Mais dis-moi, ajouta Derek en fronçant les sourcils, pourquoi ne voulais-tu pas que ta mère entende notre conversation ?

— Je ne souhaitais pas l'alarmer inutilement. Tu sais combien elle s'inquiète de tout.

— Je sais, mais elle a toujours été capable de surmonter les difficultés — avec panache, ajouterai-je.

— C'est vrai. Mais à quoi bon risquer de lui causer des soucis, surtout aujourd'hui ? Thanksgiving est sa fête préférée. Je m'en serais voulu de la lui gâcher.

Derek ne put retenir un éclat de rire.

— Que ce soit sa fête de prédilection, j'en suis le premier persuadé, aucun de nous n'a pu y échapper. Grâce à ta mère, j'ai ingurgité au fil du temps une quantité de dindes dont j'aime mieux ne pas évaluer le chiffre, ce n'est même pas ma volaille favorite ! Je préfère de loin le canard, le faisan ou la perdrix, mais elle n'a jamais voulu m'écouter, du moins en ce qui concerne ces estimables bestioles.

Miles sourit distraitement. Il se demandait s'il pouvait se permettre d'aborder aussi le chapitre de son frère aîné. Mieux qu'un grand-père, Derek avait toujours été pour lui comme un père et jouait avec compréhension le rôle de confident.

— Maman t'a-t-elle parlé de Nigel ? demanda-t-il en hésitant.

— Non, mais Blair et moi n'avons pas eu le temps de la voir quand nous sommes passés par New York à notre retour de Los Angeles, elle était débordée de travail. Aurais-tu des raisons de t'inquiéter aussi à propos de Nigel, Miles ?

— Non, pas que je sache en tout cas. Maman

m'a toutefois laissé entendre à plusieurs reprises qu'elle croit — qu'elle le soupçonne plutôt, de... manigances déloyales envers elle, acheva-t-il en baissant la voix.

— Je vois. *Malaisé est le chef qui porte la couronne,* déclama-t-il après avoir marqué une pause théâtrale.

— Shakespeare a toujours réponse à tout, n'est-ce pas ? Et tu le sais mieux que personne, puisque tu as joué tous ses rôles.

— Presque tous, corrigea-t-il.

Derek réfléchit un instant.

— Tu penses donc que Nigel complote contre ta mère ?

— Je n'en suis pas sûr, mais je me pose des questions.

— Je connais bien ta mère, elle a l'esprit beaucoup trop pragmatique pour se fier à sa seule imagination. Si elle a des soupçons, ils sont fondés, je n'en doute pas. Maintenant, tout à fait entre nous, je ne m'explique pas ce qui pousserait Nigel à agir de la sorte. L'affaire lui appartiendra un jour ou l'autre, que diable !

— Peut-être est-il trop impatient pour attendre.

Derek poussa un profond soupir.

— L'ambition ! La soif du pouvoir ! Des passions qui ont entraîné la chute de bien des trônes et provoqué de sanglants massacres, il suffit de se souvenir des Plantagenêts et des Tudors pour s'en convaincre... Nigel a toujours été pour moi une énigme, je l'avoue. Je le comprenais déjà mal quand il était enfant, je ne m'expliquais pas davantage ses comportements d'adolescent. Mais ceci est une autre histoire.

— Moi non plus, je ne l'ai jamais bien compris. C'est pourquoi cette nouvelle bizarrerie de sa part me plonge dans une réelle perplexité.

Les deux hommes observèrent un silence pensif.

— Dis-moi, sais-tu comment marche le ménage de Nigel ? demanda Derek. Tout va bien ? Pas de problèmes avec Tamara ?

— Aucun à ma connaissance. Tamara est une fille sensationnelle. Nigel a une chance insensée d'avoir une femme comme elle et deux enfants aussi adorables.

— Certes, Miles. Mais lui, le sait-il, au moins ?

Miles fit un geste d'ignorance. Le silence retomba.

— Pour revenir à Gideon, dit Miles au bout d'un moment, je me suis demandé s'il ne se tracassait pas au sujet de Margot. Mais, dans ce cas, pourquoi se troublerait-il à ce point puisque c'est lui qui a rompu ?

— Peut-être a-t-il des regrets, lui fit observer Derek.

— C'est possible. Pourtant, cela marchait mal entre eux vers la fin. A mon avis, elle l'exaspérait. Margot a toujours aimé paraître, papillonner, et tu sais que Gideon n'a jamais été porté sur les mondanités. Il est beaucoup trop sérieux, trop travailleur pour ça... Oh ! et puis, après tout, je n'en sais rien. Ce qui lui arrive me dépasse complètement.

— As-tu essayé de lui parler ? De lui tirer les vers du nez ?

— Allons, grand-père, en douterais-tu ? répondit Miles avec un éclat de rire amer. Bien sûr que j'ai essayé. La dernière fois que je m'y suis risqué, j'en ai pris pour mon grade au point que j'ai dû battre en retraite pour ne pas me faire mordre à belles dents ! Il était furieux.

— Ton frère passe peut-être par un de ces stades que traversent, à un moment ou à un autre, tous les jeunes gens de son âge. Tu sais, on est toujours plus ou moins mal dans sa peau quand on s'efforce de se trouver, de se définir vis-à-vis de soi-même et des autres... A mon avis, poursuivit Derek, il doit cependant s'agir d'un problème beaucoup plus simple : il y a une femme là-dessous, crois-en mon expérience. Margot ou une autre, peu importe. Quand un homme se montre tout à coup affligé et désespéré sans raison apparente, il y a neuf chances sur dix pour que ce soit à cause d'une femme.

Miles ne put s'empêcher de sourire.

— Tu as sans doute raison, ô sage Derek !

L'apparition de Chloe à l'autre bout du hall mit fin à leur conversation.

— Holà, les hommes ! leur cria-t-elle. Il est bientôt trois heures et le déjeuner est enfin prêt ! Maman vous demande de venir à la salle à manger. Pas dans cinq minutes, pas même dans trente secondes, a-t-elle précisé, mais sur-le-champ !

Derek reposa son verre et se leva avec empressement.

— Ses désirs sont des ordres, ma chérie ! Je commençais d'ailleurs à périr d'inanition. Au point, ajouta-t-il en aparté à l'intention de Miles, que je suis prêt à dévorer une dinde. C'est dire !

Miles pouffa de rire, se leva à son tour et les deux hommes traversèrent la pièce du même pas.

7

Ce fut un vrai repas de fête.

Les convives parlaient, riaient, s'extasiaient devant les bonnes choses offertes à leur convoitise — d'autant que, du fait de l'heure tardive, ils mouraient tous de faim, comme Derek l'avait avoué à Miles.

Cappi et ses acolytes s'étaient surpassées, il est vrai. Autour de la dinde traditionnelle, dorée et dodue à souhait, et de ses garnitures obligées — patates douces et pommes de terre accommodées de diverses façons, épis de maïs, sauce aux airelles —, trônaient un imposant jambon de Virginie et une pyramide de cailles rôties, que Derek salua d'un sourire amusé. Après avoir essuyé des années ses railleries sur l'insipidité de la dinde, chargée de symboliser les actions de grâce des premiers colons d'Amérique sauvés de la famine par ce volatile providentiel, Stevie l'avait donc enfin pris au mot ! Cette attention le toucha et il se promit de lui exprimer sa gratitude au moment opportun.

— Un peu de tout, Sir Derek ? s'enquit Cappi d'un ton plein de sollicitude. Laissez-vous tenter.

— Bien volontiers, mais avec modération, répondit-il en riant. Je dois surveiller mon tour de taille, vous savez, sinon mes admiratrices me renieraient.

— Pas moi, Sir Derek ! affirma-t-elle avec conviction. Je ne me lasserai pas de vous applaudir, moi.

Pendant ce temps, aussi solennel qu'un échanson, Miles versait dans les verres un saint-julien 1989, dont Stevie savait que Derek raffolait. Lorsque enfin tout le monde fut servi, chacun savoura les premières bouchées du festin dans un silence recueilli, avant que la conversation générale reprenne. Pour sa part, préférant écouter et observer, Derek n'y participa que par quelques mots de loin en loin. Il éprouvait un réel bonheur à se retrouver au sein de sa famille — d'une partie de celle-ci, du moins, car il ne pouvait s'empêcher de regretter que l'absence de Gideon, de Nigel, de Tamara et de leurs enfants ait amputé la famille d'une bonne partie de ses membres.

Longtemps, bien longtemps auparavant, il avait eu une autre famille : son père, sa mère, ses frères Owen et David, sa sœur Gwynneth, auxquels l'attachaient les liens du sang et qu'il avait aimés d'un amour profond durant ses années d'enfance dans la petite paroisse d'Ystradyfodwg. Ce village de sa naissance si cher à son cœur, perdu dans une des vallées industrielles des Galles méridionales, avait aussi vu naître et grandir ses rêves, ses espoirs, ses ambitions. Le charbon omniprésent y régnait en maître exigeant et cruel. Il n'y avait que la mine pour gagner sa vie — et la perdre.

Son père avait travaillé au fond sa vie entière, de sa prime jeunesse jusqu'au jour de sa mort. La mine l'avait tué, lui aussi. Un coup de grisou, une galerie qui s'effondre, l'eau qui envahit tout et achève les quelques rescapés : une tragédie ordinaire, en somme. Par hasard, par miracle plutôt, la mine avait épargné son frère Owen, qui ne faisait pas partie de la même équipe que leur père ce jour-là. C'était sur lui seul que reposaient désormais les responsabilités de chef de famille.

Grâce à son frère aîné, Derek avait échappé à ce destin. Owen et Gwynneth avaient très tôt décelé son talent, qu'ils appelaient « le Don ». Un don inné, enraciné au plus profond de lui-même, auquel il pouvait faire appel à volonté et qui allait le hisser au pinacle d'une carrière théâtrale qu'il n'imaginait même pas à l'époque. Ni eux ni lui ne connaissaient la nature de ce don ni ne savaient le définir. Son frère et sa sœur avaient simplement senti quelque chose en lui, quelque chose qui le différenciait de la masse et l'élevait au-dessus de la médiocrité générale.

Ce don était, en un sens, une combinaison de talents divers, dont la somme formait un tout supérieur à la valeur de chacun des éléments : la faculté de jouer n'importe quel rôle en se coulant dans le personnage, un véritable génie de la mimique et une superbe voix de soprano — dont on savait qu'elle s'évanouirait avec l'âge, mais qui suscitait l'admiration de tous.

Owen, surtout, avait reconnu chez son jeune frère une réelle aptitude à apprendre et le goût de s'instruire, qui constituaient sa plus grande chance d'éviter le sort auquel étaient promis, en cette fin des années quarante, la majorité des jeunes Gallois : la mine. « Il ne descendra jamais au fond, celui-là, je ne le permettrai pas ! » répétait-il. Sa mère, sa sœur et David, son autre frère, approuvaient l'aîné sans restriction : *gâcher* Derek aurait été criminel. Il méritait mieux que de finir au fond comme les autres.

Owen éprouvait une profonde admiration pour ce frère capable de déclamer de mémoire des poèmes par dizaines. Il admirait plus encore l'ambition qui le consumait, car Derek avait décidé de devenir acteur. Lui, l'obscur gamin né pauvre dans une vallée minière du pays de Galles, voulait monter sur scène pour incarner des rois et des héros !

Car les Celtes respectaient autant le mot écrit qu'ils vénéraient le mot parlé. Ce culte du verbe leur venait de lointains et mystérieux ancêtres, dont on prétendait parfois qu'ils étaient la tribu perdue d'Israël. Si Derek ne faisait pas exception à la règle, il aimait la musique avec une égale ferveur : dès son plus jeune âge, il chantait le dimanche à la chapelle ou se produisait dans ces merveilleux festivals de chants populaires que sont les *eisteddfods,* où sa voix d'ange avait brillé aussi longtemps que la mue de l'adolescence n'en avait pas éteint l'éclat.

Sa première langue avait été le gallois, sa langue de prédilection, dans laquelle il aimait toujours s'exprimer. Ensuite, il avait appris une langue étrangère à son peuple, l'anglais, qu'il avait su maîtriser, jusqu'à la faire sienne avec un art qui n'appartenait qu'à lui.

Owen et Gwynneth l'avaient sauvé de la mine. Depuis, il n'avait cessé de leur vouer une profonde gratitude, qu'il leur manifestait aussi souvent qu'il le pouvait. Son frère et sa sœur lui avaient donné la vie ou, plutôt, la chance de modeler sa vie comme il la rêvait — de même qu'une scène devenait sienne dès lors qu'il y faisait son entrée.

Grâce à Dieu, sa famille galloise, sa famille naturelle, existait toujours à l'exception de sa mère, disparue depuis vingt ans. Elle avait néanmoins assez vécu pour être témoin du triomphe de son fils. Elle l'avait vu incarner Henri IV et Henri V, elle avait applaudi son Richard III, il l'avait bouleversée en Hamlet. Assise au milieu du public, elle avait compris pourquoi il hypnotisait une salle entière et la tenait sous son charme deux ou trois heures d'affilée. Depuis, il retournait toujours vers sa bien-aimée famille galloise afin de retrouver ses racines, son héritage qu'il brandissait avec fierté partout où il allait, comme un étendard. Mais il aimait autant sa deuxième famille...

Attention ! Il commettait une erreur, un impardonnable oubli ! Il n'avait pas eu que deux familles dans sa vie, mais bel et bien trois. Sa troisième famille, depuis longtemps dispersée, hélas ! était celle que formaient, au début des années cinquante, une poignée de jeunes acteurs unis par les mêmes affinités, animés des mêmes ambitions : Richard, bien sûr, Stanley Baker et lui-même, ainsi que quelques autres Gallois malheureusement retombés dans l'obscurité. Ils avaient alors tous en commun le spectre de la pauvreté, l'amour de leurs vertes vallées, la passion du rugby — l'équipe galloise, dont ils ne manquaient pas un match, n'avait pas de supporters plus ardents —, du chant et de la poésie. Tous fils de mineurs échappés du bagne de la mine et devenus des héros, surtout les uns pour les autres.

Richard, Stanley et lui étaient à l'époque de vrais coqs de village qui traînaient les rues, se soûlaient dans les pubs et tombaient les filles quand la chance leur souriait. En réalité, ils se vantaient plus qu'ils n'en faisaient, mais ils avaient tous trois trop de traits en commun pour ne pas se sentir frères. Oui, ils étaient jeunes alors, pleins d'orgueil et de joie de vivre. Ils ne doutaient de rien, surtout pas d'eux-mêmes. Et de quoi auraient-ils pu douter, alors que chaque jour apportait à chacun d'eux un nouveau succès, une nouvelle fierté ? La gloire était pour eux le plus grisant des alcools dans ce Londres des années cinquante, capitale du théâtre, où les jeunes talents se devaient d'aller pour se faire consacrer.

Leurs origines, leurs succès, leur métier les soudaient plus étroitement qu'une vraie famille. Richard Burton en était le chef incontesté. Il leur promettait des triomphes dont ils n'auraient osé rêver. Richard, leur barde, leur chef de guerre plein de feu et de panache, qu'un génie éclatant et une voix inoubliable avaient sacré le plus grand acteur de son époque — de tous les temps, peut-être...

Et puis, en 1984, Richard avait disparu à cinquante-huit ans, victime d'une hémorragie cérébrale. Oh ! l'avait-il pleuré, comme Richard avait pleuré avec lui, en 1976, la mort absurde et prématurée de Stanley Baker, l'autre inséparable. Il était alors Sir Stanley, couvert d'honneurs, au faîte de sa carrière. Devant la cruauté du destin, ses amis inconsolés n'avaient pu que verser les larmes d'une rage impuissante. Avec la mort de Richard, à peine huit ans plus tard, leur petite famille d'élection était anéantie. Désormais, Derek était seul pour en perpétuer le souvenir.

Dieu merci, il lui restait cette famille, réunie sous ses yeux autour de la grande table de Stevie dans sa maison du Connecticut, si loin du pays de Galles et de la vallée où il avait vu le jour. Cette famille à laquelle il devait tant de joies et qui était devenue sa principale raison de vivre.

Il lança un coup d'œil en direction de Miles, qui s'en aperçut et lui adressa un sourire. Derek le lui rendit avant de reprendre le fil de ses pensées.

Miles avait toujours été pour lui plus un fils qu'un petit-fils. Après la mort de Ralph, Derek avait proposé à Stevie de participer à son éducation ; mais Stevie, toujours farouchement indépendante, ne voulait de personne, pas même de lui, pour élever ses enfants. Quand il lui avait renouvelé ses offres d'assistance avec Gideon et Nigel, il s'était attiré la même réponse : « Je m'en sortirai. » Elle s'en était sortie, en effet, et d'une manière qui forçait l'admiration.

Gideon était plus renfermé que Miles mais, comme lui, doué au fond d'une bonne nature. Miles avait toujours été le préféré de tout le monde, tant il se montrait serviable, souriant et d'une constante égalité d'humeur. Il n'avait pas beaucoup changé ; il paraissait au contraire se bonifier en prenant de l'âge. C'était lui l'élément le plus stable de la famille, toujours prêt à apaiser les conflits.

Nigel était beaucoup trop Jardine dans l'âme pour daigner écouter quiconque, même sa mère — qui possédait toutefois une volonté trop affirmée pour ne pas finir par l'emporter. En tout cas, Nigel n'avait jamais accordé la moindre attention à Derek. Que savait un simple acteur, pas même un vrai parent mais le deuxième mari de sa grand-mère ? Dès le début, Nigel s'était d'instinct rallié à Bruce Jardine. A un moment donné, il avait même pris le parti du clan Jardine contre Stevie.

Derek n'avait jamais pu lui pardonner tout à fait cette trahison. Il avait eu beau s'y efforcer, sa déloyauté lui était restée en travers de la gorge. Alors, il avait choisi d'oublier afin de maintenir de bonnes relations avec Nigel, puisque après tout il était le fils aîné de Stevie et faisait partie de la famille, au même titre que les autres. Une « amnésie de circonstance », comme Blair qualifiait son attitude.

Ah, Blair !... La femme qu'il n'avait cessé d'adorer depuis le jour de leur première rencontre. A peine avait-il posé les yeux sur elle que, pour lui, rien ni personne n'avait plus existé. En une fraction de seconde, il avait su qu'elle était celle qu'il avait cherchée sa vie entière.

Son mariage avec Nina, sa première femme, battait déjà de l'aile, à vrai dire, de sorte que son coup de foudre pour Blair n'avait fait que précipiter une rupture inéluctable. L'écroulement brutal de son ménage l'avait d'ailleurs laissé fort indifférent. Il ne voulait que Blair, il n'avait d'yeux que pour elle. N'ayant pas eu d'enfants avec Nina, il n'avait pas de soucis de ce côté-là et Nina l'avait trop profondément blessé dans un passé encore récent pour qu'il éprouve du remords à la répudier. Ne l'avait-elle pas traité en public de « comédien ivrogne » ? Comédien, certes ; c'était un titre de gloire dont il s'enorgueillissait. Mais ivrogne ? Il était peut-être affligé de bien des défauts, mais sûrement pas de celui-là !

Blair et lui s'étaient donc mariés et, contrairement à toutes les prédictions, ils vivaient depuis un bonheur sans nuages. Elle était tout pour lui, à la fois la femme de sa vie, sa muse, sa loyale associée, son plus clairvoyant critique et son admiratrice la plus enthousiaste. Elle était toujours là quand il avait besoin d'elle : écarter les importuns les soirs de première, panser les blessures d'amour-propre auxquelles est sujet tout acteur, même célèbre, aplanir les mille et un tracas de la vie quotidienne. Comme sa mère et sa sœur avant elle, il lui vouait une adoration allant jusqu'à l'idolâtrie.

Qu'il n'ait pas eu d'enfants avec Blair ne le chagrinait guère, tout compte fait. D'abord, il avait eu Stevie, puis les enfants de Stevie et, maintenant, ceux de Nigel. Il les aimait tous comme s'ils étaient les siens — même Nigel, qui était pourtant si difficile à vivre, voire antipathique par moments. Mais Nigel était du sang de Stevie et de Blair, il méritait donc d'être aimé lui aussi, en dépit de ses défauts.

Son regard se posa sur Chloe, assise à côté de Blair. Sa ressemblance avec elle ou, du moins, avec l'allure que devait avoir Blair au même âge, le frappa. Elle ne tardera pas à briser les cœurs, se dit-il avec un léger sourire. Si Blair et lui avaient eu une fille, elle aurait sûrement été le portrait de Chloe. Elle avait l'air si jeune encore, trop jeune même pour ses dix-huit ans. Les enfants sont si précoces, de nos jours. Est-ce un bien ?...

Derek adorait Chloe et ne s'en cachait pas. Il se savait coupable de la gâter sans vergogne, mais il ne pouvait pas s'en empêcher et n'en éprouvait aucun remords. Il allait parler sérieusement à Stevie des études de Chloe à Oxford, dont elle rêvait depuis longtemps. L'été prochain, après son diplôme d'études secondaires, elle viendrait chez eux à Londres afin de préparer ses examens d'entrée à Oxford. Chloe était intelligente, artiste comme les jumeaux, elle possédait un esprit aussi vif et lucide que celui de sa mère. Elle irait loin dans la vie, Derek en était sûr. Aussi loin que Stevie, sa très chère Stevie, qu'il avait toujours considérée comme sa propre fille...

Au moment de son mariage avec Blair, elle avait quatorze ans et manifestait une indépendance de caractère frisant la rébellion. Il s'était très vite rendu compte qu'elle leur donnerait du fil à retordre, mais il était prêt à la prendre en main, à l'élever. En épousant la mère, il savait devoir aussi accepter la fille, ce qu'il avait fait avec joie et sans jamais songer à s'en plaindre. Son éducation ne leur avait guère causé de soucis, en fin de compte, puisqu'elle les avait quittés deux ans plus tard pour se marier.

Au début, Ralph Jardine lui avait inspiré bien

des réticences. Il se demandait quel genre d'homme pouvait ainsi séduire une jouvencelle de onze ans sa cadette, innocente et sans expérience de la vie. Et puis, constatant que Ralph aimait sincèrement Stevie et qu'ils étaient heureux ensemble, il avait révisé son jugement initial et appris à estimer Ralph, dont le tragique décès l'avait profondément affligé.

Stevie pouvait être fière d'elle-même comme il était fier d'elle, pensa-t-il en l'observant avec lucidité à l'abri de ses paupières mi-closes. La fillette révoltée s'était épanouie en une femme accomplie, remarquable à tous égards. Une femme d'affaires unanimement respectée dans une profession, masculine par tradition, où les femmes sont jugées sans indulgence. Une femme dont l'extraordinaire force intérieure ne cessait de l'étonner et forçait l'admiration. C'est pour elle que le dicton « Ce que femme veut, Dieu le veut » paraissait avoir été formulé.

Car c'était elle et elle seule, sa douleur de la mort de Ralph à peine surmontée, qui avait tout sauvé du naufrage. Terrassé par la mort de son fils, affaibli par sa propre crise cardiaque, Bruce Jardine était devenu presque totalement inefficace au moment le plus crucial — autant, du moins, que Derek en avait eu conscience à l'époque. Quant à Alfreda, la femme la plus bornée, la plus stupide qu'il eût jamais connue, elle était rongée de l'intérieur par son grotesque snobisme.

C'est ainsi que Stevie, si jeune encore et sans rien connaître du monde des affaires, avait réussi à maintenir la firme à flot. Certes, elle avait hérité de sa mère la force de caractère et l'intelligence, mais elle était douée en plus d'un courage hors du commun — car il lui en avait fallu du courage pour prendre les rênes de l'entreprise dans de telles conditions ! Bruce aurait beau minimiser son rôle et ses efforts, Derek savait ce qu'il lui devait en réalité. C'est grâce à Stevie qu'avait survécu et prospéré jusqu'à ce jour la société Jardine's & Co, joailliers de la Couronne.

Derek posa sur elle un regard attendri. Qu'elle ne se soit jamais remariée depuis son veuvage l'attristait. Il redoutait, surtout, de la voir aborder la vieillesse dans la solitude, sans un compagnon sur lequel s'appuyer, avec qui partager ses joies et ses peines. En ce moment, bien sûr, elle était dans la force de l'âge, elle débordait d'énergie, ses activités quotidiennes l'accaparaient. Le jour viendrait, pourtant, où elle devrait se retirer et transmettre ses responsabilités à Nigel.

Nigel... Lui, au moins, attendait cette échéance avec impatience, au point de chercher à la précipiter ! Si Stevie soupçonnait son fils aîné de vouloir l'évincer, elle devait avoir de sérieuses raisons d'y croire. Mais qu'est-ce qui poussait Nigel à agir ainsi ? C'était absurde, inexplicable ! Derek eut beau se creuser la tête, le mobile lui échappait.

8

— Grand-père ! Grand-père ! Attends-moi !

Derek se retourna. Voyant Chloe courir vers lui à travers la pelouse, il s'arrêta pour l'attendre.

— Que se passe-t-il, Chloe ? demanda-t-il lorsqu'elle l'eut rejoint. Rien de grave, j'espère ?

— Non, grand-père, répondit-elle, hors d'haleine. Je voulais simplement t'accompagner dans ta promenade.

— Ah bon ! Tu criais si fort que je m'attendais à ce qu'une catastrophe soit survenue depuis le déjeuner.

Chloe pouffa de rire.

— Je peux quand même me promener avec toi ?

— Bien sûr, ma chérie. Mais ne restons pas plantés ici, il ne fait pas chaud, aujourd'hui. Je comptais aller jusqu'au kiosque au bord de la rivière. D'accord ?

— D'accord.

Chloe prit le bras de Derek et ils s'éloignèrent en marchant du même pas.

— Tu ne devrais pas forcer ta voix comme tu viens de le faire, ma chérie, tu risques de la casser, dit Derek.

— Mais non ! Et puis, je ne veux pas être actrice.

— Tu pourrais quand même t'abîmer le larynx. Je le sais, cela m'est arrivé une fois et c'est très douloureux, crois-moi.

— Quand cela, grand-père ?

— Il y a très longtemps. J'étais encore un jeune acteur débutant et je criais à tue-tête pour me faire entendre du fond de la salle, au lieu de projeter ma voix comme il aurait fallu le faire. J'ai eu si mal que cela m'a servi de leçon, je te prie de le croire. Après, j'ai appris qu'il était inutile de hurler pour se faire entendre. Un professeur de diction m'a enseigné à projeter ma voix et, surtout, à articuler clairement. C'est cela le secret, vois-tu : le volume de la voix compte moins que la netteté de la diction. Un bon acteur doit savoir poser sa voix et articuler de telle sorte que le spectateur le plus éloigné ne perde pas un mot de ce qu'il dit même s'il chuchote sur scène.

— Ce devait être passionnant d'apprendre à jouer.

— Ce l'est toujours autant, Chloe — pour moi, du moins. Il n'y a rien de plus merveilleux au monde que d'entrer en scène et de prononcer sa première réplique. C'est exaltant. Un peu effrayant, aussi.

— Effrayant ?

— Bien sûr. Comme tous les acteurs, je suis sujet au trac. J'en souffre encore, moins souvent qu'au début peut-être, mais personne ne peut se vanter d'y échapper.

— Toi, grand-père ? s'exclama Chloe avec un sincère étonnement. Le grand Sir Derek Rayner, le plus célèbre acteur classique du théâtre anglais, aurait le trac ?

— Mais oui, ma chérie, répondit-il en souriant. Mon cher vieil ami Burton tremblait comme une feuille avant d'entrer en scène. D'autres ont la nausée, des sueurs froides ou même deviennent aphones. Ce pauvre Laurence Olivier lui-même, à ses débuts, avait un accès de fou rire dès qu'il émergeait des coulisses. Il a réussi par la suite à le maîtriser, du moins la plupart du temps.

— Et toi, grand-père, comment se manifeste ton trac ?

— De la manière la plus classique : tremblements, envie de vomir, la terreur d'oublier mon rôle ou de trébucher en entrant sur scène. Le trac vient de là, en fait : de la peur de se couvrir de ridicule en public.

— Je comprends. Ce doit être affreux.

— Oui. Heureusement pour moi, cela ne dure jamais très longtemps. Une fois que j'ai lancé ma première réplique, je suis littéralement possédé par mon personnage et je me laisse porter par lui et par l'intrigue de la pièce.

— J'ai eu un moment envie de devenir actrice. J'en ai même parlé à grand-mère, mais elle m'en a dissuadée.

— Vraiment ? Je me demande bien pourquoi ! dit Derek en riant. En tout cas, ma chérie, il faut suivre son étoile et ne pas écouter les autres.

— Ne le répète surtout pas à maman, elle serait folle de rage ! s'esclaffa Chloe.

— Tu as raison, il vaut mieux que je tienne ma langue. Mais ta mère est quand même assez sensée pour reconnaître que ce que je viens de dire est vrai. Shakespeare l'a exprimé mille fois mieux que je ne pourrais jamais le faire quand il a écrit : « Sois fidèle à toi-même. » Si tu suis ce précepte, tu ne risqueras pas de te tromper beaucoup dans la vie.

— Il voulait dire, n'est-ce pas, que nous devons rester fidèles aux principes auxquels nous croyons ?

— Exactement. Tu as dix-huit ans, Chloe. Tu

es déjà une jeune femme. Tu entreras bientôt à l'université.

— Oui, répondit-elle après une hésitation marquée.

— Voilà un oui qui manque singulièrement de conviction et qui ne te ressemble guère. J'ai cru entendre un petit couinement de souris apeurée.

Chloe ne put s'empêcher de rire.

— Eh bien ? insista Derek en la prenant par les épaules pour la forcer à le regarder en face. Est-ce là toute ta réponse, Chloe ? Je croyais que tu bouillais d'impatience de découvrir Oxford, ce lieu magique, ce temple du savoir ?

— Je... je ne sais pas, grand-père, avoua-t-elle en baissant les yeux avec embarras. Je ne sais plus...

Derek l'observa longuement en silence.

— Je vois, dit-il enfin. Et qu'est-il arrivé pour te faire changer d'avis ?

— Euh... rien. Rien du tout. Sincèrement, grand-père. Je ne veux plus continuer mes études, voilà tout. Je préfère commencer tout de suite à travailler. Chez Jardine's.

— Tu ne parles pas sérieusement ! s'exclama Derek. Si, tu as l'air tout à fait sérieuse, enchaîna-t-il sans lui laisser le temps de répliquer. Alors, ma chérie, explique-toi. Pourquoi une telle volte-face ?

— Je ne sais pas. Je ne peux pas vraiment l'expliquer.

— En as-tu parlé à ta mère ?

— Oui, mercredi. Le soir de mon arrivée.

— Hmmm... Elle doit être contente, je suppose, que tu veuilles travailler avec elle ?

Chloe se mordit les lèvres.

— Eh bien... pas vraiment. Elle veut que je finisse d'abord mes études. A Oxford.

— Je la comprends fort bien et je l'approuve.

— Oui, mais... je lui ai dit aussi que je voulais aller travailler à Londres avec Gideon.

Derek dissimula à grand-peine la stupeur que lui causait cette déclaration.

— Tu l'as dit à ta mère ?

— Oui.

— Seigneur !... Elle a dû être terriblement secouée.

Chloe se contenta d'acquiescer d'un signe. Derek la reprit par le bras et se remit en marche.

— Te rends-tu compte du coup que tu lui as assené en disant une chose pareille à brûle-pourpoint ? demanda-t-il au bout d'un long silence.

— Oui, je m'en rends compte maintenant.

— Je ne te comprends pas ! s'écria-t-il en cédant à une soudaine irritation. Pourquoi Londres ? Tu en apprendrais autant à New York avec ta mère. Elle serait ravie de te garder près d'elle et tu ne le regretterais pas, au contraire.

— Je suis sûre d'en apprendre bien davantage à Londres sur les pierres et la création des bijoux, répondit Chloe en s'échauffant. Les ateliers sont plus importants qu'à New York et occupent beaucoup plus de spécialistes. Gideon est un des plus grands lapidaires de la profession, il sera un meilleur professeur que n'importe qui. D'ailleurs, c'est lui qui est titulaire de la charge de joaillier de la Couronne et la seule personne au monde habilitée à...

— Je sais, je sais ! l'interrompit Derek, agacé. Ecoute, personne ne t'interdit de vouloir travailler chez Jardine's, que ce soit à Londres ou à New York, *après* la fin de tes études. Réfléchis, voyons ! Je serai le dernier à t'empêcher de chercher à réaliser tes rêves, je t'y encourageais même il y a un instant. Mais pourquoi avoir tout à coup décidé de ne pas poursuivre tes études ? Il n'a jamais été question que tu ailles à l'université pour faire plaisir à ta mère ou à moi, mais avant tout pour toi-même. Quelle que soit la carrière que tu choisiras par la suite, il est important, je dirais même essentiel, que tu aies des diplômes. Me promets-tu au moins d'y penser, Chloe ?

— J'y penserai, grand-père, répondit-elle après une hésitation à peine perceptible.

Chacun plongé dans ses réflexions, ils reprirent en silence leur marche vers le kiosque.

Troublé par ce que Chloe lui avait révélé, Derek imaginait trop bien le choc qu'avait dû éprouver Stevie. La jeunesse est cruelle, se dit-il avec tristesse, sans toujours avoir conscience des blessures qu'on peut infliger par des paroles irréfléchies. Mais l'égoïsme n'est-il pas un défaut inhérent à la jeunesse ? N'avait-il pas lui-même fait montre du même égoïsme inconscient, quand il était jeune et croyait tout savoir ? Maintenant, à soixante-huit ans, il avait l'impression de ne rien savoir, de n'avoir rien appris en dépit de tout ce qu'il avait vécu. Il disait souvent à Blair que rien ne pouvait plus le surprendre parce qu'il s'attendait toujours au pire. C'était oublier que la vie, toujours imprévisible, lui réserverait sans cesse de nouvelles surprises, Chloe venait de lui en administrer la preuve.

Arrivés au kiosque, qui se dressait sous les saules au bord de la rivière coulant au fond du jardin, Derek en monta aussitôt les marches.

— Reposons-nous ici quelques instants, dit-il. Nous serons à l'abri du vent et j'aime observer les oiseaux qui viennent jouer sur l'eau. J'avoue aussi que la marche m'a fatigué plus que je ne le croyais.

Chloe s'assit près de lui sur le banc. Elle dénoua son écharpe, enleva son bonnet de laine et se passa la main dans les cheveux en soupirant.

— Eh bien, ma petite Chloe, tu te sens écrasée par tous les malheurs du monde ? dit-il en souriant.

Elle fit non de la tête. Derek se pencha vers elle et se rendit alors compte qu'elle paraissait au bord des larmes.

— Allons, Chloe, pourquoi ce gros chagrin ? murmura-t-il en lui prenant la main. Qu'y a-t-il ?

— Rien, grand-père. Rien du tout.

Elle chassa du bout du doigt une larme au coin de ses paupières, déglutit, s'efforça en vain de sourire.

— Voyons, ma chérie, il n'y a pas de quoi pleurer. Ai-je été trop dur avec toi, tout à l'heure ?

— Mais non, grand-père, je t'assure. C'est de ma faute, voilà tout. J'ai été idiote.

— Comment cela ?

— Je vous ai fait de la peine, à maman et à toi, en disant que je voulais arrêter mes études. Et je l'ai blessée en ajoutant que je préférais travailler à Londres. Mais je ne cherchais pas à vous faire de la peine, surtout à elle.

— Je sais, Chloe, et elle aussi le sait, j'en suis sûr. En tout cas, tu m'as promis de réfléchir avant de prendre une décision aussi lourde de conséquences, n'est-ce pas ? Eh bien, dis-le à ta mère, tu lui feras un immense plaisir, je te le garantis. Mieux encore, tu la rassureras. Le feras-tu ?

Chloe acquiesça d'un signe de tête. Puis, se tournant vers Derek, elle fondit en larmes sans pouvoir se retenir.

— Chloe, Chloe, qu'y a-t-il, ma chérie ? s'écria-t-il, plus ému que déconcerté. Aurais-tu des ennuis, un problème dont tu veux me parler ?

Au bout de quelques secondes, elle parvint à reprendre contenance.

— Eh bien... je suis venue me promener avec

toi parce que je voulais te demander quelque chose...

Elle s'interrompit, regarda son grand-père avec un évident désarroi.

— Je t'écoute, ma chérie. Vas-y, parle, n'aie pas peur. Je ne te mangerai pas, tu le sais bien.

— C'est... c'est au sujet de mon père.

Derek devina sans peine la question qui allait suivre.

— Et alors ? demanda-t-il.

— Qui était-ce ?

— Je l'ignore, Chloe, répondit-il en soupirant. Très franchement, je n'en sais rien.

— Mais si tu le savais, tu me le dirais, n'est-ce pas ?

— Bien entendu.

— Je considère que maman est injuste avec moi. Je ne suis plus une enfant, elle pourrait me dire la vérité. De toute façon, je sais depuis longtemps que je suis une enfant illégitime. Je devrais aussi savoir de qui je suis la fille.

— Je suis tout à fait de cet avis, Chloe, répondit Derek avec sincérité.

— Alors, aide-moi, grand-père. Je t'en prie.

— Comment cela, ma chérie ?

— Parle à maman, elle t'écoutera. Dis-lui qu'il est temps qu'elle m'apprenne la vérité. Qu'elle me dise tout.

— Elle ne le voudra sans doute pas, Chloe.

— Pourquoi ?

— Je n'en ai aucune idée. Elle a toujours été si cachottière à ce sujet... Je m'en suis souvent demandé la raison.

— Tu ne l'as jamais connu ? Ni même rencontré ?

— Non, jamais.

— Et grand-mère ?

— Pas davantage. Pour nous autres, vois-tu, il a toujours été... l'homme invisible.

— C'est quand même dur de ne pas savoir comment était mon père. Je ne sais même pas si je lui ressemble...

Les yeux de Chloe s'emplirent à nouveau de grosses larmes qui ruisselèrent sur ses joues.

— Ne pleure pas, ma chérie.

— Tu lui parleras, grand-père ? Promets-le-moi.

— J'ai une meilleure idée. Allons d'abord voir ta grand-mère, elle sera de bon conseil.

9

— Vous avez de vraies mines de conspirateurs, dit Blair en voyant Derek entrer dans le petit salon attenant à leur chambre, Chloe sur ses talons. Qu'êtes-vous en train de mijoter, tous les deux ?

— Je passe la parole à Chloe, ma chérie, répondit Derek qui alla se poster devant la cheminée, le dos au feu.

— Tu veux me parler, Chloe ? s'enquit sa grand-mère avec étonnement.

Chloe entra aussitôt dans le vif du sujet.

— Oui, grand-mère. Je veux tout savoir de mon père. Maman ne m'en a jamais rien dit. Si tu sais quelque chose, parle-moi de lui, je t'en prie.

Blair ne put dissimuler son effarement.

— Mais, ma chérie... je ne peux rien te dire, pour la bonne raison que je n'ai jamais connu ton père ! Je ne l'ai jamais vu ni n'ai même entendu sa voix au téléphone.

— Maman a pourtant dû y faire allusion devant toi, mentionner au moins son existence ?

— Non, ma chérie.

— Mais alors, grand-mère, comment t'a-t-elle prévenue de... je veux dire, informée de... de *moi* ?

— Elle m'a appris un jour qu'elle était

enceinte. J'en ai été ravie pour elle, bien entendu, parce que je m'attendais à ce qu'elle m'annonce aussi son mariage.

— Sauf qu'il ne l'a jamais épousée, puisque... Chloe s'interrompit et se laissa tomber sur le canapé. Ses grands-parents échangèrent un regard perplexe.

— Puisque quoi, ma chérie ? l'encouragea Derek.

— Puisqu'il est mort. Maman m'a dit que mon père s'était tué dans un accident de voiture avant qu'ils aient pu se marier.

— Vraiment ? laissa échapper Blair.

— Oui. Elle ne te l'avait pas dit, grand-mère ?

— Non.

— Qu'est-ce qu'elle t'a dit, alors ?

— Peu de chose, en réalité. Quand je lui ai dit combien j'étais heureuse de savoir qu'elle allait se remarier, elle m'a déclaré : « Pas question de mariage. » Rien de plus. Je me souviens très bien de sa réponse parce que, ce jour-là, il pleuvait sur Londres. J'étais devant la fenêtre de la maison de Hampstead, où nous habitions à l'époque, et j'étais si triste qu'en voyant les arbres du jardin noyés de pluie et les gouttes qui ruisselaient sur la vitre, je me disais que la pluie ressemblait à mes larmes.

— Tu avais tant de peine, grand-mère ?

— Bien sûr que j'avais de la peine ! Pas pour moi, mais pour ta mère. Elle avait déjà vingt-huit ans, j'aurais voulu qu'elle retrouve le bonheur avec un autre mari, que la vie lui offre une seconde chance.

— Et au lieu d'un mari, dit Chloe d'un ton amer, c'est moi qu'elle a eue. Pas de chance...

— Je te défends de dire des choses pareilles, Chloe ! s'écria Blair avec indignation. Personne n'a jamais rien dit ni rien fait pour te donner l'impression de n'être pas aimée ou désirée ! Dès le jour de ta naissance, nous t'avons tous aimée du fond du cœur, y compris Bruce Jardine. Tu fais partie intégrante de la famille, ne l'oublie pas. Depuis dix-huit ans, personne n'a même eu l'idée de s'interroger sur l'identité réelle de ton père. Et n'oublie pas non plus, ma chérie, poursuivit Blair d'un ton radouci, que tu nous as apporté à tous les plus grandes joies. Comment peux-tu dire, comment peux-tu même nourrir une seconde la pensée que ta naissance ait été une malchance, pour ta mère ou pour ta famille ? Nous t'aimons de tout notre cœur, Chloe.

— Rien de plus vrai ! renchérit Derek. Nous ne nous soucions que de ton bien, ta mère plus qui quiconque.

— Oui, bien sûr... Mais savez-vous qui était John Lane dont le nom figure sur mon acte de naissance ?

— Je l'ignore et ton grand-père aussi, répondit Blair. Jusqu'au jour où ta mère m'a appris qu'elle était enceinte, je ne me doutais même pas qu'elle avait un... un ami. A ce moment-là, entre son travail et l'éducation de tes frères, elle était débordée au point qu'il me paraissait impossible qu'elle ait le temps d'avoir une vie personnelle.

— Elle a pourtant connu ce John Lane. Force-la à parler, grand-mère. A dire tout ce qu'elle sait. J'ai le *droit* de savoir !

— Je te comprends, ma chérie, et je parlerai à ta mère. Mais je ne te promets pas de réussir. Je connais ma fille mieux que quiconque, tu sais. Quand elle a une idée en tête, il est pour ainsi dire impossible de l'en faire démordre.

— Pourtant, dit Chloe avec un soupir découragé, si elle parlait un jour à quelqu'un, ce serait à toi.

— Je n'en suis pas si sûre. Elle garde jalousement le secret depuis ta naissance. Qu'est-ce qui la déciderait à le divulguer maintenant ? André Birron lui-même ne sait rien à ce sujet, or s'il est une personne au monde à laquelle elle se serait plus volontiers confiée, c'est bien lui.

— Tu en as donc parlé à oncle André ?

— Une fois, il y a très longtemps.

— Et il n'avait aucun indice, lui non plus ?

— Non. Il m'a même conseillé de ne pas insister et de ne plus en parler à Stevie, de peur de la buter et de perdre sa confiance. Comme je ne voulais pas prendre ce risque, j'ai suivi son conseil.

— Je suis de tout cœur avec toi, Chloe, intervint Derek. Il est tout à fait normal que tu cherches à savoir qui était ton père. Aussi, si ta grand-mère est d'accord, c'est *moi* qui parlerai à ta mère d'ici demain. Mais à condition que tu me laisses agir comme je l'entends et sans me harceler. J'aborderai le sujet avec ta mère quand le moment me paraîtra opportun. D'accord ?

Chloe se leva et courut se jeter dans ses bras.

— Oh ! merci, grand-père ! Je t'adore !

Derek la serra tendrement contre lui. Elle était si jeune, si vulnérable...

Par-dessus sa tête, Blair et lui échangèrent un regard et une moue désabusés. Ils pensaient tous deux exactement la même chose : ils auraient beau faire, Stevie ne dirait rien.

Plus tard dans la soirée, Derek reposa l'épais cahier qu'il était en train de lire.

— Crois-tu que toutes les familles soient comme la nôtre ? demanda-t-il à sa femme.

— Que veux-tu dire ?

— Je veux dire plus ou moins détraquées.

— Derek ! s'écria-t-elle, mi-indignée, mi-effarée. Comment peux-tu dire une chose pareille ? Nous ne sommes pas détraqués !

— Nous nous y acheminons à grands pas, en tout cas.

— Je n'en crois pas mes oreilles ! Dis-moi que j'entends de travers ou que ce n'est pas toi qui me parles.

— Tes charmantes oreilles fonctionnent à la perfection, ma chérie, répondit-il en riant. Permets-moi aussi de te faire observer que les familles détraquées ne constituent pas une nouveauté sous le soleil. Elles existent depuis la plus haute Antiquité, voire depuis l'apparition de l'homme sur terre. Prenons les Plantagenêts, par exemple, dit-il en montrant le cahier posé près de lui sur un guéridon.

Blair se contenta de le dévisager avec une expression ahurie qui lui tira un nouvel éclat de rire.

— Sérieusement, Blair, reprit-il, regarde Henri II et Aliénor d'Aquitaine, sans oublier leurs trois fils, Richard, Geoffroy et Jean. Comme exemple de famille détraquée, on ne trouve guère mieux dans l'Histoire. Et les choses n'ont pas tellement changé depuis 1183, quand Henri II régnait sur l'Angleterre et une bonne moitié de la France.

— Je vois... Aurais-tu décidé de faire la reprise d'*Un lion en hiver* ?

— Peut-être. La pièce n'a pas été rejouée à Broadway depuis 1966. Elle est bien construite, à la fois distrayante et dramatique. Les dialogues sont excellents. Le personnage de Henri II m'est si familier que je ferais du bon travail.

— Crois-tu qu'une reprise aurait du succès ? Le public n'aura-t-il pas trop tendance à se souvenir du film, avec Katharine Hepburn et Peter O'Toole ?

— Tant mieux ! Cela lui donnera envie de le revoir, sur une scène cette fois. Mais laissons 1183 et les Plantagenêts derrière nous pour revenir à 1996 et à notre propre famille. Qu'allons-nous faire au sujet de Chloe ?

— Je croyais que tu avais décidé de parler à Stevie.

— Penses-tu que je le doive ?

— Sincèrement, oui. Elle acceptera d'en discuter avec toi beaucoup plus volontiers qu'avec moi. Si je me risquais à aborder le sujet, elle se contenterait de l'éluder ou de me signifier de me mêler de mes affaires. Elle t'a toujours davantage écouté.

— Chloe semble remontée à bloc. Je la comprends. Stevie aurait dû lui parler de son père il y a des années, elle lui avait bien révélé sa naissance illégitime.

— Stevie ne pouvait pas faire autrement, Derek. Elle était veuve et il n'y avait pas d'homme dans sa vie.

— Mais pourquoi tant de secrets autour de ce John Lane ?

— Tu disais toi-même que ce n'était sans doute pas son vrai nom. Aurais-tu changé d'avis ? Estimes-tu maintenant qu'il a réellement existé ?

— Non, Blair. Que l'homme ait existé ne fait à l'évidence aucun doute, mais je crois toujours qu'il s'agit d'un faux nom inventé par Stevie.

— Afin de couvrir une véritable identité ?

— Bien sûr.

— Laquelle, alors ?

Derek fit un geste d'ignorance.

— Je me suis souvent demandé s'il ne s'agissait pas de quelqu'un de notre connaissance. Pourtant, quand je t'en ai parlé, tu m'as répondu que je faisais fausse route.

— Je ne te le dirais plus maintenant. J'y ai

réfléchi, ce mystérieux John Lane pourrait fort bien faire partie du cercle de nos relations. A l'époque, nous représentions les seules occasions que Stevie avait de se distraire. Prise comme elle l'était par son travail et ses enfants, elle ne sortait pour ainsi dire que chez nous ou avec nous. Peut-être s'est-elle laissé séduire par un de tes amis acteurs. Un homme probablement assez renommé pour vouloir éviter le scandale, sinon pourquoi se donner le mal de le protéger ?

— C'est plausible, en effet.

Pensif, Derek se leva et fit un instant les cent pas avant d'aller se poster devant la fenêtre. Blair le suivit d'un regard plein de tendresse et d'admiration.

Son mari était l'homme le plus remarquable qu'elle eût jamais connu. Acteur classique sans égal sur les planches et vedette prestigieuse du grand écran, son génie lui valait dans le monde entier des ovations enthousiastes. Car le terme de génie, dans son cas, n'était pas excessif. A force de travail et de volonté, il s'était imposé, à dix-neuf ans, sur les scènes londoniennes. Sa première interprétation de Hamlet dans un théâtre du West End nourrissait encore les commentaires admiratifs des aficionados les plus blasés.

Hors des feux de la rampe ou des sunlights, Derek était le meilleur des hommes. Bon, honnête, généreux, il ignorait la vanité, toutes qualités précieuses aux yeux de Blair qui savait surtout qu'elle n'aurait jamais pu les trouver réunies chez un autre homme que lui. Ils se complétaient l'un l'autre au point de former un couple idéalement assorti.

Dès le premier jour, il lui avait prodigué un amour fervent qu'elle lui avait rendu sans compter. Elle avait aussi été envoûtée par sa voix extraordinaire, qui lui donnait encore la chair de poule quand elle l'écoutait au théâtre, assise parmi la foule des spectateurs subjugués. Elle n'était pas non plus restée insensible à sa beauté virile et, comme des milliers d'autres femmes, elle avait succombé au charme de ses yeux d'un bleu lumineux, capables d'exprimer les sentiments et les passions dans leurs nuances les plus subtiles.

Toujours droit, la carrure imposante, Derek gardait à soixante-huit ans l'allure d'un homme dans la force de l'âge. Ce jour-là, pourtant, il paraissait las. Son visage à peine griffé par un fin réseau de rides restait jeune, mais depuis quelques semaines l'argent de ses tempes gagnait du terrain. Blair se surprit à souhaiter qu'il ne s'engage pas à assumer le rôle de Henri II dans la reprise d'*Un lion en hiver.* La longue série de représentations de *Becket* à Broadway, suivie sans transition par le tournage du film dans l'Arizona, avait mis sa résistance à trop rude épreuve.

Blair espérait le voir prendre un repos bien mérité après leur retour en Angleterre. Elle doutait, cependant, de réussir à l'en convaincre. Henri II Plantagenêt, qu'il venait d'incarner dans *Becket,* exerçait sur lui une telle fascination qu'il semblait vouloir en faire son rôle fétiche. D'ailleurs, Derek s'était toujours donné à fond dans tout ce qu'il entreprenait, au besoin jusqu'à l'épuisement de ses forces. Etait-ce chez lui une sorte de masochisme ?...

Son mari interrompit le cours de ses réflexions en se détournant soudain de la fenêtre.

— Que Chloe, à son âge, désire tout savoir de la personnalité de son père afin d'apprendre à mieux se connaître, rien de plus légitime. Néanmoins, ma chérie, je crains fort qu'elle n'ait en ce moment d'autres problèmes à résoudre. Elle m'a fait un certain nombre de confidences pendant notre petite promenade digestive.

— Je le crois sans peine. Quels autres coups de massue t'a-t-elle assenés ?

— Cette chère enfant s'est mis en tête de ne pas poursuivre ses études.

— Alors là, je n'en reviens pas ! s'écria Blair. Depuis des années, Chloe nous serinait qu'elle brûlait d'impatience d'aller à Oxford ! Souviens-toi, elle m'a même forcée l'été dernier à l'y conduire pour visiter la ville et l'université. A ta place, je ne m'en soucierais quand même pas trop. Ce n'est à mon avis qu'une lubie, elle peut très bien changer d'avis demain ou l'année prochaine. Les jeunes ne prennent conscience des difficultés de la vie que quand ils y sont directement confrontés. Elle se rendra sans doute vite compte de l'utilité des études et des diplômes.

— Je l'espère aussi, mais j'en doute. Que Chloe se prive de ce qui pourrait représenter ses plus belles années m'attriste toutefois moins pour elle que pour Stevie.

— Parce qu'elle en a parlé à sa mère ?

— Eh oui ! Elle l'a même informée qu'elle avait décidé de travailler chez Jardine's.

Stupéfaite, Blair ne répondit pas aussitôt.

— Incroyable ! dit-elle enfin. Ce n'est certes pas ce que je lui aurais conseillé mais, tout compte fait, il n'y a peut-être là que demi-mal. Stevie la gardera ainsi près d'elle.

— Non : Chloe veut aller chez Jardine's à Londres.

— Seigneur ! soupira Blair. Dois-je en déduire qu'elle a aussi lâché cette bombe-là sur sa mère ?

— Bien sûr. Quand on est en veine de confidences, à cet âge-là, rien ne vous arrête.

— Je commence à comprendre pourquoi tu disais, tout à l'heure, que la famille était détraquée.

— Et ce n'est pas tout, ma chérie.

— Derek ! s'exclama Blair, réellement inquiète.

Ne me dis pas que Chloe a des problèmes encore plus sérieux !

— Non, il ne s'agit pas de Chloe, mais de Miles.

— Miles ? C'est lui le plus équilibré de la famille !

— Tout à fait exact. Aussi se tracasse-t-il pour son frère Gideon. Il m'a dit l'avoir trouvé abattu, déprimé. Il m'a demandé quelle impression Gideon nous avait faite quand il était venu nous voir à Los Angeles.

— Il m'avait paru préoccupé, répondit Blair sans hésiter. Ou plutôt, replié sur lui-même.

— Moi aussi. C'est ce que j'ai dit à Miles.

— Oui, replié sur lui-même, répéta Blair. C'est bien l'expression qui convient.

— Je n'ai pas fini, ma chérie.

— Quoi encore, Derek ? soupira-t-elle. Quelle nouvelle catastrophe vas-tu m'apprendre ?

— Miles m'a informé que sa mère soupçonne Nigel de chercher à l'évincer de la direction de la firme.

— Qu'est-ce que ma chère fille va encore inventer !

Derek fronça les sourcils, déconcerté par cette réaction.

— Tu ne la crois pas ?

— Toute plaisanterie mise à part, j'ai bien peur que si. Stevie a un jugement auquel je me fie aveuglément. Je n'en dirais pas autant de celui de Nigel...

Elle s'interrompit, réfléchit quelques instants.

— Si Stevie estime que Nigel manœuvre en sous-main pour saper son autorité, c'est qu'elle a de sérieuses raisons de le croire. Je ne m'étonne plus que tu aies évoqué les Plantagenêts, mon chéri ! Pourquoi pas les Atrides, au point où nous en sommes ? Nous n'avons décidément rien à envier à ces familles sanguinaires, à leurs complots, leurs secrets honteux, leurs trahisons...

— Comme tu y vas ! l'interrompit Derek en riant. Sommes-nous vraiment aussi méchants, selon toi ?

Blair le dévisagea un moment en silence.

— Ni plus ni moins que toutes les familles, répondit-elle enfin. N'est-ce pas vrai ?

— Je ne sais pas. Tout dépend de ce qui est en jeu. Laisse-moi te poser une autre question, Blair. Pourquoi Nigel comploterait-il contre sa propre mère ? Surtout quand il sait que l'affaire lui reviendra de toute façon.

— C'est justement ce qui me paraît inexplicable, Derek. J'ai beau chercher, je ne vois pas ce qui le pousserait à agir ainsi. Mais tu sais aussi bien que moi que Nigel a toujours été sournois, même étant enfant... Alors, mon chéri, soupira-t-elle, qu'allons-nous faire ?

— Ce que font toutes les familles en pareil cas : nous efforcer de recoller les morceaux.

Avec un geste las, Derek se laissa retomber dans son fauteuil et reprit le texte de la pièce qu'il étudiait auparavant. Au bout de quelques instants, toutefois, il referma le cahier et se tourna à nouveau vers sa femme.

Le regard vague, Blair semblait plongée dans d'amères réflexions, dont il n'eut pas de mal à deviner la nature.

Blair était une femme exceptionnelle, solide et courageuse. Diplomate jusqu'au bout des ongles, elle savait dénouer les crises les plus aiguës ; psychologue-née, elle comprenait la nature humaine jusque dans ses rouages les plus complexes. Etre l'épouse d'un acteur — et d'un acteur aussi célèbre que lui — n'était pourtant pas une partie de plaisir, loin de là ! Il fallait se montrer ferme et souple à la fois, ne pas transiger sur les principes essentiels et savoir en même temps faire des concessions. Un périlleux exercice d'équilibriste, dont Blair s'était toujours tirée avec un brio qui forçait l'admiration.

Ce jour-là, elle lui paraissait plus belle que jamais. La première fois que ses yeux s'étaient posés sur elle, il avait d'abord vu la blonde aux yeux noirs pleins de feu, au teint éblouissant, au sourire irrésistible, à la silhouette irréprochable, bref, l'incarnation même de la Beauté avec un B majuscule. Trente ans plus tard, elle n'avait rien perdu de sa grâce et de son élégance innée, au contraire. Mais c'étaient sa droiture, sa joie de vivre, sa vivacité d'esprit, l'acuité de son intelligence qu'il chérissait le plus.

Sa voix mélodieuse l'arracha à sa contemplation.

— Quand comptes-tu parler de Chloe à Stevie, Derek ?

— A la réflexion, je me demande si nous ne devrions pas lui parler ensemble.

— Peut-être. Quand, alors ?

— Voyons, nous sommes samedi, nous devons partir demain après-midi, ce qui nous laisse peu de temps. Ce soir après le dîner, qu'en penses-tu ? J'ai l'impression, ajouta-t-il avec un soupir, que cela ne lui plaira pas du tout. Tu la connais, elle a horreur qu'on se mêle de ses affaires ou qu'on lui donne des conseils.

— Tu ferais donc mieux de la voir seul, comme nous l'avions décidé au début. Stevie a toujours tenu compte de tes avis et te respecte plus que moi. Elle n'osera pas t'éconduire et t'écoutera jusqu'au bout.

— Je me le demande... Je n'ai jamais encore abordé avec elle l'épineux sujet de John Lane.

— Il y a un début à tout, mon chéri, répondit Blair en souriant. Tu trouveras sûrement dans ta mémoire une citation de Shakespeare qui t'en convaincra mieux que moi.

10

— J'aimerais que tu donnes au moins à Chloe quelques indications à son sujet, Stevie, déclara Derek. Crois-moi, ma chérie, des détails, même sommaires, feraient beaucoup pour assouvir la curiosité qui la dévore.

Accoudée à la cheminée du boudoir, Stevie soutint sans faiblir le regard scrutateur de son beau-père.

— C'est impossible, Derek. Je ne sais moi-même presque rien de lui.

Derek ne put dissimuler son étonnement.

— Je ne suis pas sûr d'avoir bien compris.

Stevie s'éclaircit la voix.

— Je l'ai à peine connu. Ce fut, disons... une brève aventure. Nous avons fait connaissance à un cocktail et nous sommes sentis irrésistiblement attirés l'un vers l'autre. Nous avons dîné ensemble et fini la soirée à l'hôtel. Nous nous sommes ensuite revus deux ou trois fois et je me suis retrouvée enceinte. C'est tout.

— Et qu'en a dit l'individu en question ? Parce que je suppose que tu l'as informé de ton état quand tu l'as toi-même découvert.

— Oui. Il ne pouvait pas faire face à la situation.

— Autrement dit, il a refusé de t'épouser ?

— Nous nous connaissions à peine, répondit-elle avec un geste fataliste.

— Il t'a donc laissée te débrouiller toute seule.

— Si l'on veut...

— Charmant !

Stevie s'abstint de répondre. Il y eut un silence.

— Il ne s'est pas vraiment tué dans un accident d'auto avant la naissance de Chloe, n'est-ce pas, ma chérie ?

— Non. Je l'ai dit à Chloe parce que cela me paraissait la meilleure explication. La seule, du moins, qui me soit venue à l'esprit — elle me bombardait de questions. Et puis, j'avais honte de moi, je l'avoue. En tout cas, il est mort.

— Tu ne peux vraiment rien donner à Chloe, Stevie ?

— Quoi, par exemple ?

— Une lettre de lui, une photo, un souvenir tangible.

— Bien sûr que non ! Nous ne nous sommes pas connus assez intimement ni assez longtemps.

— Quand est-il mort ?

— Environ un an après la naissance de Chloe.

— D'un accident ?

— Non, de mort naturelle.

— Mais tu as quand même appris son décès ?

— Oui.

Comment cela ?

— Sommes-nous au tribunal de l'Inquisition ? s'écria Stevie avec un bref éclat de rire. Le rôle de Torquemada manquait-il à ton répertoire ?

— Pardonne-moi, je plaide coupable. Mais je suis moi aussi dévoré de curiosité, vois-tu. C'est la première fois que nous abordons ce sujet.

— En effet. J'ai toujours opposé à maman une fin de non-recevoir et tu ne m'as jamais posé de questions. Tu as fort bien fait, d'ailleurs ! ajouta-t-elle en riant.

— Permets-moi quand même d'y revenir. Si tu connaissais à peine cet homme, si tu n'as plus eu ensuite de contacts avec lui, comment as-tu appris sa mort ?

— Par les journaux, improvisa-t-elle.

— Ah ! Il s'agissait donc d'une personnalité connue ?

— Plus ou moins.

— Et John Lane était un nom d'emprunt ?

— En partie.

— Tu as donc changé le nom de famille ?

— Oui. J'estimais qu'il était plus sage à tout point de vue de préserver son anonymat.

— Reconnaîtrais-je ce nom si je l'apprenais ? L'ai-je connu personnellement ? Etait-ce un acteur ? insista-t-il devant le mutisme obstiné de Stevie.

— De grâce, Derek, restons-en là ! dit-elle enfin. Tout cela s'est passé il y a des années. Savoir qui il était n'a plus aucune importance.

— Chloe n'est pas de cet avis, répliqua-t-il.

Stevie laissa échapper un soupir de lassitude.

— Je me demande quelle mouche la pique, tout à coup ! Elle ne m'en avait pas reparlé depuis une éternité et la voilà maintenant qui te harcèle avec ça, comme si le monde allait s'arrêter de tourner ! Ma fille a toujours eu ce qu'elle voulait sur un plateau, mais ça ne lui suffit pas, non, elle veut savoir qui était son père ! Un homme qui n'a jamais rien fait pour elle, qui n'a joué aucun rôle dans sa vie... Allons, Derek, nous au moins, soyons sensés ! Tout cela ne tient pas debout.

— Tu as cent fois raison, Stevie. Malheureusement, les jeunes comprennent mal nos raisons, quand ils ne les traitent pas par le mépris. Chloe semble te reprocher d'être injuste envers elle en lui cachant la vérité. Et ne t'en prends pas à moi, je te prie, je ne fais que transmettre le message.

— Ecoute, Derek, je croyais pourtant m'être fait comprendre : ce n'était qu'une aventure sans lendemain. Une passade, pour parler plus crûment. La veuve éplorée qui s'offre une fantaisie d'un soir moins de trois ans après la mort de son mari bien-aimé et se laisse piéger comme une oie blanche. C'est une histoire vieille comme le monde, qui est arrivée et arrivera encore à des millions de femmes. Pour les puritains, c'est ce qu'on appelle le prix du péché.

— Je comprends...

— Que ce soit donc clair une fois pour toutes ! Compte tenu des circonstances, je ne peux rien dire de lui, pas plus à toi qu'à maman ou à Chloe, pour la bonne et simple raison que je n'ai *rien* à en dire.

— Je sais. Mais écoute-moi un instant : tu m'as dit l'avoir rencontré à un cocktail. Selon toute vraisemblance, cette soirée a dû avoir lieu chez nous. Et ce mystérieux séducteur était un acteur, n'est-ce pas ? Dans ce cas, je l'ai connu. Indique-moi son vrai nom, je m'arrangerai pour raconter à Chloe une histoire plausible.

— Mais non, à la fin ! s'exclama Stevie, excédée. Je ne l'ai pas rencontré chez toi ! Ni maman ni toi n'avez jamais jeté les yeux sur lui ! Il vous est totalement inconnu !

Derek lui coula un regard pénétrant. Désormais, il savait sans l'ombre d'un doute que Stevie mentait.

Une fois seule, Stevie alla se déshabiller dans sa chambre et revint au boudoir en peignoir.

Assise à sa table de travail, elle ouvrit son journal, prit son stylo... et contempla la page blanche. Trop de pensées se bousculaient dans sa tête pour qu'elle puisse écrire.

Un léger coup frappé à la porte la fit sursauter.

— Ce n'est que moi, fit la voix de sa mère.

— Ah ! Je vois que les visiteurs du soir se succèdent !

Sans relever son ton sarcastique, Blair traversa la pièce et vint poser une main sur l'épaule de Stevie.

— Derek est désolé. Il craint de t'avoir contrariée.

— Depuis plus de trente ans, Derek devrait savoir qu'il ne m'a jamais contrariée. Il croyait bien faire, je sais...

— Mais l'enfer est pavé de bonnes intentions.

— Je ne l'ai pas dit, maman.

— Non, mais tu le pensais. Viens avec moi sur le canapé.

Docilement, Stevie se leva et la suivit.

— J'espère, dit-elle en s'asseyant, que tu n'es pas venue pour me répéter tout ce que Derek m'a dit tout à l'heure.

— Pas le moins du monde. Je n'ai pas non plus l'intention de t'interroger sur ton passé. Tes rapports avec ce John Lane, ou quel que soit son nom, ne regardent que toi. Tu n'as pas voulu m'en parler sur le moment, il est dix-huit ans trop tard pour commencer.

— Enfin une observation sensée !

— Derek partage entièrement ce point de vue, tu sais. Il regrette de t'avoir cuisinée à ce sujet ce soir, mais nous nous tracassions tous deux pour Chloe. Elle nous a paru très troublée, cet après-midi, et elle ne tarissait pas de questions sur son père.

— Dieu sait pourquoi ! J'ai été pour elle à la

fois un père et une mère et, sans me vanter, je crois avoir fait du bon travail. Je l'ai aimée, je l'ai élevée, je lui ai inculqué des principes, j'ai fait preuve de patience et de compréhension. Depuis sa naissance, la famille entière l'adore, la cajole, la gâte sans vergogne. Elle a tout ce qu'une fille peut espérer avoir dans la vie : une bonne éducation, de l'argent, un avenir. Et maintenant, la voilà qui court partout en clamant : « Qui est mon père ? Pourquoi ma mère ne veut rien me dire ? » On jurerait un cri de guerre...

Stevie s'interrompit, le temps de reprendre haleine.

— Si je ne lui dis rien, poursuivit-elle, c'est parce que je n'ai eu aucun lien durable avec lui. Pour lui comme pour moi, ce n'était qu'une aventure sans lendemain. Cet homme est un étranger. Un inconnu.

— Je sais, ma chérie. Mais je sais aussi que tu t'es sacrifiée pour Chloe, c'est pourquoi je ne m'étonne pas de ton impatience devant son attitude.

— Je n'ai jamais considéré ce que j'ai fait pour elle comme un sacrifice, maman ! protesta Stevie.

— Moi, si — et à bien des égards. Tu t'es consacrée à elle au point de t'interdire toute chance de rencontrer un autre homme et de refaire ta vie. Pourtant, tu aurais pu, Stephanie. A l'époque, les garçons étaient déjà en pension et tu avais la nurse pour s'occuper de Chloe.

Stevie s'abstint de répondre. Ce que sa mère venait de dire était vrai ; mais les circonstances de la naissance de Chloe lui avaient inspiré de tels remords qu'elle avait surcompensé. Se déniant le droit de trouver le bonheur avec un autre homme, elle avait choisi, en guise d'expiation, de se vouer entièrement à ses enfants et à son travail.

— Les jeunes sont foncièrement égoïstes, ma chérie, reprit Blair. Nous l'avons tous été, nous le sommes sans doute encore, la nature humaine est ainsi faite. Mais on est toujours plus égocentrique quand on est jeune. Les adolescents se prennent pour le centre du Monde. Et Chloe traverse cette période, voilà tout. Son besoin de savoir qui était son père vient du besoin de se connaître elle-même. C'est une crise d'identité classique, qui n'est nullement dirigée contre toi, j'espère que tu t'en rends compte.

— Oui, je crois. Ce qui m'agace, c'est qu'elle se soit permis de vous enquiquiner avec ses problèmes, Derek et toi. J'aurais voulu que vous vous reposiez pendant ces quelques jours chez moi, que vous n'ayez pas de soucis.

— Oh ! mais nous nous reposons à merveille, ma chérie ! Tu nous gâtes comme des coqs en pâte... Mais dis-moi, ajouta-t-elle en se penchant vers Stevie, tu ne trouves pas que Derek a l'air fatigué, en ce moment ?

— Non, pas du tout. Il m'a paru en pleine forme.

— C'est que je me fais du souci pour lui, vois-tu. Il n'y a rien de plus épuisant qu'une longue série de représentations, comme celle qu'il vient d'assumer. Et il envisage de recommencer ! Enfin... Viendras-tu à Londres pour Noël ?

— Nous ne manquerions à la tradition pour rien au monde, voyons !

Blair marqua une légère hésitation.

— L'idée de Chloe d'arrêter ses études, c'est sérieux à ton avis ?

— Sincèrement, je n'en sais rien. Pour le moment, j'ai décidé d'attendre et de voir venir. Elle changera peut-être d'avis à sa sortie de Brearley.

— Et quand elle parle de travailler chez Jardine's ?

— Pour moi, ce n'est qu'une lubie. Depuis ces derniers temps, elle ne jure que par Gideon, ce que je ne m'explique pas. Elle s'est toujours beaucoup mieux entendue avec Miles.

— Justement, Stevie, que se passe-t-il avec Gideon ? Miles dit qu'il lui paraît en pleine dépression.

— Gideon a toujours eu un caractère sombre et mélancolique. C'est drôle, d'ailleurs, de voir des jumeaux aussi différents. Miles prend tout du bon côté alors que Gideon voit tout en noir... Quoi qu'il en soit, je suis persuadée que son humeur chagrine n'a pas de causes plus mystérieuses que sa brouille avec Margot.

— Tu crois ? S'il ne souffre que de peines de cœur, nous allons bien vite lui arranger cela.

— Oh ! maman, il n'y en a pas deux comme toi ! s'écria Stevie en riant. Si tu le pouvais, tu guérirais les malheurs du monde entier !

Après le départ de sa mère, Stevie retourna s'asseoir devant son journal. Mais la page resta blanche. Ma mère a raison, pensa-t-elle. Je n'ai pas le droit d'en vouloir à Chloe. C'est elle qui est en cause, pas moi. Sa curiosité est légitime. Si seulement je pouvais la satisfaire et lui parler de ce père dont elle a tant besoin...

Les yeux clos, elle revit l'image de cet homme qui était si souvent revenue la hanter. L'évoquer une fois de plus était vain et même nocif, elle le savait sans jamais avoir pu s'en empêcher. Sa vie, *leurs* vies auraient suivi un cours bien différent si elle avait eu le courage de lui avouer la vérité. Mais à quoi bon revenir maintenant sur le passé ? Il était beaucoup trop tard. Dix-huit ans trop tard, comme l'avait dit sa mère.

Presque malgré elle, Stevie alla ouvrir le placard où elle gardait sous clef ses journaux classés par dates. Il ne lui fallut qu'une minute pour retrouver celui de 1977 et s'asseoir près de la cheminée, sur le canapé où elle avait eu sa conversation avec Blair. Un long moment, elle contempla l'épais volume sans l'ouvrir, en caressant d'une main les chiffres gravés sur la reliure de cuir.

1977, année mémorable entre toutes... Dans le flot de souvenirs qui l'envahit, *son* image s'imposa un instant. Puis, parvenant à la refouler, elle tourna les pages jusqu'à la première semaine de décembre. Jusqu'à ce jour crucial où ses décisions s'étaient enchaînées de manière irrévocable.

Après une dernière hésitation, elle commença à lire :

5 décembre 1977, Londres.

J'ai beaucoup réfléchi à la situation dans laquelle je me trouve. En fait, je ne pense à rien d'autre depuis des jours. Ce soir, ma décision est prise : je garde l'enfant.

Lorsque Jennifer Easton m'a emmenée la semaine dernière chez son médecin, qui m'a confirmé que j'étais enceinte de huit semaines comme je m'en doutais, j'ai d'abord été folle de joie. Et puis, en rentrant à la maison, j'ai cédé à la panique en prenant conscience de la réalité. Jennifer m'a alors parlé d'un gynécologue de Mayfair qui avait des intérêts dans une clinique. Selon Jennifer, je n'avais qu'à lui exposer ma situation pour qu'il accepte de m'opérer. En sortant de chez lui, mon problème aurait disparu. Eh bien, non ! Je ne veux pas avorter. Je veux avoir cet enfant. *Son* enfant. Je n'aurais jamais cru pouvoir aimer un autre homme après Ralph. Pourtant, je l'aime. Et si nous ne pouvons pas vivre ensemble, je peux quand même garder de lui cet enfant. Beaucoup de gens n'ont pas autant de chance.

Jennifer m'a demandé comment j'expliquerai ma grossesse. J'ai décidé de ne rien dire. Je n'ai pas à me justifier de mes actes. Personne ne peut me forcer à parler, personne ne me fusillera si je garde le silence. Ma mère et Derek ne me créeront pas de problèmes. Alfreda me cherchera sans doute des poux dans la tête, mais je me moque de son opinion. De toute façon, en ce qui concerne les Jardine, j'ai tous les atouts en main : mes trois fils. Des fils qui sont les seuls héritiers des Jardine. Quant à Bruce, il aura beau penser ce qu'il voudra, il le gardera pour lui parce qu'il a trop besoin de moi. Sa santé est chancelante, il se repose de plus en plus sur moi pour diriger la firme, il ne peut pas se permettre de me provoquer. Non, décidément, je n'ai pas à me justifier devant quiconque. Je ne dirai rien à personne. Je ne peux pas même lui en parler.

Que faire, alors ? Je devrai prendre l'initiative de rompre et ce sera douloureux, parce que je tiens à lui.

Il y avait beaucoup d'autres mots écrits sur cette page et sur les suivantes, mais Stevie en avait assez lu. Elle referma le journal et regarda distraitement les braises qui se mouraient dans l'âtre.

A tort ou à raison, elle avait pris ces décisions de son propre chef et s'y était tenue, sans jamais revenir dessus. Une vague de tristesse l'envahit — une tristesse si coutumière qu'elle avait depuis longtemps appris à ne pas en souffrir, de peur de s'arrêter de vivre.

11

A chaque fois qu'elle se trouvait en compagnie d'André Birron, Stevie avait le sourire aux lèvres. Par sa personnalité, son comportement, la chaleur qui émanait de toute sa personne, il la mettait d'humeur joyeuse et lui donnait même l'impression de la rendre meilleure.

André était un petit homme replet, débordant de vitalité, aux cheveux d'argent encadrant un visage poupin où brillaient deux yeux noirs, ronds comme des boutons de bottine. Ralph, dont il était l'ami de longue date, l'avait dépeint à Stevie comme un « farfadet malicieux », description si juste qu'elle lui était restée gravée dans la mémoire.

Elle avait fait sa connaissance juste avant la naissance de Nigel, alors qu'elle était alourdie et ralentie par le terme imminent de sa grossesse. Lui-même père de deux enfants encore jeunes, André s'était montré plein de sollicitude à son égard. Ils s'étaient vite découvert des affinités, mais leur amitié n'avait pas eu besoin pour éclore des attentions dont il l'entourait. Malgré leur différence d'âge, cette amitié s'était muée avec le temps en une profonde affection doublée d'une solide estime réciproque.

Après la mort de Ralph, André avait redoublé de vigilance et d'assiduité. « Il faut bien, ma chère petite, que quelqu'un garde sur vous un œil paternel », lui disait-il quand il venait la voir à chacun de ses voyages à Londres. Depuis qu'il s'était ainsi institué son mentor, Stevie n'avait eu qu'à se louer de ses conseils, des conseils d'autant plus précieux qu'il portait sur ses problèmes un regard objectif et lui suggérait des solutions pratiques, inspirées par sa longue expérience de la vie et des rouages de leur profession.

Lorsque Stevie avait connu André, Ralph lui avait déjà enseigné l'essentiel. Impressionné de découvrir chez une femme aussi jeune des connaissances aussi étendues, elle lui avait expliqué avec modestie qu'elle apprenait vite, bénéficiait d'une mémoire visuelle photographique et, surtout, avait toujours été fascinée par les pierres précieuses.

Ralph lui avait dit un jour : « J'ai deux passions dans la vie, mon amour : toi et les diamants. J'aimerais faire partager ma deuxième passion à la première. » Il s'était alors attaché à donner à Stevie une éducation approfondie sur les gemmes et la joaillerie. Il lui avait appris que la rareté et la valeur d'un diamant se déterminent selon son poids en carats, sa couleur, sa pureté, sa taille et sa fluorescence, critère peu connu du public servant à départager des pierres de qualité voisine, et que seuls avaient droit à un nom les diamants les plus rares, combinant un ensemble de qualités exceptionnelles.

Ce soir-là, pour la première fois en vingt et un ans de carrière, Stevie allait avoir l'occasion d'enchérir sur une de ces pierres mythiques, l'Impératrice Blanche. Malgré l'imminence de l'échéance, elle n'éprouvait ni nervosité ni appréhension. Grâce à la présence rassurante d'André Birron, elle se sentait au contraire calme et confiante.

En attendant l'heure de la vente, elle l'avait rejoint dans le salon de sa suite à l'hôtel Carlyle.

— Je vous ai apporté de Paris quelques trouvailles, ma chérie, des pièces anciennes que je tenais à vous soumettre en priorité. Si elles ne vous intéressaient pas, je ne serais pas en peine d'en disposer, rassurez-vous.

— Je suis sûre d'avance qu'elles me plairont, André, je connais vos goûts. D'ailleurs, ma clientèle recherche de plus en plus les bijoux anciens, à Londres surtout.

— Ils redeviennent à la mode, c'est vrai. Matt arrivera dans un instant. Asseyons-nous à la table près de la fenêtre, la lumière sera meilleure et il y a une lampe.

Stevie le suivit, impatiente de voir ce que son vieil ami avait sélectionné à son intention.

André Birron dirigeait avec ses deux fils une des plus prestigieuses joailleries de la place Vendôme, fondée par son arrière-grand-père sous le Second Empire. De même que Jardine's, la maison Birron & Cie était une affaire familiale plus que centenaire jouissant d'une solide réputation d'intégrité, qui créait, expertisait ou négociait des trésors pour les plus grands collectionneurs. Les trouvailles d'André présentaient donc à coup sûr un intérêt exceptionnel.

Matt Wilson, l'assistant d'André, entra, porteur d'une mallette qu'il déposa sur la table. Il en sortit un grand écrin qu'il ouvrit et poussa vers Stevie sans commentaire. Un éclair amusé dans le regard, André observa sa réaction.

Elle ne put retenir un cri de surprise émerveillée. Sur le velours de l'écrin scintillait un collier composé d'un double rang de perles de calcédoine bleutée, au fermoir incrusté de cabochons de saphir entourés de brillants.

— On jurerait un bijou dessiné par Suzanne Belperron ! s'écria-t-elle.

— C'est probable, approuva André. Malheureusement, elle n'a jamais signé ses créations. Elle les jugeait assez originales pour que sa signature soit « redondante », comme elle disait quand je lui en faisais le reproche.

— Une merveille ! Puis-je le regarder de plus près ?

— Bien entendu, voyons !

Pendant que Stevie examinait le bijou, André admira la sobriété raffinée de son élégance. Dans son métier comme dans sa mise, Stephanie Jardine avait toujours fait preuve d'un goût irréprochable. Elle portait ce soir-là un tailleur noir, aux revers et aux manchettes de satin noir avec, pour seuls bijoux, un rang de perles, des boucles d'oreilles assorties et une montre-bracelet en platine.

André pouvait à bon droit être fier de la manière dont sa protégée avait évolué : en vingt ans, à force de travail et de volonté, elle était devenue une femme d'affaires hors pair et une professionnelle accomplie, capable d'en remontrer aux experts les plus qualifiés. Mais au-delà de son professionnalisme, Stevie possédait des qualités qui lui inspiraient une réelle admiration. Son honnêteté, sa sincérité, sa générosité foncière la hissaient très loin au-dessus de la moyenne et faisaient d'elle un être unique aux yeux d'André et de sa femme Elise, qui la chérissaient comme la fille que le destin leur avait refusée.

Il arrivait parfois à André de s'interroger sur l'amant avec lequel Stephanie avait eu une brève liaison peu après son veuvage, le père de Chloe, et de s'étonner que leurs rapports aient tourné court. Il s'interdisait toutefois d'aborder le sujet avec elle, puisque c'était lui-même qui lui avait conseillé de ne confier à personne les détails de sa vie privée — conseil qu'elle avait suivi à la lettre car, en dehors de son image publique, nul au monde, pas même sa propre famille, ne pouvait se vanter de savoir quoi que ce soit sur le compte de Stevie.

André avait du mal à admettre que, depuis si longtemps, il n'y ait pas même eu dans sa vie un amant, un ami, voire une simple amourette. Pourtant, à l'exception de quelques relations d'affaires, il ne l'avait jamais vue en compagnie d'un homme. Il ne courait sur elle pas l'ombre d'une rumeur, ce qui, en soi, constituait déjà un tour de force. Mais s'il n'y avait pas de rumeurs, c'était sans doute parce qu'il n'y avait en effet rien à dire. Ses enfants, ses affaires, sa carrière suffisaient peut-être à meubler son existence...

Si c'était vrai, pensa André, ce serait bien triste. Je ne souhaiterais pas à mon pire ennemi de vivre sans amour et dans la solitude. Est-elle vraiment résignée à un tel sort ? Aucune réponse ne lui vint à l'esprit et il savait qu'il n'aurait jamais le courage de poser la question à Stevie.

Elle venait de terminer l'examen du collier, qu'elle reposait dans son écrin.

— Aucun doute, déclara-t-elle, c'est un Belperron, probablement créé entre 1935 et 1938. Mais au fait, André, souvenez-vous ! Nous en avions vu un presque identique en 1987 à Genève, à la vente des bijoux de la duchesse de Windsor par Sotheby's ! Il était attribué lui aussi à Suzanne Belperron et j'étais malade de n'avoir pas pu l'acquérir !

— Exact, répondit André avec un large sourire. Ce que j'adore en vous, ma chérie, c'est que vous n'êtes jamais blasée. Vous comprendrez donc pourquoi, quand ce collier m'est venu entre les mains il y a quelques semaines, j'ai pensé que s'il y avait au monde une personne capable de l'apprécier, ce ne pouvait être que vous.

— Vous me connaissez trop bien, mon cher André ! dit Stevie en riant. Mais comment vous est-il *venu entre les mains,* pour reprendre votre expression ?

— Il appartient à une dame de la meilleure société qui rencontre quelques problèmes d'argent et se voit contrainte de s'en dessaisir — vous n'avez pas idée de la gourmandise du fisc, en France ! En tout cas, je puis vous garantir que l'origine du bijou est au-dessus de tout soupçon.

— Venant de vous, André, inutile de le préciser. Mais il devrait aussi y avoir des boucles d'oreilles assorties pour compléter la parure, n'est-ce pas ?

— Rien ne vous échappe, ma chérie. Les voici.

André prit dans la mallette un sachet de velours dont il fit glisser une paire de boucles d'oreilles. Stevie les examina avec autant d'attention que le collier.

— Superbe ! dit-elle enfin. Je crois avoir déjà la cliente. Elle collectionne les bijoux des années trente, mais elle habite Londres.

— Pas de problème. Je dois rentrer à Paris ce week-end, je ferai livrer la parure à Londres par porteur, comme d'habitude en pareil cas.

— Combien demandez-vous de l'ensemble ?

— Quarante-cinq mille dollars.

— Un peu cher, non ?

— Pas pour des pièces de cette qualité, Stephanie. Et d'ailleurs, rappelez-vous : le collier de la duchesse de Windsor était parti à Genève, sans les boucles d'oreilles, pour une somme encore plus élevée.

— Je sais, mais le nom de la duchesse avait attiré les foules et les enchères s'étaient envolées jusqu'à des sommets hors de proportion avec la valeur réelle des objets.

— Quelle mémoire, ma chérie ! dit André en riant. Sachez quand même que, dans le cas présent, je n'ai pas acheté cette parure, j'agis en tant qu'intermédiaire pour rendre service à la propriétaire, une amie de longue date. Elle avait obtenu une estimation à cinquante mille, une autre à quarante et nous avons décidé d'un commun accord de couper la poire en deux. Si vous voulez l'acheter, je vous indiquerai plus tard les modalités de règlement.

— D'accord. Et quels trésors avez-vous encore exhumés de votre caverne d'Ali Baba ? demanda Stevie, sa curiosité attisée par la présence d'autres écrins dans la mallette.

— Vous allez voir, répondit-il d'un air gourmand. Que dites-vous de ceci, par exemple ? Joli, non ?

Il fit glisser de son sachet de velours une broche de diamants en forme de bouquet de fleurs, à la monture de platine aussi finement ciselée que de la dentelle.

— Joli ? Une merveille ! renchérit Stevie. Exactement ce que cherche un autre de mes clients.

En fait, elle pensait à Derek. Son beau-père lui avait demandé de dénicher un bijou original à offrir à sa mère à Noël. Discrète et raffinée à la fois, la broche semblait faite pour Blair.

Avec un égal enthousiasme, André exhiba ensuite deux broches et un bracelet, aussi remarquables par leur rareté et la perfection de leur exécution. Stevie n'eut pas à réfléchir longtemps pour se décider.

— Je prends tout, mon cher André, dit-elle en souriant. On ne voit pour ainsi dire jamais de pareilles merveilles sur le marché. Comment faites-vous pour les dénicher ?

— C'est simple, ma chérie, je les sors de mon chapeau, répondit-il en riant. Un vieux truc de magicien à la portée du premier venu.

Stevie pouffa de rire à l'unisson.

— Vous me l'apprendrez un jour, j'espère ! Maintenant, prenez votre calculette et dites-moi combien me coûteront vos tours de magie, après quoi nous partirons pour la vente. Je voudrais arriver un peu en avance pour être bien placée.

— Je brûle moi aussi d'impatience, ma chère Stephanie. Même si je risque de crever d'orgueil quand on me verra en compagnie de la triomphatrice de la soirée.

Stevie ouvrit la bouche pour répondre, mais se trouva hors d'état de proférer un mot. Le calme et la confiance qu'elle avait éprouvés jusqu'alors faisaient soudain place à une inexplicable appréhension qui lui nouait la gorge.

— J'ai une dernière chose à vous montrer avant de partir, reprit André sans se rendre compte de son trouble. Excusez-moi, je n'en ai que pour un instant.

Il quitta la pièce au pas de charge comme à son habitude et revint quelques secondes plus tard, un petit écrin de maroquin noir à la main.

— Ceci est pour vous, Stephanie. De la part d'Elise et de moi, avec notre plus profonde affection.

Déconcertée, elle souleva sans mot dire le couvercle de l'écrin. Brillant de tous ses feux sur le velours noir apparut une broche en diamants, une longue plume incurvée d'une finesse et d'une légèreté quasi surnaturelles.

— Oh, André ! Quelle splendeur ! Mais je ne peux pas accepter ce bijou, il est trop précieux.

— Si, ma chérie, vous devez. On ne refuse pas son cadeau d'anniversaire, voyons !

— Mais... ce n'est que la semaine prochaine, André.

— Je sais, mais je ne serai plus en Amérique la semaine prochaine. Mieux vaut trop tôt que jamais, n'est-ce pas ?

— Merci, André, merci du fond du cœur. Je suis très touchée qu'Elise et vous y ayez pensé. Je lui téléphonerai demain pour la remercier.

— Elise vous adore. Comme sa fille.

— Je l'aime tout autant, vous savez. Quand je pense, ajouta-t-elle en riant, que dans une semaine j'aurai quarante-sept ans ! Je n'arrive pas à y croire.

— Moi non plus. Où diable le temps passe-t-il ? dit-il avec un soupir. J'ai l'impression que Ralph nous a présentés avant-hier. Vous aviez à peine dix-sept ans, ce jour-là, et vous étiez enceinte jusqu'aux yeux. Trente ans, déjà !...

— Pitié, André ! s'écria-t-elle en riant. Ne retournez pas le fer dans la plaie !

— Le temps vous a pourtant été bienveillant, Stephanie. Soyez fière de vous-même, comme je le suis de voir le chemin que vous avez parcouru. Ralph le serait aussi, s'il vivait encore. Vous n'avez *que* quarante-sept ans, vous êtes *déjà* au faîte de votre carrière et respectée par vos confrères dans le monde entier. Peu d'hommes, et encore moins de femmes, peuvent se vanter d'une réussite comme la vôtre.

— Ce que vous dites me touche profondément, André, répondit-elle avec une sincère émotion. Mais vous êtes trop indulgent, vous oubliez tout ce que je vous dois...

Dissimulant son trouble, elle se leva et alla devant un miroir épingler la broche au revers de son tailleur.

— Alors, que pensez-vous de l'effet produit ? demanda-t-elle en se retournant avec un large sourire.

— Superbe, ma chérie !

Elle revint près de lui, l'embrassa sur les deux joues.

— Merci encore, André. Je ne m'en séparerai jamais.

Emu lui aussi plus qu'il ne voulait l'admettre, il lui tapota la main.

— Allons, allons, pas d'attendrissement... Je vais dire à Matt de se préparer, il ne faut plus traîner.

D'un pas toujours aussi vif, il quitta la pièce. Stevie retourna s'asseoir à la table et admira une dernière fois les bijoux en les replaçant dans leur écrin. Elle venait de terminer quand les deux hommes revinrent, déjà vêtus de leur pardessus. Matt aida Stevie à se draper dans sa cape noire doublée de soie rouge et referma la mallette.

— Je la remettrai dans le coffre de l'hôtel, monsieur, et je vous retrouverai en bas, dit-il à André.

— Bien, mais ne nous retardez pas... Alors, ma chérie, ajouta-t-il en prenant le bras de Stevie, comment vous sentez-vous ? Excitée, n'est-ce pas ?

— Non, répondit-elle avec un bref éclat de rire. « Enervée » serait plus exact. Et morte d'inquiétude.

— Il ne faut surtout pas vous énerver, encore moins vous sentir inquiète, déclara André en s'effaçant pour la laisser monter dans l'ascenseur. Nous sommes là, Matt et moi, pour vous soutenir le moral, et tout se passera le mieux du monde, vous verrez. Aujourd'hui, Stephanie, votre jour de gloire est arrivé ! Je vous le chanterai tout à l'heure.

Ils riaient tous deux de bon cœur quand les portes de la cabine se refermèrent sur eux.

12

A peine entrée dans le vaste hall de Sotheby's, Stevie sentit que l'air était chargé d'électricité. Gagnés par la nervosité générale, les gens se hélaient, parlaient fort, riaient plus fort encore, échangeaient des pronostics sur la vente qui allait se dérouler dans moins d'une demi-heure. L'impatience et la curiosité étaient presque palpables. Les groupes se formaient, se défaisaient, des tourbillons brassaient la foule comme les eaux d'un fleuve en crue.

Parmi ce public élégant, Stevie reconnut l'essaim des personnalités new-yorkaises, ses clients pour la plupart, habituées des vernissages et des soirées mondaines. Les plus grands noms de la joaillerie américaine côtoyaient ceux de Paris, de Londres, de Rome, de Genève, venus en personne ou par délégués interposés. Le caractère exceptionnel de l'événement avait aussi attiré un fort contingent de Japonais et de Chinois des grandes places financières d'Extrême-Orient, Hong Kong, Taiwan et Singapour.

— Inutile de perdre notre temps ici, dit Stevie à ses compagnons. Entrons plutôt nous asseoir.

A la porte de la salle, une hôtesse leur distribua à chacun un catalogue et une pancarte numérotée. Matt repéra trois sièges libres bien situés où ils allèrent prendre place. Stevie s'assit entre les deux hommes et ils regardèrent tous trois autour d'eux avec curiosité.

— Incroyable ! commenta André. Tout le monde est là... Ah ! Gilberto Guantano, un vieil ami brésilien que je n'avais pas revu depuis une éternité ! Excusez-moi un instant, il faut que j'aille l'embrasser.

Pendant qu'André se hâtait à la rencontre de son ami, Matt se leva afin de balayer plus commodément l'assistance du regard. D'une main, il salua quelques personnes déjà assises ou qui entraient dans la salle.

— André a raison, dit-il à Stevie, je n'ai pour ainsi dire jamais vu pareil public dans aucune vente. Les patrons ou les représentants de Harry Winston, Cartier, Boucheron, Van Cleef, et j'en passe ! Il n'en manque pas un à l'appel.

— Je sais, j'en avais déjà remarqué la plupart quand nous avons traversé le hall, répondit-elle.

— La question, dit-il en se rasseyant, est de savoir combien d'entre eux sont des acheteurs sérieux.

— Je me le demande aussi. Je ne suis sûre que d'une chose : la course n'est pas gagnée d'avance.

— Je parie sur vous, dit Matt avec un large sourire.

— On verra, soupira Stevie.

— Anxieuse ?

— Un peu.

— Allons, ne vous mettez pas martel en tête. Tout se passera comme sur des roulettes, vous verrez.

— C'est ce que me répète André. J'espère qu'il a raison.

— J'en suis sûr, son instinct est infaillible. Vous aurez le diamant.

— Peut-être. Mais si j'en crois l'allure de cette foule, il me coûtera les yeux de la tête.

— Vous vous êtes fixé une limite ?

— Je ne voudrais pas dépasser dix millions, répondit-elle à voix basse. Mais s'il le faut, je suis prête à monter jusqu'à douze.

— Dans ce cas, pas de problème.

Moins assuré du résultat qu'il n'affectait de l'être, Matt se leva de nouveau en essayant de jauger la concurrence.

Les nerfs tendus comme des cordes de violon, Stevie ne pouvait s'empêcher de se tortiller sur son siège sans parvenir à se calmer. Elle avait hâte que la vente commence enfin. Le brouhaha et la chaleur qui croissaient à mesure que la salle se remplissait, l'odeur de plus en plus entêtante des parfums mélangés la menaçaient d'une migraine.

Elle s'efforça de l'oublier en ne pensant qu'à l'Impératrice Blanche. Ce diamant, un des plus beaux du monde, elle le voulait, mais la course était loin d'être gagnée, comme elle l'avait elle-même dit à Matt. Pour elle, habituée de longue date à maîtriser sa vie privée et professionnelle, il était frustrant de se sentir impuissante à contrôler le déroulement de la vente. Seul le commissaire-priseur en avait le pouvoir — et encore !

Mais si elle était à la merci d'un concurrent plus résolu, pensa-t-elle alors, ce rival était tout autant à la sienne : il lui suffisait d'oublier la limite qu'elle s'était fixée. Eh bien, oui ! se jura-t-elle en réprimant un sourire de triomphe, c'est ce que je ferai. Je les battrai tous au poteau, j'en ai les moyens ! Sa tension nerveuse s'apaisa d'un seul coup ; le bruit, la chaleur, les odeurs de parfums redevinrent supportables. Puisqu'elle avait décidé d'y mettre le prix, le diamant était d'ores et déjà à elle.

De peur de se trahir, elle affecta de s'absorber dans la lecture du catalogue. Jusqu'où risquait de l'entraîner sa décision ? se demanda-t-elle calmement. Treize, quatorze millions ? Plus encore ? Difficile à prévoir, sur un prix de réserve de six millions. Parmi les exemples les plus récents, surtout dans les ventes de toiles de maîtres, il n'était pas rare de voir les enchères doubler, tripler, voire quadrupler l'estimation. Cette fois, elle n'aurait pas seulement contre elle les plus grands joailliers du monde entier, mais aussi des milliardaires prêts, pour le seul prestige, à payer une pierre unique à n'importe quel prix...

Elle en était là de ses réflexions quand André revint s'asseoir et lui serra la main en passant devant elle.

— Gilberto pense que le plus gros de l'assistance est composé de curieux, lui souffla-t-il à l'oreille. N'ayez pas d'inquiétude, Stephanie.

— Je ne suis pas du tout inquiète, mon cher André, répondit-elle d'un ton désinvolte qui lui valut un regard perplexe de la part de ses deux compagnons.

Ils n'eurent pas le loisir de s'interroger sur ce surprenant changement d'humeur, car le commissaire-priseur apparut sur l'estrade. Le silence se fit dans la salle, les lumières baissèrent, le commissaire-priseur rappela les caractéristiques et l'historique du diamant, dont la photographie était projetée sur un écran derrière lui. Puis, son exposé terminé, la lumière revint et la vente commença.

— Première offre à deux millions, enchères à deux cent cinquante mille. J'ai deux millions deux cent cinquante mille à gauche, deux millions cinq cent mille au fond...

Stevie attendit avant de lever sa pancarte.

— Trois millions au centre... Trois millions

deux cent cinquante à gauche... Trois millions cinq cents devant... Sept cent cinquante au fond... Avons-nous quatre millions ?

Stevie leva sa pancarte.

— J'ai quatre millions... Deux cent cinquante... Cinq cents...

Les enchères se succédaient maintenant à un rythme soutenu. Le cap des cinq millions fut franchi en quelques minutes, mais il était encore au-dessous du prix de réserve. Il ne fallut cependant pas attendre longtemps pour que celui-ci soit atteint et dépassé.

Sa pancarte sur les genoux, insensible en apparence à la tension qui croissait avec chaque nouvelle enchère, Stevie semblait se désintéresser de la lutte qui se poursuivait avec acharnement. En refrénant un sourire amusé, elle voyait le commissaire-priseur lancer parfois dans sa direction des regards mi-étonnés, mi-inquiets, comme s'il se demandait si elle n'avait pas décidé d'abandonner. Pour sa part, André approuvait sa tactique sans réserve. Elle avait tout à fait raison, pensait-il, de laisser le rythme s'essouffler.

Vingt minutes plus tard, Stevie se redressa imperceptiblement sur son siège. Le prix stagnait à huit millions cinq cent mille et plusieurs concurrents s'étaient retirés de la course. Elle attendit donc que le commissaire-priseur abaisse les surenchères à cent mille dollars, au lieu des deux cent cinquante mille précédents.

Dès qu'il eut fait part de sa décision, les enchères repartirent, mais sur un rythme sensiblement ralenti. Elles franchirent laborieusement le cap des neuf millions et demi de dollars et s'arrêtèrent à neuf millions huit cent mille.

— J'ai preneur à neuf millions huit cent mille ! clama le commissaire-priseur. Avons-nous neuf millions neuf cent ?

Stevie leva sa pancarte.

— Neuf millions neuf cent mille au centre ! Je voudrais entendre dix millions ! Qui va offrir dix millions de dollars pour cette pierre exceptionnelle ?

Quelqu'un avait dû enchérir derrière elle, car Stevie entendit un murmure parcourir la salle.

— Dix millions au centre ! J'ai preneur à dix millions ! Y a-t-il une offre à dix millions cent mille ?

Le silence devint compact. Une épingle tombant sur la moquette aurait fait l'effet d'un coup de canon. La salle entière retenait son souffle. Stevie sentit son cœur battre sur un rythme qu'un médecin aurait jugé inquiétant.

— Je veux entendre dix millions cent ! répéta le commissaire-priseur. Allons, mesdames et messieurs, décidez-vous !

Rien ne rompit le silence. Aucune pancarte ne se leva dans l'assistance.

— Je n'ai pas d'offre à dix millions cent mille ? Je vais donc adjuger le diamant à dix millions de dollars au dernier enchérisseur. Une fois...

Le commissaire-priseur brandit son marteau. André toucha le bras de Stevie. Stevie leva sa pancarte.

— Dix millions cent ! cria le commissaire-priseur d'un ton triomphant. J'ai dix millions cent mille ! Qui dit mieux ?

La bouche sèche au point d'être douloureuse, Stevie osa à peine respirer en attendant la surenchère.

Mais celle-ci ne vint pas. Le diamant était à elle ! L'espace d'un instant, elle ne parvint pas à y croire.

— Nous avons dix millions cent mille dollars ! Personne ne dit mieux ? Adjugé à la dame au centre !

Le marteau s'abattit avec un bruit sec. Tous les regards se tournèrent vers Stevie. Au fond, des applaudissements éclatèrent, bientôt imités par le reste de la salle. Une voix de femme cria « Bravo ! ». André attira Stevie contre lui et l'embrassa sur une joue.

— Vous êtes glacée ! s'écria Matt qui l'embrassait sur l'autre.

— Non, non, soyez tranquille, répondit-elle en riant, je ne me suis jamais mieux portée.

— Je le crois sans peine, approuva André. Et maintenant, Stephanie, allons fêter votre victoire avec le faste qu'elle mérite.

Pendant qu'elle remontait l'allée vers la porte, tous les gens qui la connaissaient dans la salle, amis, clients, relations, collègues et concurrents, s'approchaient en se bousculant pour la féliciter. Et c'est suivie d'une escorte digne d'une reine que Stephanie Jardine quitta ce soir-là l'immeuble de Sotheby's.

13

Le matin du mardi 10 décembre, quelques jours après la vente, Stevie était dans son bureau de la Cinquième Avenue où le diamant venait de lui être livré. Les formalités avaient été remplies et l'argent viré le vendredi précédent. Désormais, l'une des pierres les plus belles et les plus rares au monde était à elle — ou, plutôt, à Jardine's.

Stevie ouvrit l'écrin de maroquin bleu nuit, souleva le collier, le tint à bout de bras. Les cinquante-huit facettes du diamant renvoyèrent la lumière du jour avec un éclat éblouissant. Fascinée, incapable d'en détacher le regard, Stevie fit jouer la lumière sur les soixante-huit diamants composant le collier que l'Impératrice Blanche, dont elle formait le pendentif, éclipsait par sa splendeur.

N'y tenant plus, Stevie traversa la pièce jusqu'à un miroir pour juger de l'effet que produisait le bijou sur sa robe. Quelle femme arborera cette merveille quand je la revendrai ? se demanda-t-elle. A moins que l'Impératrice ne soit condamnée plutôt à l'ombre perpétuelle d'un coffre-fort ? Au bout d'un moment, elle retourna s'asseoir à son bureau et fit à nouveau jouer la lumière sur les facettes du diamant, qu'elle ne pouvait se résoudre à replacer dans son écrin.

Elle était encore plongée dans sa contemplation quand elle sursauta en entendant la porte s'ouvrir, sans que personne ait frappé ni se soit annoncé au préalable. Moins étonnée qu'indisposée par cette incorrection, elle vit avec stupeur entrer Nigel. Le collier faillit lui échapper des mains et elle dut faire appel à tout son sang-froid pour garder une expression impassible.

— Nigel ? Quelle surprise ! s'écria-t-elle.

Elle reposa le collier dans l'écrin, se leva pour aller embrasser ce fils qu'elle chérissait toujours tendrement, en dépit de ses soupçons sur sa duplicité. Mais Nigel s'était déjà assis, comme pour lui signifier qu'il refusait d'avance toute marque d'affection de sa part. Stevie ne put faire autrement que de se rasseoir à son tour.

— Alors, on salive de gourmandise, à ce que je vois ? dit-il d'un ton sarcastique en désignant le collier.

Stevie s'abstint de relever son insolence.

— J'ignorais que tu devais venir à New York, se borna-t-elle à dire sèchement. Quand es-tu arrivé ?

— Hier soir.

— Tu aurais pu m'en avertir, j'aurais fait signe à Miles et à Chloe pour que tu les rencontres ce soir.

En guise de réponse, Nigel fit une moue indifférente.

— Tu n'as pas envie de voir ton frère et ta sœur ? insista Stevie.

— Non, pas particulièrement.

Devant une telle attitude, Stevie se sentit partagée entre la colère et le désarroi.

— Que fais-tu à New York ? demanda-t-elle quand elle eut repris contenance.

— Le sultan de Kandrea cherche des pierres. Comme il ne pouvait pas se déplacer à Londres, je suis venu le voir.

— Où est-il en ce moment ? A New York ou à Los Angeles ?

— A New York.

— Nous aurions très bien pu régler cela sur place, si tu nous en avais informés. Tu n'avais pas besoin de traverser l'Atlantique, je serais allée le voir moi-même.

— Sauf que le sultan préfère traiter avec moi, mère. Pas avec toi.

— Vraiment ? C'est pourtant moi qui m'occupe de lui depuis des années. Mais à la réflexion, ce n'est peut-être pas si étonnant. Le sultan a la réputation d'être inconstant et capricieux. Méfie-toi de ses défauts, Nigel.

— Je me crois capable d'en juger par moi-même, mère. Je ne suis plus un gamin en culottes courtes.

Stevie se força à ravaler la réplique cinglante qui lui venait aux lèvres.

— Certes, dit-elle avec un sourire froid. Quel genre de pierres cherche-t-il ?

— Je le saurai quand je l'aurai vu cet après-midi.

— Et jusqu'à quand comptes-tu rester à New York ?

— Si je manque le dernier vol du soir, je rentrerai à Londres par le Concorde de demain matin.

— Nous disposons en ce moment de quelques très belles pierres. Si tu avais besoin de...

— J'ai déjà dit que je n'en savais rien. En tout cas, le sultan ne s'intéresserait sûrement pas à *ça*, lâcha-t-il avec dédain en désignant du menton l'écrin encore ouvert.

Stevie rabattit le couvercle avec un claquement sec.

— *Ça* n'est pas à vendre, répliqua-t-elle, bien que ce soit sûrement assez gros pour intéresser le sultan. Il a toujours eu un penchant pour les bouchons de carafe.

— Pas à ce prix, mère. Tu as payé ce diamant beaucoup trop cher. C'est un très mauvais achat.

— Non, Nigel. Quand je déciderai de le revendre, ce sera avec un bénéfice substantiel. Depuis trois jours, j'ai déjà reçu deux offres. Si je n'y prends garde, je risque de me le faire enlever avant d'en avoir tiré tout le parti que j'en attends. Cet achat a entraîné une publicité considérable pour Jardine's. Notre nom est cité par la presse du monde entier. Et ce n'est pas fini.

— A ta place, mère, je ne me vanterais pas de ce genre de publicité de mauvais goût.

— C'est de l'excellente publicité, au contraire !

— Jardine's n'a besoin d'aucune publicité. Pas la maison mère, du moins, ajouta-t-il d'un ton hautain.

— Tu te trompes, Nigel, nous en avons besoin des deux côtés de l'Atlantique. La concurrence se fait de plus en plus agressive. Nous ne pouvons pas nous permettre de nous reposer sur nos lauriers, ils se faneraient très vite. Quant à l'achat de l'Impératrice Blanche, il est non seulement judicieux, mais c'est une excellente affaire.

— Grand-père n'est pas du même avis. Pour lui, tu as payé ce diamant un prix exorbitant.

— Bruce a dit cela ? s'écria Stevie, incrédule.

— Parfaitement. Il dit aussi que tu as toujours acheté les diamants au-dessus de leur valeur.

— Et depuis quand, d'après lui, suis-je censée dilapider les finances de la firme familiale ?

— Depuis que tu as ouvert ce magasin de New York, répliqua Nigel d'un ton hargneux.

Stevie ne chercha pas à refréner un rire ironique.

— Etrange déclaration, ma foi, quand on sait

que cette filiale réalise les plus gros bénéfices ! Ce pauvre Bruce ne deviendrait-il pas un peu sénile, à ton avis ?

— Certainement pas ! protesta Nigel, offusqué.

— Quand l'as-tu vu pour la dernière fois ?

— Hier, lorsqu'il est venu au bureau avant mon départ. Il y vient d'ailleurs très souvent, ces temps-ci.

— Vraiment ? Voilà qui est intéressant...

Stevie se leva. Appuyée des deux mains sur son bureau, elle fixa Nigel dans les yeux.

— Je vais décidément de surprise en surprise, ce matin, reprit-elle. Quand je l'ai vu à Londres il y a un mois à peine, ton grand-père m'a dit qu'il n'avait plus l'intention d'y mettre les pieds.

— Il a le droit de changer d'avis.

— Peu importe, de toute façon, puisque c'est *moi* qui dirige la firme, à Londres aussi bien qu'ici. L'opinion de Bruce sur mes achats de pierres m'est donc totalement indifférente — celle des autres aussi, d'ailleurs. Ton grand-père s'est retiré de la maison depuis des années, il n'y exerce plus aucun pouvoir. Quant à son titre de président honoraire, il ne s'agit précisément que d'un titre honorifique. Titre, ajouta-t-elle après avoir marqué une pause, que *je* lui ai concédé bien volontiers pour flatter sa dignité.

Nigel écouta la tirade de sa mère en dardant sur elle un regard chargé d'hostilité. Il la connaissait toutefois assez pour s'abstenir de jeter de l'huile sur le feu en ripostant sur le même ton.

Stevie dévisageait son fils avec une froideur égale à la sienne, sans cependant pouvoir s'empêcher d'admirer ses yeux bleus, sa chevelure d'un blond cendré et la finesse de ses traits. Grand, bien découplé, vêtu avec une élégance discrète, il avait tout pour inspirer la sympathie. Quel dommage, pensa-t-elle, que son physique séduisant ne soit pas le reflet de son caractère...

Le premier, Nigel se détourna, mal à l'aise sous le regard trop lucide des yeux gris-vert qui le perçaient à jour. Il se leva et se dirigea vers la porte.

— Il faut que je m'en aille, grommela-t-il. Au revoir, mère, lança-t-il du seuil sans se retourner.

— Te reverrai-je avant ton départ ? demanda Stevie, qui s'en voulut aussitôt de sa faiblesse. Pourrait-elle jamais oublier de se conduire en mère ?

— Je ne crois pas. Comme je le disais il y a un instant, j'espère pouvoir prendre le dernier vol du soir.

— C'est vrai. De toute façon, je serai à Londres dans une dizaine de jours.

— Tu y viens pour Noël ?

— Bien sûr. Chloe et moi arriverons le 20.

Il se contenta de hocher la tête.

— Embrasse Tamara et les enfants de ma part.

— Oui, oui.

Sur quoi, il sortit sans un regard et referma la porte derrière lui.

Abasourdie, Stevie resta debout, les yeux fixés sur la porte close. Elle ne comprenait plus son fils et s'expliquait encore moins les raisons de son comportement. Il ne lui avait pas même dit pourquoi, pendant un aussi bref séjour à New York, il avait pris le temps de venir la voir ! Sa visite impromptue avait-elle un motif précis, qu'il avait préféré lui taire devant la tournure que prenait leur conversation ? Etait-il passé au magasin par habitude ? Avait-il cédé à la curiosité de voir de près ce diamant qu'il affectait de mépriser ? Ou avait-il plutôt cherché à la faire sortir de ses gonds, à provoquer une dispute ? Elle était incapable de trancher entre ces hypothèses.

Une chose était sûre, en tout cas : Nigel n'avait nullement eu l'intention de lui souhaiter son anniversaire, comme elle l'avait d'abord espéré en le voyant entrer — espoir que son attitude avait aussitôt déçu, à vrai dire. Il n'y avait fait aucune allusion.

Ce même soir, le magasin et les ateliers de Jardine's fermèrent plus tôt que d'habitude. Une fois les portes de la Cinquième Avenue verrouillées, l'Impératrice Blanche fut disposée dans une vitrine illuminée, au milieu du salon principal décoré de fleurs. A six heures trente, quelques intimes vinrent se joindre au personnel pour fêter à la fois l'anniversaire de Stevie et l'acquisition du diamant.

Un buffet était dressé sur un comptoir, des serveurs circulaient pour offrir aux invités le champagne et les petits fours de rigueur. Miles et Chloe étaient présents, bien entendu. Ayant dû retarder son retour à Paris, André Birron se faisait une joie de pouvoir participer avec Matt Wilson à cette fête intime. Il comptait ensuite inviter à dîner Stevie et ses deux enfants.

Ils entourèrent tous quatre l'héroïne de la soirée et lui prodiguèrent leurs vœux avant d'admirer le diamant, qui scintillait de tous ses feux dans la vitrine.

— Je suis enchanté que mes affaires m'aient retenu à New York, ma chérie, dit André. Fêter votre anniversaire en contemplant cette pierre incomparable est un plaisir rare.

— Je suis très heureuse que vous soyez resté, mon cher André. Merci encore de m'avoir si bien soutenu le moral l'autre soir à la vente. J'étais un vrai paquet de nerfs.

— Tout le plaisir était pour moi, Stephanie. Quant à votre nervosité, personne ne s'en est rendu compte.

— Sensationnel, maman ! intervint Chloe en l'embrassant avec fougue. Ce diamant est super ! Et la manière dont tu as battu tout le monde à la vente, c'était drôlement cool ! Tu es géniale, maman !

— Merci, ma chérie.

Stevie se félicitait de voir sa fille retrouver son naturel exubérant. Après Thanksgiving, Chloe avait été maussade et renfermée, au point d'incommoder tout son entourage par son attitude. Dieu merci, cet accès de mauvaise humeur indigne de son âge paraissait évanoui.

— Ce diamant est en effet sensationnel, ma chère petite, renchérit André. Mais ta mère ne l'est pas moins.

— Elle est même unique au monde, oncle André !

— Je suis heureux de constater que tu l'apprécies comme elle le mérite. Et maintenant, si nous allions admirer les modèles de la nouvelle collection ? Ta mère m'a dit qu'elle les exposait ce soir pour la première fois.

— Avec plaisir, répondit Chloe en lui prenant le bras.

— Je vous accompagne, dit Matt qui leur emboîta le pas.

Stevie resta seule devant la vitrine avec Miles. Il semblait ne pas pouvoir détacher son regard du diamant qu'il contemplait bouche bée, comme pétrifié.

— Il a de quoi couper le souffle, n'est-ce pas ? lui dit-elle avec un sourire amusé.

— Plutôt, oui ! Je n'avais jamais vu une pierre aussi... époustouflante. Mais tu en as vu d'autres, sans doute.

— Oui et même de plus grosses, sauf que

celle-ci a quelque chose de... spécial. Aucune pierre précieuse n'est tout à fait identique aux autres, je sais, mais il y a dans ce diamant une qualité indéfinissable — une *vie*, si je puis dire — qui le rend en tous points exceptionnel. A mon avis, cela vient de l'art avec lequel il a été taillé. Harry Winston avait du génie. Il était capable de discerner dans un diamant brut ce qu'aucun autre lapidaire ne voyait.

— Je suis heureux que tu l'aies eu, maman, tu en avais tellement envie ! Encore une fois, bravo et bon anniversaire. Au fait, j'ai fait livrer directement mon cadeau à l'appartement. J'espère qu'il te plaira.

— J'en suis sûre d'avance, mon chéri.

— La plume en diamants d'André est superbe.

— N'est-ce pas ? Il est si heureux d'avoir pu se joindre à nous ce soir que sa joie fait plaisir à voir.

— Chloe m'a tout l'air d'avoir retrouvé la forme. Je suis content de ne plus avoir son âge, ajouta Miles en souriant. On passe sans arrêt par des hauts et des bas.

Stevie approuva d'un signe de tête et entraîna son fils un peu à l'écart.

— Nigel est venu me voir ce matin, lui dit-elle en baissant la voix.

— Nigel ? s'étonna Miles. Qu'est-ce qu'il fabrique ici ?

— Il est venu voir le sultan de Kandrea qui cherche à acheter des pierres, paraît-il.

— Je croyais que le sultan était un de tes clients ?

— Je le croyais aussi, jusqu'à ce matin. Apparemment, il préfère dorénavant traiter avec Nigel.

— Qui te l'a dit ?

— Nigel.

— Je n'en crois pas un mot !

— Nigel me l'a pourtant affirmé.

— Il ment, cela crève les yeux ! Il doit essayer de s'insinuer dans les bonnes grâces du sultan et je ne serais pas surpris qu'il ait prétendu que la décision venait de toi. J'en crois Nigel parfaitement capable.

— Je ne sais pas, Miles...

Stevie prit une flûte de champagne sur le plateau que lui tendait un serveur et en but une gorgée.

— Je suis prêt à parier que si tu téléphonais au sultan, il te confirmerait ma version des faits. Appelle-le donc, maman. Au moins, tu en auras le cœur net.

— C'est impossible, voyons, cela paraîtrait... bizarre. Il ne faut pas donner à un client de son importance l'impression qu'il y a des dissensions dans la famille, c'est très mauvais pour notre image de marque.

— En tout cas, maman, Nigel mijote un coup fourré, j'en mettrais ma main au feu.

— Peut-être... Je ne sais plus quoi penser, Miles.

— Est-il pressé à ce point d'être le seul maître à bord ? Et d'ailleurs, serait-il capable de diriger l'entreprisc !

— Il a encore beaucoup à apprendre. Il a le sens des affaires, on ne peut pas lui enlever cela, mais il n'est pas créatif comme Gideon, et sa connaissance des pierres est insuffisante, encore qu'il y ait assez d'experts chez Jardine's pour que cela ne pose pas de problèmes, du moins à court terme. En tout cas, je crois en effet qu'il a hâte de se débarrasser de moi.

— Tu es beaucoup trop jeune pour te retirer, maman ! Et d'ailleurs, ajouta-t-il avec un sourire malicieux, à quoi t'occuperais-tu si tu ne travaillais plus ?

— Dieu seul le sait, Miles. Je mourrais sans doute d'ennui au bout de six mois... Quoi qu'il en soit, je ne suis nullement décidée à prendre ma retraite, pas d'ici longtemps, du moins. Nigel devra s'armer de patience, voilà tout. Et apprendre que, dans la vie, il ne suffit pas toujours de désirer quelque chose pour l'obtenir.

Miles marqua une hésitation.

— Puis-je te poser une question, maman ?

— Bien sûr, mon chéri.

— Aujourd'hui, tu as quarante-sept ans...

— Ne retourne pas le fer dans la plaie, de grâce !

— Je voulais dire, reprit Miles en riant, que tu es jeune, plus belle que jamais. Pourtant, tu ne t'es jamais remariée. Pourquoi ?

— Pour une excellente raison.

— Pas à cause de nous, j'espère ?

— Si, mais en partie seulement. La vraie raison, c'est que je n'ai jamais rencontré d'homme que j'aurais eu envie d'épouser. Il faut être deux pour se marier, tu sais, poursuivit-elle avec un sourire amusé. Maintenant que mes enfants sont grands et n'ont plus besoin de moi, je vais peut-être me mettre en quête d'un mari... Mais ne parlons plus de moi, c'est sans intérêt. Nigel a été si désagréable, ce matin, qu'il ne m'a pas même souhaité un bon anniversaire.

— Quel salaud, grommela Miles. Il ne changera jamais, celui-là, il était déjà invivable quand il était petit.

— Je ne savais pas que tu détestais ton frère à ce point, dit Stevie, étonnée par l'animosité qui perçait dans la voix de Miles. Tu ne m'avais jamais parlé de lui sur ce ton.

— Je n'avais pas de raison de le faire. Et puis, je ne le déteste pas — pas tout le temps, du moins. Nigel est plus changeant qu'un caméléon. Un moment, il est froid, odieux, impénétrable. Celui d'après, il est débordant de charme et d'affection, comme un jeune chiot qui vous lèche les mains.

— C'est une façon de voir... Pour ma part, je n'ai guère remarqué son charme ces derniers temps.

— Je me demande quelle mouche l'a piqué. S'il ne t'a pas souhaité ton anniversaire ce matin, ce n'est sûrement pas un oubli. Quand nous étions petits, il nous bassinait pour nous le rappeler. Excuse-moi, je ne voulais pas dire...

— Je sais, mon chéri, je sais, le rassura Stevie.

— Dieu merci, tu ne l'as pas invité à rester ce soir au dîner d'oncle André.

— Je n'aurais jamais fait une chose comme ça, voyons !

— Oh, que si ! Tu as toujours été d'une faiblesse coupable avec les membres de la famille.

— Ça ne me serait pas venu à l'esprit d'inviter Nigel aujourd'hui il a été trop désagréable. De toute façon, il ne serait pas venu, il tenait à reprendre l'avion ce soir. Comme s'il craignait d'attraper je ne sais quelle maladie en passant une soirée de plus à New York.

— Je ne sais pas comment fait Tamara pour le supporter.

— Nigel peut se montrer le plus charmant des hommes, tu le disais toi-même il y a un instant. Et puis, Tamara est une jeune femme exceptionnelle. Elle est pleine de bon sens, elle connaît Nigel et sait comment le prendre. Mais ne restons pas dans notre coin et allons nous mêler aux autres, ils vont croire que nous les snobons.

Miles s'inclina cérémonieusement.

— Vos désirs sont des ordres, chère madame. Je vous suivrai jusqu'au bout du monde.

Stevie pouffa de rire.

— Pour ce soir, monsieur le chevalier servant, l'autre bout de la pièce sera bien suffisant !

Et avec un sourire plein de fierté et d'affection, Miles prit le bras que sa mère lui tendait.

Deuxième partie

NOËL

14

C'était toujours avec autant de plaisir que Stevie revenait à Londres, où s'était écoulée la moitié de sa vie. Non qu'elle aimât moins New York, au contraire. Mais cette ville représentait pour elle autre chose et occupait dans son cœur une place tout à fait différente.

New York était sa ville natale, celle de son enfance et de son adolescence jusqu'à l'âge de quatorze ans, lorsque sa mère l'avait emmenée à Londres après son mariage avec Derek. New York était aussi le cadre de ses huit dernières années, fertiles en événements, au cours desquelles elle avait fondé et dirigé la filiale de Jardine's sur la Cinquième Avenue, élevé Chloe, acquis et rénové Romany Hall, sa chère maison du Connecticut. Pour elle, New York était à la fois le lieu de sa renaissance et le théâtre de nouveaux défis.

Londres était la ville de ses années de mariage avec Ralph et de sa mort tragique, de la naissance et de l'éducation de ses enfants, de sa métamorphose en femme d'affaires. C'est là qu'elle s'était formée et épanouie. Londres était donc pour elle le théâtre des premiers défis, victorieusement relevés. La ville recelait aussi une multitude de souvenirs et de talismans de son passé, qu'elle n'évoquait jamais sans une bouffée de tendresse nostalgique.

Ce matin-là, dans son bureau au-dessus du magasin de Bond Street, elle repensait à tous ces lieux naguère si familiers, aux jours qu'elle y avait vécus, aux êtres qu'elle y avait connus. Elle revoyait, par une radieuse journée de printemps, l'étang de Whitestone à Hampstead Heath où Ralph et elle emmenaient souvent les garçons faire voguer leurs petits voiliers avant d'aller goûter à Briar Lodge.

Briar Lodge... La belle vieille maison de pierre où sa mère et Derek avaient passé la moitié de leur vie conjugale et où elle avait elle-même vécu deux ans jusqu'à son mariage avec Ralph. Un havre d'amour et d'hospitalité auquel elle était restée profondément attachée, dont elle avait aimé les moindres recoins. Dans le décor chaleureux créé par sa mère, les livres de Derek débordaient des rayons de la bibliothèque, ses trophées et ses souvenirs de théâtre occupaient partout la place d'honneur.

Pour Stevie, Briar Lodge avait toujours symbolisé le bonheur et la joie de vivre. Les garçons ne se lassaient pas de jouer à cache-cache dans le vaste grenier, qui résonnait de leurs cris et de leurs rires. Au printemps, en été, le jardin devenait une oasis de calme et de fraîcheur. Les fleurs rivalisaient de couleurs éclatantes sur le tapis vert de la pelouse, les roses embaumaient l'air de leur parfum. Combien de fois avait-elle pique-niqué à l'ombre des grands arbres ! En pensant aux délicieux petits sandwiches, aux scones tout frais sortis du four, couverts de crème fraîche et de confiture, l'eau lui venait encore à la bouche...

Ce fut pour elle une triste journée que celle où Derek et sa mère avaient quitté Briar Lodge pour s'installer dans l'appartement dominant

Regent's Park, où ils vivaient depuis dix-sept ans. Elle avait pourtant compris leur décision. Un appartement, même aussi spacieux que le leur, exigeait moins d'efforts et de soins, l'âge venant, qu'une vieille maison pleine de couloirs, d'escaliers... et de nids à poussière.

Bien d'autres quartiers de Londres abritaient des trésors qu'elle n'avait cessé de chérir. Cavendish Square, par exemple, où, un jour de pluie, elle avait fait la découverte émerveillée de la *Vierge à l'enfant* de Jacob Epstein. Elle ignorait alors autant l'existence de cette œuvre d'art que le nom du sculpteur, dont elle était devenue par la suite une fervente admiratrice. J'irai revoir la statue avant de repartir pour New York en janvier, se promit-elle.

Ce serment à peine formulé, elle s'étonna d'être aussi absorbée par le passé ce matin-là. Peut-être parce qu'elle refusait, plus ou moins consciemment, d'affronter le présent — ou, plutôt, Nigel. On était le lundi 23 décembre, l'avant-veille de Noël. Le moment serait mal choisi pour semer la discorde dans sa famille.

De toute façon, Nigel brillait par son absence. Angela, sa secrétaire, avait informé Stevie qu'il était parti pour Amsterdam avec un des experts de la maison. Cherchait-il encore des pierres pour le sultan de Kandrea ? Peu importe, après tout, se dit-elle. Je m'attaquerai au problème après Noël. Profitons des fêtes en paix, il sera toujours temps d'aviser plus tard.

La sonnerie du cartel tira Stevie de sa rêverie. Midi, déjà ! Elle devait déjeuner avec Derek dans une demi-heure à son club, elle avait tout juste le temps de se préparer.

Lorsqu'elle franchit la porte de la rue, Stevie hésita : aller à pied à son rendez-vous ou prendre un taxi ? Il faisait froid, mais le soleil brillait dans le ciel bleu. Sa décision fut vite prise : par un si beau temps, elle braverait le vent. Un peu de marche lui ferait grand bien. D'ailleurs, elle prenait toujours plaisir à marcher dans les villes qu'elle aimait, et Londres, où elle avait si longtemps vécu, comptait parmi ses préférées.

Bien emmitouflée dans sa cape de laine, elle partit d'un pas allègre et quitta bientôt Bond Street pour tourner dans Grosvenor Street en direction de South Audley Street, sa destination. Moins de dix minutes plus tard, elle poussa la porte du club où Derek l'accueillit avec de grandes démonstrations d'affection.

— Tu es éblouissante aujourd'hui, Stevie ! Le froid t'a rosi les joues, on aurait envie de les croquer.

— Merci, Derek, répondit-elle en riant. Tu as toi-même une mine resplendissante.

— Je me sens en pleine forme, je l'avoue. C'est pourquoi j'ai décidé de faire la reprise d'*Un lion en hiver,* ajouta-t-il quand ils se furent assis à leur table. Les répétitions ne démarreront pas avant la fin du printemps prochain et les représentations à l'automne, de sorte que j'aurai largement le temps de me reposer d'ici là.

— Je m'en réjouis pour toi, je te voyais mal supporter une trop longue oisiveté. Et qu'en pense ma mère ?

— Elle est tout à fait d'accord. Elle craignait que *Becket* et le tournage du film ne m'aient surmené, mais elle constate maintenant qu'il n'en est rien...

L'arrivée d'un serveur venu leur proposer un apéritif l'interrompit.

— Qu'est-ce qui te ferait plaisir, Stevie ? lui demanda Derek. Champagne ?

— Volontiers, merci.

— Si la pièce marche bien dans le West End, reprit-il après avoir passé leur commande, les producteurs envisagent d'ores et déjà de la monter ensuite à Broadway.

— En tout cas, je suis contente qu'elle débute ici et y reste un certain temps. Ma mère se languit de la vie à Londres quand elle en est trop longtemps privée.

— Je sais — et moi aussi, à vrai dire. A propos de ta mère, donne-moi donc quelques détails sur cette broche dont tu m'as parlé au téléphone.

— C'est un ravissant bijou des années trente qui, à mon avis, devrait beaucoup lui plaire, commença Stevie qui le décrivit ensuite avec enthousiasme. André connaît mes goûts et, quand il me l'a présenté, j'ai tout de suite pensé à le mettre de côté à ton intention, conclut-elle.

— Je te fais confiance et à lui aussi. Est-ce la plume de diamants qu'il t'a offerte pour ton anniversaire ? Elle va à ravir sur ton tailleur.

— Je n'arrête pas de la porter, elle va avec tout, aussi bien le matin que le soir ou dans la journée. La broche est de la même qualité, sinon encore plus belle.

— Je brûle d'impatience de la voir ! Si tu veux bien, je te raccompagnerai à ton bureau après déjeuner.

— Les grands esprits se rencontrent, j'allais justement te le proposer.

— Affaire conclue, dit Derek en riant. Pour rester au chapitre des cadeaux, qu'as-tu pensé de celui de Miles ?

— Vous étiez au courant, vous deux ? s'écria Stevie.

— Bien sûr, mais Miles nous avait fait jurer le secret.

— Son portrait de Chloe est superbe ! Ce qui me stupéfie, c'est qu'il affirme l'avoir peint très vite — il a même employé l'expression « jeté sur la toile ». Miles a vraiment beaucoup de talent. Je me demande parfois pourquoi il a choisi de se spécialiser dans les décors de théâtre, bien qu'il y réussisse à merveille.

— C'est vrai, je me pose moi aussi la question. Mais l'essentiel, ma chérie, c'est qu'il soit bien dans sa peau et heureux de pratiquer son métier. As-tu vu Gideon depuis ton arrivée, vendredi dernier ? ajouta-t-il.

— Ah ! le revers de la médaille, si je puis dire...

Le retour du serveur avec le champagne interrompit un instant leur conversation.

— Oui, Chloe et moi avons déjeuné hier avec lui, reprit Stevie en rendant à son beau-père le toast qu'il lui portait. Il m'a paru aussi déprimé que Miles l'avait trouvé la dernière fois qu'ils se sont vus.

— Il ne t'a rien dit ? Aucune confidence ?

— Rien, Derek, et je ne voulais pas l'interroger en présence de Chloe. Après tout, il a vingt-sept ans, ce n'est plus un enfant. Et puis, je ne me tracasse pas trop à son sujet. Quelle que soit la cause de sa dépression, il s'en sortira, j'en suis sûr. La jeunesse a de la ressource. A vrai dire, poursuivit-elle après une légère hésitation, ce n'est pas Gideon qui m'inquiète, mais Bruce.

— Bruce ? s'étonna Derek. Qu'a-t-il donc ?

— En toute franchise, je ne sais pas. Samedi, j'ai eu une longue conversation avec Gilbert Drexel, un de mes adjoints, nous avions beaucoup de choses à voir ensemble. C'est lui qui m'a dit être très inquiet pour Bruce — et il l'a répété à plusieurs reprises. D'après lui, Bruce est en mauvaise santé et se déplace difficilement, mais il ne s'agit peut-être que d'un nouvel accès de goutte. Ce qui m'a étonné, en revanche, c'est qu'il vienne de plus en plus souvent au magasin et au bureau malgré son état, alors qu'il avait informé tout le monde qu'il ne ferait plus acte de présence, sauf dans des circonstances exceptionnelles.

Derek se demanda si Bruce Jardine se comportait de manière aussi inhabituelle parce qu'il avait des soupçons sur les agissements de Nigel, mais il préféra garder ses réflexions pour lui.

— Etrange, en effet, se borna-t-il à commenter. Drexel t'a-t-il dit autre chose ?

— Non, simplement que Bruce lui paraissait soucieux, préoccupé. Je lui ai demandé si, à son avis, il déclinait, mais il m'a répondu sans hésiter qu'il avait toute sa tête.

— Bruce a quand même largement dépassé les quatre-vingts ans. Tu n'as pas encore eu l'occasion de le voir, je pense ?

— Non, mais nous déjeunons ensemble demain, comme nous l'avons toujours fait la veille de Noël. C'est une sorte de tradition entre nous.

— Quand je pense que Bruce m'avait toujours paru... indestructible, dit-il avec un profond soupir. Ce qui nous apporte une nouvelle fois la preuve que nous ne sommes pas plus immortels qu'invulnérables, comme nous voudrions trop souvent le croire.

Stevie ne put s'empêcher de sourire de son ton lugubre.

— Si quelqu'un peut prétendre à l'immortalité, Derek, c'est bel et bien toi ! Le cinéma te fera revivre éternellement.

Derek sourit comme à regret sans faire de commentaire.

— Quand je me disais inquiète pour Bruce, reprit Stevie, je ne pensais pas à son état de santé mais à son comportement inexplicable. Je ne comprends pas pourquoi il fait d'aussi nombreuses apparitions au magasin et dans les bureaux ces derniers temps. Il n'a plus aucune raison d'y aller.

— Il te l'expliquera sans doute demain.

— Je l'espère.

Derek finit son champagne et fit signe au serveur.

— Et maintenant, déclara-t-il, il est grand temps de commander notre déjeuner. J'ai une faim de loup ! Tu ne voudrais pas me voir périr d'inanition, n'est-ce pas ? Je ne sais mourir en public que sur scène.

Stevie pouffa de rire, Derek l'imita. Mais il resta pensif sous son apparente jovialité. L'étrange conduite de Bruce Jardine le déconcertait tout autant que Stevie.

Non, conclut-il en lui-même, le vieux renard ne perd pas la tête. Alors, flaire-t-il une piste ? Sait-il quelque chose que tout le monde ignore ?

15

— Tu me diras de me mêler de mes affaires, je sais, mais tu m'écouteras quand même, déclara Miles.

Gideon soutint sans faiblir le regard de son frère et parvint à rester impassible. Comme à chaque fois qu'il dévisageait Miles, il avait l'impression de se voir dans un miroir : mêmes cheveux châtains, mêmes yeux bleus, même visage avenant aux traits bien dessinés. Un beau garçon sympathique, en somme, et qui plaisait aux filles — il était bien placé pour le savoir ! Car si leurs réactions différaient, le problème était le même pour eux deux. Rien de plus normal, après tout, puisqu'ils étaient jumeaux.

— Allons, Gideon, parle ! Dis quelque chose !

Ils déjeunaient ensemble pour la première fois depuis longtemps et s'étaient retrouvés avec un plaisir manifeste.

— C'est plutôt à toi de parler, Miles, répondit Gideon avec un sourire amusé. J'attends que tu m'expliques enfin ce qui te tracasse. Vas-y, accouche, je ne te mangerai pas. Et je ne te dirai pas de te mêler de tes affaires.

— Soit. C'est toi, Gideon, qui me tracasses. Ou plutôt ta conduite depuis plusieurs mois. Tu es lugubre, énervé, inabordable. Quelque chose te ronge, cela crève les yeux. Maman elle-même s'en est rendu compte et tu la connais : si elle décide d'en avoir le cœur net, elle ne te laissera pas une seconde de répit.

— Merci de l'avertissement, Miles, mais ne t'inquiète pas, je sais comment m'y prendre avec elle. Si tu tiens à tout savoir, c'est vrai, j'ai eu un coup de déprime. Mais c'est fini, je t'assure. Je suis en train de m'en sortir.

— Alors, bon sang, de quoi souffrais-tu ? Je me faisais un sang d'encre à cause de toi.

— Les filles, voilà tout. Rien de grave.

— *Les* filles, au pluriel ? s'étonna Miles.

— Un seule, en réalité : Margot Saunders. Elle ne rate pas une occasion de m'empoisonner la vie depuis que nous avons rompu — depuis que j'ai rompu, pour être plus précis.

— Tu veux dire qu'elle te court toujours après ? La belle affaire ! Tu n'es pas marié avec elle, tu n'as pas de comptes à lui rendre. Envoie-la paître une bonne fois et...

— Facile à dire, l'interrompit Gideon. Je n'arrive pas à lui faire lâcher prise. Et, dans son genre, elle peut se montrer vicieuse. Machiavélique, ajouta-t-il.

— Je vois. *L'Enfer n'a pire furie que femme dédaignée,* comme dit le poète. Donc, elle te persécute. Que puis-je faire pour te donner un coup de main ?

— Rien, mais merci quand même. Elle va enfin se conduire comme une bonne fille et me laisser tranquille.

— Qu'est-ce qui te permet de l'affirmer ?

— Elle me l'a promis.

— Et tu as confiance en sa parole ?

— Oui, et j'ai de bonnes raisons. Elle ne me causera plus de problèmes, tu peux me croire.

— Je te crois, puisque tu le dis. Mais peux-tu m'expliquer comment tu as accompli ce tour de force ?

— Je l'ai menacée de tout raconter à Jack Bellanger, de lui dire en détail comment elle me traque, me suit dans la rue, me téléphone toutes les cinq minutes, etc. Bref, je lui ai flanqué une sainte frousse. Mondaine et snob comme elle est, tu te doutes que la perspective de voir son nom dans les échos du *Daily Mail* a de quoi la refroidir.

— Elle a vraiment pris ta menace au sérieux ?

— Bien sûr. Elle m'a souvent vu avec Jack, elle sait que nous étions ensemble à Eton et que nous sommes restés bons amis. Depuis le scandale de son frère, Margot craint les journalistes comme la peste. En réalité, elle ne s'est jamais remise de cette affaire et sa mère en a fait une dépression.

— Astucieux, mon frère, astucieux en diable ! commenta Miles en riant. Et quand as-tu accompli ton forfait ?

— Ne prends pas cet air soupçonneux ! répondit Gideon en riant à son tour. Cela date d'il y a huit jours.

— Alors, pourquoi avais-tu l'air aussi démoralisé hier, quand tu as déjeuné avec maman et Chloe ?

— Elle t'a dit ça ?

— Oui.

Gideon marqua une pause et préféra éluder la question.

— Dis donc, je me demande quand ils vont se décider à nous servir. Je meurs de faim.

— Moi aussi, mais cela ne tardera plus. Quand j'ai téléphoné pour réserver, Bruno m'a dit qu'ils étaient complets mais il a bien voulu ajouter une table pour nous. Tu peux constater que la salle est bondée. Alors ? insista Miles.

Gideon réfléchit un instant avant de rassurer son frère, qui le regardait avec une évidente inquiétude.

— Ecoute, Miles, je t'assure que tout va bien maintenant. J'ai passé deux mois pénibles, je l'admets, mais mes ennuis avec Margot sont définitivement réglés, je n'ai plus de soucis à me faire de ce côté-là.

— Tant mieux, je suis heureux de te l'entendre dire. Puis-je te poser une autre question ? ajouta-t-il après une brève hésitation.

— Vas-y.

— Pourquoi as-tu rompu avec Margot ? Je croyais que tu avais enfin trouvé la femme de ta vie.

— Je l'ai cru aussi, au début, et même un bon bout de temps. J'ai rompu quand je me suis rendu compte qu'elle n'était pas celle qu'il me fallait.

— Je comprends, répondit Miles, soudain pensif.

— Et que devient Allison Granger ? demanda Gideon. Tu n'en parles plus depuis un moment, si je ne me trompe.

— La même chose que toi, mon vieux. J'ai pris conscience qu'elle n'était pas ce que j'imaginais. Elle est gentille, elle a plein de qualités, je la vois encore de temps en temps, mais en amis. En fait, j'essaie de me dégager sans lui faire trop de peine — dans l'espoir de m'éviter des problèmes comme les tiens, ajouta-t-il avec un sourire.

— Je vois... Dis donc, ce n'est pas pour changer de sujet, mais j'ai été soufflé d'apprendre hier par maman que Nigel avait surgi à New York comme un diable sortant d'une boîte après la vente Sotheby's.

— Moi aussi. Qu'en penses-tu, toi ?

Les deux frères échangèrent un regard perplexe.

— Je serais bien en peine de te répondre, répondit enfin Gideon. Nigel ne m'a pas dit qu'il allait à New York, il n'avait d'ailleurs pas de raison de m'en avertir. Je le trouve bizarre, ces temps-ci. Toujours de mauvaise humeur, impatient avec tout le monde. Et plus renfermé que jamais.

— Maman croit qu'il cherche à l'évincer.

— Je sais, elle m'en a parlé.

— As-tu pu confirmer ses soupçons ?

— Comment le pourrais-je ? Je ne sais rien et je ne vois pour ainsi dire jamais Nigel. Il n'est pas du genre à jouer cartes sur table, tu le sais aussi bien que moi. S'il y a vraiment anguille sous roche, Nigel est le seul à la connaître et savoir dans quel recoin elle se cache.

— Tu as raison... Dommage que je n'aie pas eu l'occasion de le voir. J'aurais pu me faire une opinion, peut-être même réussir à le faire parler, à surprendre quelque chose dans la conversation. Mais depuis mon arrivée à Londres, je n'ai pas eu une minute pour passer chez Jardine's.

— Rassure-toi, tu le verras le jour de Noël avec Tamara et les enfants.

— Vraiment ? s'étonna Miles. D'habitude, ils vont passer les fêtes à Paris chez les parents de Tamara.

— C'est vrai mais, cette année, le père de Tamara a été gravement malade — un pontage coronarien, je crois. Ils ont donc décidé d'aller aux Antilles pour sa convalescence, la Martinique ou Saint-Barthélemy.

— De sorte que nous héritons de Nigel.

— Exact. Mais aussi de Tamara et des enfants à titre de compensation.

— Deviendrais-tu optimiste ? dit Miles en riant. Ah ! voilà nos assiettes !

— Il est temps, grommela Gideon.

Miles rit de plus belle.

— Allons, nous n'avons pas attendu si longtemps que ça ! Si tu mourais de faim à ce point, tu aurais dû commander un hors-d'œuvre. Ils sont délicieux, ici.

— Fiche-moi la paix, ronchonna Gideon. Je plaisante, poursuivit-il avec un clin d'œil complice. Je ne pouvais quand même pas me laisser traiter d'optimiste sans réagir.

— C'est vrai, admit Miles avec bonne humeur, j'ai eu tort. Avec toi, il faut voir tout en noir.

Affamés l'un et l'autre, ils commencèrent à manger dans un silence plein de cordialité. Au bout d'un moment, Miles releva les yeux.

— Sérieusement, Gideon, tu es débarrassé de Margot pour de bon ? Elle ne te harcèlera plus ?

— Oui, je t'en donne ma parole. Et c'est un soulagement, je te prie de me croire. J'étais au bord de la dépression.

— Tu aurais dû m'en parler, j'aurais peut-être pu faire quelque chose.

— J'aurais peut-être dû, c'est vrai.

— A quoi bon avoir un frère jumeau, s'il ne vole pas à votre secours en cas de besoin ? J'attendrais la même chose de toi, tu sais.

— Tu peux d'ores et déjà y compter, répondit Gideon avec un large sourire.

Miles posa sur lui un regard affectueux.

— Tu ne peux pas savoir à quel point je suis heureux de te revoir enfin de bonne humeur et le sourire aux lèvres.

— Cette fille est une vraie peste, tu sais. Mais n'en parlons plus. C'est fini, conclut Gideon, en faisant une prière muette pour que l'avenir ne le contredise pas.

— A propos de peste, parlons un peu de Chloe. Tu ne crains pas qu'elle t'empoisonne la vie, à sa manière ?

— Pas du tout ! D'abord, elle a un cœur d'or et elle ne viendra au magasin que quelques heures par jour jusqu'à ce qu'elle reparte pour New York avec maman en janvier.

— A mon avis, maman a eu raison de lui permettre de voir de près comment l'affaire fonctionne. La réalité du travail quotidien la fera peut-être changer d'avis.

— Je l'espère pour maman. Elle n'a aucune envie que Chloe abandonne ses études. Je la comprends et je l'approuve.

— En tout cas, je lui tire mon chapeau, elle joue le jeu. Te rends-tu compte de la chance que nous avons d'avoir une mère comme elle ? ajouta-t-il avec conviction.

— Bien sûr ! s'exclama Gideon. Nous sommes des privilégiés, nous autres. Quand je pense à tous les malheureux qui sont affligés d'une mère ordinaire, sans parler d'une mère indigne, je passe mes nuits à sangloter.

Les deux frères éclatèrent de rire à l'unisson.

— Toute plaisanterie mise à part, dit Miles en reprenant son sérieux, il est vrai que, mère ou pas, Stephanie Jardine est une femme extraordinaire. Et pour conclure notre conversation de tout à l'heure, promets-moi de ne plus me faire de cachotteries et de me demander un coup de main si jamais il t'arrivait encore d'en avoir besoin. Promis ?

Se défiant de lui-même, Gideon se borna à acquiescer d'un signe de tête. Pouvait-il se confier davantage à son frère ? Non, lui enjoignit une voix intérieure, ce serait trop risqué. Tu n'as pas le droit d'imposer à Miles un tel secret. Il garda donc le silence en affectant de liquider le contenu de son assiette. Pendant un long moment, il n'osa même pas lever les yeux, de peur de se trahir par un regard ou de laisser échapper ce qu'il valait mieux taire.

Ce soir-là, dans son appartement de Cadogan Square, Gideon Jardine s'efforça en vain de chasser les pensées qui le troublaient depuis le matin. Il était plus de sept heures, il était invité à dîner chez des amis, mais il se sentait vidé de tout courage et ne parvenait pas à prendre sur lui pour se préparer.

Bien qu'il n'ait allumé qu'une seule lampe au petit salon, cette pénombre même lui paraissait trop claire. Il alla éteindre, s'allongea sur le canapé près de la fenêtre, se cala au creux des coussins. Dans l'appartement, tout était calme. On n'entendait que le tic-tac de la pendule sur la cheminée, le léger crépitement de la pluie sur les vitres et, au-dehors, le chuintement assourdi des voitures sur la chaussée mouillée.

Le silence et l'obscurité apaisèrent peu à peu ses nerfs à vif. Il était heureux d'avoir revu son frère au déjeuner et soulagé de s'être confié à lui. Car il avait dit la vérité à Miles — une grande partie, du moins.

Incapable de poursuivre des rapports intimes avec une femme qu'il n'aimait pas, Gideon avait signifié à Margot sa décision de rompre. Mais elle s'était accrochée à lui comme une sangsue, elle l'avait persécuté, traqué, épié, poursuivi dans la rue, harcelé des semaines durant en lui téléphonant continuellement, aussi bien chez lui qu'à son travail. Elle avait fait de sa vie un enfer jusqu'à ce que Gideon, ayant épuisé toutes les ressources de la raison, se soit rabattu en dernier ressort sur la menace du scandale.

L'efficacité avait été immédiate. Margot haïssait la presse, qui lui inspirait une sainte terreur. Si les boursicotages frauduleux de son frère Julian avaient ébranlé la City et amplement mérité d'être jetés en pâture à l'opinion publique, Gideon admettait volontiers que sa mère et le reste de sa famille n'auraient pas dû en souffrir aussi cruellement. Mais qu'y pouvait-il ? Les journalistes ne sont pas réputés pour leur excès de scrupules.

Il n'oublierait jamais l'expression d'incrédulité horrifiée de Margot quand il l'avait menacée de dévoiler les persécutions dont il était victime à son vieil ami Jack Bellanger, échotier du *Daily Mail*. Lorsqu'il avait envisagé d'user contre elle de cette arme, il l'avait d'abord écartée avec dégoût. Puis, à mesure que le comportement de Margot devenait de jour en jour plus inquiétant, il était parvenu à la conclusion qu'il n'avait pas le choix. Sa santé physique et mentale, sa vie même en dépendaient. A vingt-sept ans, il n'avait aucune envie de périr bêtement de la main d'une jeune femme que le dépit et la jalousie avaient littéralement rendue folle de rage. De plus, il craignait toujours que Margot ait barre sur lui à cause de quelque chose dont elle avait été témoin. Il n'y pensait jamais sans malaise, bien que ses menaces, brandies au-dessus de la tête de Margot comme une épée de Damoclès, lui permettent raisonnablement de se considérer désormais en sécurité.

Gideon se sentit envahi par une torpeur contre laquelle il ne pouvait lutter. Ses paupières se fermaient, des images de Margot revenaient le hanter, se mêler à celles de leur dernière soirée ensemble. Il se força aussitôt à rouvrir les yeux, mais le souvenir importun s'était déjà imposé à lui, comme il avait trop souvent tendance à le faire...

Ce soir-là, trois mois plus tôt, ils avaient dîné en ville avant de terminer la soirée chez elle. Mais à peine arrivé à l'appartement, Gideon avait éprouvé le désir impérieux de repartir aussitôt. Il aspirait à retrouver son lit, il était fatigué et, surtout, obsédé par une vieille, très vieille amitié, renouée depuis quelques semaines, dont il voyait l'évolution échapper à son contrôle. Margot l'avait convaincu de rester et il avait cédé à son insistance — en pure perte, comme il fallait s'y attendre. En d'autres termes, il avait été hors d'état de la satisfaire.

Margot avait d'abord bien pris les choses. Elle s'était montrée tendre, patiente, compréhensive. Et puis, pendant qu'il se rhabillait, elle s'était déchaînée contre lui avec une rage hystérique que rien jusqu'alors n'avait laissé prévoir. « C'est à cause d'elle que tu es impuissant avec moi ! avait-elle hurlé. Je connais ta réputation de coureur, je savais que tu finirais par me tromper, mais je ne me doutais pas que ce serait aussi vite ! »

Abasourdi par la violence de l'attaque, choqué par la part de vérité que contenait l'accusation, ulcéré dans son amour-propre par le mot *impuissant*, il était resté pétrifié sans même oser se défendre, de peur que Margot ne retourne ses arguments contre lui. Quand elle était revenue à la charge, il n'avait cependant pu faire moins que nier avec véhémence qu'il y eût une autre femme dans sa vie. C'est alors qu'elle avait lâché sa bombe : « Menteur ! Je t'ai vu avec elle ! »

Au prix d'un effort surhumain, Gideon avait réussi à rester impassible et à tenir sa langue. Il savait dès lors que Margot cherchait à se venger et lui causerait des ennuis — sans se douter encore jusqu'à quel degré de malveillance elle serait capable d'aller !

Mais son silence n'avait fait qu'aiguillonner la fureur vengeresse de Margot. Avec une hargne venimeuse, elle avait entrepris de lui dire où et quand elle l'avait vu en compagnie de sa rivale, qu'elle lui décrivit en détail comme « une belle blonde, ce qui est normal de ta part, tu n'as jamais couru les laiderons. Ce qui m'étonne, par contre, c'est qu'elle ait l'air plus âgée que toi. Et je la connais, cette garce, avait-elle conclu, je suis sûre de l'avoir déjà vue quelque part. Si seulement je pouvais me rappeler son nom ! ».

Gideon en avait eu froid dans le dos : si elle se souvenait du nom de son amie, ce serait une véritable catastrophe pour lui et pour d'autres personnes. Après avoir fini de se rhabiller en silence, il était sorti de l'appartement sans même dire au revoir à Margot. Dans son esprit, il s'agissait d'un adieu définitif, comme il le lui signifia le lendemain. Il n'avait pas tardé ensuite à s'apercevoir que la vengeance d'une femme pouvait préfigurer l'enfer...

La sonnerie du téléphone l'arracha à ses sombres réminiscences. Soudain conscient de l'heure tardive, il se leva d'un bond et courut décrocher, en cherchant quelle excuse présenter à ses hôtes qui devaient s'impatienter.

— Bonsoir, mon chéri, fit une voix bien connue.

— Lenore ? C'est toi ?

— Bien sûr, qui voudrais-tu que ce soit ? Comment te sens-tu ? Tu n'as pas l'air dans ton assiette.

— Si, si, ça va... Où es-tu ?

— Dans le Yorkshire. Il fait un temps épouvantable, j'avais envie de t'entendre, pour me remonter le moral.

— Tu ne risques rien en m'appelant de là-bas ?

— Rien du tout, je suis seule.

— Mais... où sont les enfants ?

— Ici, avec moi. Je voulais dire...

— Oui, j'ai compris. Si tu savais combien tu me manques ! soupira-t-il. Et cela ne fait que deux jours.

— Je sais. Toi aussi tu me manques.

— Penser qu'il est là, avec toi ! J'en suis malade.

— Non, Gideon. Ne te torture pas, cela ne mène à rien. Soyons patients, pour le moment du moins.

Il ferma les yeux, vit son visage encadré d'un halo de cheveux blonds, ses beaux yeux gris à l'éclat si doux.

— Je donnerais n'importe quoi pour être avec toi, murmura-t-il.

— Moi aussi, mon amour. Je rêve sans arrêt d'être dans tes bras, tout contre toi, de t'embrasser. J'adore la manière dont tu m'embrasses, tu sais. J'aimais déjà tes baisers quand j'étais petite. Mais j'avoue que tu as fait des progrès depuis, ajouta-t-elle en riant. Rien qu'en y pensant, je sens tes lèvres sur les miennes, ta langue qui se glisse dans ma bouche... Oh ! Gideon, dis-moi ce que tu voudrais faire maintenant avec moi. Raconte.

— Je ne peux pas. Tu m'excites trop.

— J'ai besoin de toi, mon amour. De rester avec toi jusqu'à la fin de mes jours.

— Eh bien, demande le divorce, Lenore ! Parle-lui une bonne fois pour toutes. Quitte-le.

— Tu n'es pas du bois dont on fait les maris, Gideon. Tu le sais, je le sais, le monde entier le sait.

— Je me fiche du monde et de ce qu'il croit savoir ! Je ne sais qu'une chose, moi, c'est que je t'aime et que je t'ai toujours aimée.

— Moi aussi, mon chéri. Et je sais que je t'aimerai jusqu'à mon dernier soupir.

— Ne parle pas de mourir, parlons plutôt de vivre ! De vivre ensemble, toi et moi. Viens vivre avec moi à partir du nouvel an. Chez moi. A quoi bon attendre davantage ?

— J'ai des enfants, mon chéri. L'un d'eux est

même ton filleul ! Comment vivre ensemble chez toi dans ces conditions ?

— C'est simple, comme je te l'ai déjà dit cent fois : demande le divorce ! s'écria-t-il.

— Ecoute, je...

— Mais je veux t'épouser, je ne rêve qu'à cela, bon sang ! Le comprendras-tu, à la fin ?... Fichue manière de demander sa main à la femme qu'on aime, poursuivit-il en riant. Reprenons selon les règles de la bienséance : Eleanor Elizabeth Jane Armstrong, acceptes-tu de me prendre pour époux ? Réponds oui, je t'en prie !

— Dès que je pourrai, Gideon Jardine... Si seulement j'étais avec toi en ce moment, poursuivit-elle d'un ton plein de gourmandise, je te régalerais de choses exquises pour te faire patienter. Miam-miam... Sais-tu que tu as un goût délicieux ?

— De grâce, ma chérie ! Je vais finir par me couvrir de honte !

Gideon l'entendit pouffer de rire au bout du fil.

— Excuse-moi... Tu parlais sérieusement, il y a une minute ? demanda-t-elle après une brève pause. Tu veux vraiment te marier avec moi ?

Désarçonné, il ne répondit pas aussitôt.

— Bien sûr que j'étais sérieux ! Sache d'ailleurs que c'est la première demande en mariage que je fais de ma vie.

— Faux.

— Je te jure que si ! C'est la première.

— Non, la deuxième. La première, tu me l'as faite à moi, quand j'avais dix ans et toi neuf. Derrière l'écurie d'Aysgarth End. Et je t'avais répondu oui.

— Me réponds-tu oui cette fois aussi ?

— Je viens de te le dire : dès que je pourrai.

— Malcolm acceptera-t-il le divorce ?

Il y eut un silence.

— Alors ? insista Gideon.

— Je l'espère, mon chéri, répondit-elle avec un soupir. Tu le connais, toujours aussi entêté et intolérant. Il sait depuis des années que notre couple ne marche plus, mais il refuse de l'admettre. Je ne compte plus pour lui, il me trompe sans vergogne mais, par vanité, il ne veut pas que je sois à un autre.

— Je lui parlerai...

— Non, surtout pas ! Il m'a assez souvent répété avec aigreur que tu avais un faible pour moi, autant agiter un chiffon rouge devant un taureau enragé.

— Sur ce point-là, il a raison et tort à la fois. J'ai plus qu'un *faible* pour toi.

— Encore heureux ! dit-elle en riant. Où vas-tu, ce soir ? ajouta-t-elle.

— Les Mallingham m'ont invité à réveillonner.

— Avec qui y vas-tu ?

— Personne. Je suis strictement voué au célibat jusqu'à ce que je puisse sortir à *ton* bras, mon amour.

— Noël sera sinistre sans toi, soupira-t-elle. Mais après tout, c'est la fête des enfants, ils me la rendront un peu supportable. Si seulement nous n'étions pas si loin l'un de l'autre, je viendrais te voir tous les jours en voiture.

— Je sais, ma chérie. Noël ne sera pas gai pour moi non plus. Quand rentres-tu à Londres ?

— Pas avant le 29. Dimanche.

— Alors, nous pourrons nous voir le lendemain ?

— J'y compte bien, figure-toi ! Au fait, j'ai une idée. Pourras-tu te libérer le lundi matin ?

— Oui. Pourquoi ?

— Si je venais chez toi, disons vers dix heures, nous pourrions déjeuner ensemble. Rien que nous deux.

— J'adore prendre mon petit déjeuner au lit ! Et toi ?

Ils éclatèrent de rire à l'unisson et bavardèrent encore quelques instants avant de raccrocher, non sans s'être répété mille fois qu'ils s'aimaient et s'aimeraient toujours.

Etendu sur le canapé du petit salon obscur, Gideon repensa longuement à la conversation qui venait de s'achever. Il lui avait demandé, non, quasiment ordonné de quitter son mari pour l'épouser, lui. Et elle le lui avait promis ! Faire une telle demande, prendre un pareil engagement aurait dû l'angoisser ou, du moins, le faire réfléchir. Or, il ne s'était jamais senti aussi apaisé, aussi sûr de lui et de ses sentiments. Il connaissait Lenore Philips depuis toujours, ils avaient grandi ensemble. Depuis le premier jour, il avait su avec certitude qu'il n'aimerait qu'elle et elle seule.

C'était à cause d'elle qu'il avait acquis sa réputation de coureur de filles impénitent. Par dépit, en partie. En partie aussi pour se prouver à lui-même sa propre valeur. Parce que celle qui lui était destinée en avait épousé un autre dès qu'il avait eu le dos tourné, avant qu'il ait pris pleinement conscience de la profondeur de l'amour qu'elle lui inspirait. Dieu merci, ils s'étaient retrouvés...

Margot Saunders avait eu raison ce fameux soir : c'était à cause de Lenore qu'il s'était montré incapable de faire l'amour avec elle. Lenore était la seule femme avec laquelle il avait réellement eu et aurait désormais envie de faire l'amour. Ajourd'hui, demain et à jamais.

Il lui avait demandé de l'épouser, elle avait accepté. Lui qui en doutait depuis des années, il savait enfin que sa vie avait un but. Et ce but avait un nom : Lenore.

16

— Je suis très touché de votre intérêt pour ma santé, Stevie, dit Bruce Jardine en souriant. Je vais beaucoup mieux, merci. En fait, je me porte comme un charme.

Avec un regard affectueux, Stevie lui rendit son sourire.

— Vous aviez un accès de goutte, n'est-ce pas ?

— Oui, mais le nouveau traitement prescrit par mon médecin a eu des effets miraculeux. Vous voyez, me revoilà plus gaillard qu'un jeune homme.

Elle allait s'enquérir de ce remède miracle quand le majordome entra dans la bibliothèque, porteur de deux verres de sherry sur un plateau. Stevie et Bruce se souhaitèrent un joyeux Noël. Tout en buvant une gorgée de sherry, Stevie observa son beau-père à la dérobée.

Bruce avait en effet excellente mine, comme elle avait eu l'agréable surprise de le constater en arrivant à l'hôtel particulier de Wilton Crescent. Sa conversation avec son collaborateur quelques jours auparavant lui avait fait craindre de se trouver face à un moribond. Elle découvrait au contraire un homme en pleine forme, n'ayant rien perdu de sa superbe et plus alerte à quatre-vingt-deux ans que bien des sexagénaires. Avec sa chevelure argentée et son élégance sévère, il incarnait jusqu'à la caricature le gentleman britannique tel qu'on se le représente. Il semblait même jouir d'un regain de jeunesse, ce dont Stevie s'étonnait d'autant plus que, lors de leur dernière rencontre à peine quelques semaines auparavant, son beau-père lui avait paru amaigri, émacié et plus fragile qu'une statue de verre.

— J'ai changé de médecin, Stevie, dit-il comme s'il avait lu dans ses pensées. Et je m'en félicite, car il a su me délivrer de toutes mes petites misères grâce à de nouveaux remèdes très efficaces. Il m'a aussi envoyé voir une nutritionniste, à moins qu'on ne dise une diététicienne, qui me gave de vitamines. Je suis tellement bourré de pilules que je m'étonne de ne pas entendre crépiter mes os au moindre geste ! poursuivit-il avec un franc éclat de rire. En tout cas, ses méthodes donnent d'excellents résultats, comme vous pouvez le constater.

— Je n'en reviens pas, Bruce, et je suis enchantée de vous retrouver en aussi bonne santé.

Le téléphone intérieur sonna. Bruce se leva pour aller décrocher, écouta le majordome et lui dit qu'il prenait la communication. Pendant ce temps, Stevie tourna son regard vers les flammes dans la cheminée en se remémorant leur long passé commun. Trente et un ans, déjà...

La paix n'avait pas toujours régné entre eux, loin de là. Sourdes, larvées, parfois ouvertes, les hostilités avaient été à l'ordre du jour pendant des années. Depuis, ils avaient résolu leurs antagonismes et elle lui avait pardonné ses injustices, ses brimades souvent mesquines, les chagrins qu'il lui avait infligés. Pardonné mais pas oublié : certains resteraient à jamais gravés au plus profond de sa mémoire.

Heureusement, les conflits des premiers temps n'étaient plus qu'un souvenir, ce dont Stevie se réjouissait. Car, en fin de compte, Bruce était devenu un ami et un allié sûr, auquel elle savait pouvoir se fier sans réserve. Elle lui avait prouvé qu'elle était une Jardine, dévouée corps et âme aux intérêts de la famille. Il lui faisait donc une confiance illimitée et se reposait entièrement sur elle.

Bruce l'avait même chargée du soin de redécorer la bibliothèque, encore marquée du sceau de la lourde pompe victorienne qu'Alfreda lui avait imprimée. Le résultat, se dit-elle sans fausse modestie en regardant autour d'elle, était spectaculaire. Repeinte dans des teintes lumineuses, débarrassée des épais rideaux qui l'assombrissaient, des tapis élimés, des meubles massifs qui l'encombraient inutilement, la pièce était devenue chaleureuse et accueillante.

Sa conversation terminée, Bruce revint s'asseoir en face de Stevie devant la cheminée.

— Je n'ai pas encore eu le temps de vous féliciter de votre achat de l'Impératrice Blanche, Stevie. C'était un coup de maître. Je suis très fier de vous, comme nous le sommes tous dans la maison. Vous avez braqué les projecteurs de l'actualité sur Jardine's et suscité un tel intérêt que, depuis, le magasin ne désemplit pas de nouveaux clients. Je tiens aussi à vous féliciter de la façon magistrale dont vous avez exploité l'événement dans la presse. La publicité rédactionnelle que nous avons obtenue est inestimable.

Stevie ne put s'empêcher de sursauter.

— Mais... je croyais que vous estimiez que je l'avais payée très au-dessus de sa valeur !

— Pas du tout ! Je pensais, au contraire, que

cette pierre partirait pour une somme bien supérieure. J'ai lu avec beaucoup de satisfaction dans le *Times* le compte rendu de la vente. Je ne sais qui nous a rendu le service involontaire d'abandonner à dix millions, mais c'était une bonne surprise dont vous avez su profiter. Je dirai même que je vous aurais approuvée d'aller au-delà de douze millions, car je m'attendais à ce que les enchères montent jusque-là.

— Ah, bon... Je vois.

Etonné, Bruce fronça les sourcils.

— Qu'y a-t-il, Stevie ? Pourquoi cette expression bizarre ? Qu'ai-je dit qui vous déconcerte à ce point ?

— Nigel m'a affirmé que, selon vous, j'avais surpayé le diamant et que...

— Jamais de la vie ! s'écria Bruce. Je me demande où il a pu chercher une idée pareille !

— D'après lui, vous le lui avez dit vous-même.

— C'est absolument faux ! Ce petit chenapan ment comme il respire ! Je vais lui tirer les oreilles !

— Il m'a dit aussi que, encore à votre avis, j'avais toujours payé les pierres au-dessus de leur valeur.

Bruce se redressa sur son fauteuil, les lèvres crispées par un rictus de fureur contenue que Stevie connaissait bien pour l'avoir souvent observé — et en avoir été l'objet.

— Je n'y comprends rien, dit-il enfin. Pourquoi mentir de manière aussi éhontée ? Pour quoi inventer des propos que je n'ai jamais tenus ? C'est absurde ! Je me suis, au contraire, répandu en louanges sur votre compte et j'ai dit à Nigel que je vous approuvais sans réserve.

— C'est peut-être la raison pour laquelle il m'a menti.

Bruce la dévisagea un instant sans mot dire.

— Si tel est le cas, Nigel n'est pas aussi intelligent que je le croyais. Est-il bête au point de ne pas savoir qu'il serait démasqué tôt ou tard, que ses mensonges finiraient par se retourner contre lui ?

Stevie ne put répondre que par un signe d'acquiescement. Se résigner à admettre que son fils soit aussi sournois qu'elle l'en soupçonnait lui était plus douloureux qu'elle ne l'aurait cru.

Le silence retomba. On n'entendait que le tic-tac du cartel, le grésillement des bûches dans la cheminée. Plongé dans ses propres réflexions, Bruce buvait son sherry à petites gorgées.

La première, Stevie reprit la parole.

— Vous ignorez peut-être que Nigel est venu à New York au début du mois, après la vente Sotheby's. Il est passé au magasin un matin, mais il n'est pas resté longtemps car il n'avait rien à y faire ni personne à voir. Il est simplement monté à mon bureau, a bavardé avec moi quelques minutes et lâché ses commentaires désobligeants sur l'achat du diamant. Il se rendait chez le sultan de Kandrea qui, d'après lui, préférerait dorénavant traiter avec lui plutôt qu'avec moi.

— Qu'est-ce que c'est encore que cette histoire ? s'exclama Bruce. Le sultan a toujours voulu traiter avec vous à l'exclusion de quiconque, Stevie ! Tout le monde sait qu'il ne jure que par vous. Quand vous êtes allée le voir à Kandrea, il clamait sur tous les toits qu'il n'aimerait rien tant que de vous y voir revenir — pour toujours.

Stevie ne put retenir un éclat de rire amusé.

— Le cher homme, je me vois mal finir mes jours dans son harem. Mais pour revenir à ce que nous disions, je suis à peu près certaine que Nigel est venu me voir à New York dans le seul but de me provoquer. Il savait que c'était le jour de mon anniversaire et il ne m'en a même pas touché un mot. J'ai depuis quelque temps le sentiment qu'il manigance je ne sais quoi, qu'il... complote contre moi.

— Comploter ? Mais avec qui ? s'étonna Bruce.

— Si je le savais ! soupira-t-elle. Cela semble absurde, n'est-ce pas ? Quels complices aurait-il dans la maison ? Aucun, c'est l'évidence même. Tout compte fait, Bruce, je crois qu'il complote avec lui-même. Qu'il échafaude tout seul de sombres machinations pour m'évincer et prendre ma place, voilà tout.

Avec une expression troublée, Bruce se leva, s'accouda à la cheminée et contempla pensivement les flammes.

— J'ai peine à croire qu'il soit stupide à ce point, dit-il enfin. Il sait pertinemment qu'il vous succédera un jour. Le prétendant au trône, c'est lui, il le sait depuis toujours. Il n'a pas besoin de... manigancer, que diable !

Stevie approuva d'un signe et laissa échapper un long soupir. Elle se demandait si Bruce mettait sa parole en doute quand elle se rendit compte d'un changement dans son attitude. La colère froide du début faisait place à une sorte de résignation et l'expression de son regard lui confirma l'intuition qu'elle venait d'avoir.

— Vous le soupçonniez, vous aussi. Et vous préfériez ne pas m'en parler tant que je ne me serais pas confiée à vous. C'est même une des raisons, sinon la seule, pour laquelle vous alliez souvent au magasin et au bureau ces derniers temps. Vous vouliez le surveiller. J'ai raison, n'est-ce pas ? insista-t-elle faute de réponse. C'est bien cela ?

— Oui, admit-il enfin. J'avais depuis longtemps des soupçons sur Nigel même si, en réalité, je ne savais pas de quoi au juste je devais le soupçonner.

Il s'écarta de la cheminée puis, au lieu de regagner son fauteuil, vint s'asseoir sur le canapé à côté de Stevie et lui prit la main en la regardant dans les yeux.

— Je me suis rendu compte il y a quelque temps que Nigel faisait preuve de beaucoup d'assiduité auprès de vos clients personnels, Stevie. J'en ai parlé à Gilbert Drexel, qui m'a confirmé que Nigel négociait directement avec eux ou, plutôt, s'efforçait de le faire, même quand ils insistaient pour traiter avec vous. Gilbert n'y voyait rien d'anormal, en ce sens que vous étiez à New York la plupart du temps. J'avoue m'être rallié à son opinion, trop facilement peut-être. Je n'ai donc pas abordé le sujet avec Nigel, du moins pas tout de suite.

— Son attitude vous paraissait toutefois étrange ?

— Oui. Car, quand nous avons affaire à un client prêt à dépenser des milliers, voire des millions de livres, vous n'hésitez jamais à sauter dans le Concorde. Aussi, après y avoir réfléchi quelques jours, je me suis décidé à en parler à Nigel. Il m'a dit qu'il voulait simplement se rendre utile, vous décharger d'une partie de vos obligations souvent pesantes et que, d'ailleurs, vous lui étiez très reconnaissante de ses efforts. Je n'avais pas de raison de douter de la parole de mon petit-fils, n'est-ce pas ? Je vois maintenant à quel point j'avais tort, dit-il avec un soupir. J'aurais dû immédiatement vous alerter.

— Oui, vous auriez sans doute dû.

Stevie baissa les yeux. Cinq ans plus tôt encore, Bruce n'aurait pas hésité à lui téléphoner pour moins que cela. Il perdait ses réflexes, l'âge se faisait sentir...

— Et puis, poursuivit Bruce, j'ai remarqué

ces dernières semaines chez Nigel des comportements qui m'ont sérieusement troublé, sinon inquiété.

— Que voulez-vous dire, au juste ?

— Il était devenu irritable pour un rien, impatient, sujet à des sautes d'humeur. Il s'adressait à nos collaborateurs sur un ton cassant tout à fait injustifié. Ce n'est pas ainsi qu'il faut se comporter envers le personnel ni diriger une affaire comme la nôtre, vous en conviendrez.

— Vous avez raison, Bruce. Mais Nigel a toujours eu tendance à se croire supérieur. Il est...

Elle faillit dire qu'il était sans doute comme son grand-père au même âge, mais elle se retint de justesse, feignit de se racler la gorge.

— Il est volontiers arrogant, même avec ses proches, conclut-elle.

— En effet. Ergoteur, aussi. Il s'est permis plusieurs fois de rabrouer Gideon, qui n'était pas le moins du monde en faute, pour des broutilles dont il faisait une montagne.

Le silence retomba. Bruce Jardine éprouvait une profonde affection pour cette bru qu'il avait d'abord violemment rejetée. Il l'avait vue s'épanouir, devenir une femme accomplie, honnête, loyale, une travailleuse infatigable. Si Nigel tentait réellement de saper son autorité en sous-main et de l'évincer de son poste à la tête de la firme, il commettait une faute inexcusable. Bruce savait sans l'ombre d'un doute quel parti il prendrait si le conflit, encore latent, devait éclater au grand jour.

Le silence s'éternisa. Bruce observait discrètement Stevie qui lui parut lasse, découragée. Soudain consciente du regard scrutateur de son beau-père, elle se redressa, parvint à esquisser un sourire et relança le dialogue :

— Ainsi, vous aviez vous-même des soupçons ?

— Oui, mais sans plus. Il ne me serait jamais venu à l'esprit que Nigel convoitait votre place dans la maison.

— Je crois qu'il la convoite depuis un certain temps. C'est drôle, Bruce, poursuivit-elle. A Thanksgiving, j'avais décidé de me confier à vous dès mon arrivée. Ensuite, je me suis dit qu'il valait mieux attendre après Noël pour ne pas gâcher les fêtes par de sordides problèmes. Et voilà que tout est déballé... involontairement, pour ainsi dire.

— C'est aussi bien, ma chère petite. Il faut maintenant que nous parlions à Nigel.

— Oui, mais j'estime que c'est à moi seule que cette corvée incombe. Restez à l'écart de cette pénible affaire.

— Je crois, au contraire, que nous devrions lui parler ensemble et d'une même voix.

— Non, Bruce, il vaut mieux que cela se passe entre lui et moi. Laissez-moi faire, voulez-vous ?

Bruce savait de longue date que lorsque sa belle-fille avait une idée en tête, il était inutile de discuter.

— Soit, répondit-il avec résignation.

— Après Noël. D'accord ?

Il répondit par un signe d'acquiescement. Stevie reprit son souffle et enchaîna :

— Nigel n'est pas le seul à me poser des problèmes.

— Vraiment ? s'étonna Bruce. Qui d'autre ?

— Chloe.

— Chloe ? Impossible ! s'écria-t-il, effaré. Elle est trop adorable, voyons !

— Elle l'est, c'est vrai. Il n'empêche, expliqua-t-elle avec précaution afin de ne pas choquer son évidente affection pour sa petite-fille, qu'elle refuse de poursuivre ses études et d'aller à l'université.

— Quoi ? Même à Oxford ?

— Même à Oxford, répéta Stevie.

— Elle terminera néanmoins ses études secondaires à Brearley, j'espère ? Elle ne peut pas déclarer forfait si près du but !

— Non, en effet. Elle ira au bout de son année scolaire.

— Et ensuite, que fera-t-elle ?

— Elle veut commencer tout de suite à travailler, Bruce. Chez Jardine's. A Londres.

En dépit de ses efforts pour rester impassible, car il savait que le problème ne prêtait pas à rire, Bruce ne put refréner un large sourire qui refusa de s'effacer.

— J'aurais dû me douter que cela vous ferait plaisir, soupira Stevie. Pas à moi, en tout cas.

— Je n'aurai pas le mauvais goût de me prétendre affligé par cette nouvelle, ma chère Stevie. J'en suis enchanté, je l'avoue. Vous savez que j'ai toujours eu un faible pour Chloe. Elle est vive, intelligente, parée de qualités trop rares chez les jeunes de son âge. En ce qui me concerne, il y aura toujours une place pour elle dans la firme. Cependant, vous êtes à la fois sa mère et la directrice générale de la maison. Il dépend donc de vous seule de l'engager ou non... Elle est si jeune, poursuivit-il en tapotant affectueusement la main de sa belle-fille. Tout juste dix-huit ans. Ne soyez pas trop dure avec elle.

— Je ne suis pas trop dure, Bruce ! Je ne pense qu'à son bien, je voudrais préparer son avenir le mieux possible.

— Moi aussi, bien entendu. Ecoutez, Stevie, laissez-la donc venir à Londres l'été prochain. Elle habitera ici, j'ai largement la place de la loger. Elle passera ses journées au magasin et dans les ateliers, Gideon la prendra sous son aile. Il la formera sur le tas, si je puis dire. Elle saura ainsi très vite si elle veut réellement faire carrière dans l'affaire familiale ou chercher une autre voie.

— Je sais, j'ai pensé à cette solution... Nous verrons, dit Stevie avec un long soupir.

— Allons, qu'y a-t-il encore ?

— Il y a qu'à son âge on passe par des hauts et des bas. L'abattement succède à l'exaltation et vice versa... L'été prochain, elle aura très bien pu changer encore une fois d'avis, dit-elle avec un sourire contraint.

— J'espère bien que non ! déclara Bruce. J'aime à croire qu'elle fera un jour partie intégrante de notre maison.

Stevie ne répondit pas. Elle se leva, alla se poster un instant devant la fenêtre, le dos tourné.

— Si je la laisse venir ici l'été prochain, Bruce, elle habitera chez ma mère, dit-elle après un long silence. Cela vaudra mieux pour elle à tous points de vue, je crois.

Son beau-père accueillit sa réponse avec une évidente déception et se contenta d'acquiescer d'un signe de tête.

— A propos de ma mère, poursuivit Stevie, elle compte sur vous demain pour déjeuner. Vous viendrez, n'est-ce pas ?

— Je ne le manquerais pour rien au monde.

— Nigel sera là aussi avec sa famille.

— Il m'a dit en effet qu'ils n'allaient pas à Paris cette année. Je m'attendais donc à les voir avec nous.

— Avez-vous une idée de la raison pour laquelle il veut m'évincer ? demanda-t-elle à brûle-pourpoint.

— Si vous en avez la certitude, je vous crois. J'ai trop confiance en votre jugement pour le mettre en doute. Et pour répondre à votre question, je n'en ai pas la moindre idée. Echafauder des hypothèses ne nous mènerait à rien.

— Vous avez raison.

Le majordome frappa à la porte et vint annoncer que le déjeuner était servi.

— La cuisinière souhaiterait que vous ne tardiez pas, monsieur, ajouta-t-il. Elle craint que le soufflé ne retombe.

— Nous allons à table de ce pas, Alan.

— Je me rends compte maintenant seulement que je mourais de faim ! dit Stevie en se levant. Le soufflé au fromage d'Elsie me met déjà l'eau à la bouche.

Elle prit le bras que Bruce lui tendait et ils sortirent de la bibliothèque.

Pendant qu'ils traversaient le hall en direction de la salle à manger, Stevie se revit, trente et un ans plus tôt, assise dans un coin de cette vaste pièce caverneuse, qui renvoyait les échos de la voix de Bruce vibrante de colère. Il disait à Ralph qu'elle devait se débarrasser de cet enfant importun.

Si elle lui avait obéi, Nigel ne serait jamais venu au monde...

17

— Ils se tiennent tous bien aujourd'hui, Dieu merci ! dit Stevie. Je n'en crois pas mes yeux.

Assis ou debout par petits groupes répartis autour du salon, les membres de la famille bavardaient avec cordialité.

— Moi non plus, répondit Derek. Pour une fois, aucune trace de mauvaise humeur ni d'acrimonie. Qu'ils s'entre-tuent plus tard si cela les amuse, ajouta-t-il en aparté, avec un sourire malicieux, je ne leur demande aujourd'hui que de respecter la trêve. Blair s'est donné trop de mal pour que la fête soit gâchée.

— Je sais. Sois tranquille, Derek, tout se passera bien. Nigel lui-même a le sourire aux lèvres. Incroyable !

— Oui, j'ai remarqué. Il ferait bien de le garder, car s'il s'avisait de causer le moindre scandale, je n'hésiterais pas à me faire des bretelles avec ses boyaux.

— Charmante expression ! dit Stevie en riant. Regarde comme les petits sont gentils avec Bruce. Il a l'air si content d'être arrière-grand-père ! Je devrais prendre une photo. Trois générations, ce n'est pas si fréquent.

— Bonne idée. Nous la ferons après le déjeuner, quand on déballera les cadeaux. Tu en prendras aussi une de Blair et de moi avec Tamara et les enfants.

— Bien sûr. Tu ne trouves pas que Tamara est en beauté, aujourd'hui ? Je ne l'avais jamais vue aussi ravissante.

— C'est vrai, approuva Derek. Elle a un style, une élégance naturelle inimitable et cette robe rouge lui va à ravir. Je suis content qu'elle fasse partie de la famille, elle a une excellente influence sur Nigel.

— Nigel est en effet beaucoup plus sociable quand il est avec elle. Et leur couple marche bien, grâce à Dieu.

— Oui, un vrai miracle, grommela Derek. Malheureusement, Dieu a souvent d'autres chats à fouetter.

— Allons, ne t'inquiète pas ! Personne ne gâchera cette journée, j'en suis sûre. D'ailleurs, j'y veillerai. Je sais quel mal s'est donné maman. Au fait, le salon est superbe depuis qu'elle l'a redécoré, ajouta-t-elle en lançant autour d'elle un regard admiratif.

— Ta mère est pétrie de talent, tu devrais le savoir mieux que personne. Elle transforme tout ce qu'elle touche en œuvre d'art.

Il observa la pièce à son tour avec un regard objectif. Que ce décor raffiné était loin du coron de son enfance ! ne put-il s'empêcher de penser. Le « Grand Bond en avant », comme il qualifiait avec humour le parcours qu'il avait suivi de sa vallée minière du pays de Galles au monde aristocratique où il évoluait désormais. Succès, célébrité, fortune, sans parler de son titre nobiliaire, il avait tout acquis à force de courage, de travail, d'ambition. Un rêve impossible devenu réalité... Oui, il devait parfois se rappeler ses origines obscures, se remettre dans la peau du gamin pauvre qu'il avait été pour prendre conscience du chemin parcouru et se dire qu'il pouvait à bon droit en être fier.

Stevie lui effleura le bras.

— A quoi penses-tu ?

Il s'arracha à ses réflexions nostalgiques, se leva.

— A rien. Rien d'intéressant, du moins. Ta flûte est presque vide. Encore un peu de champagne ?

— Non merci. Pas tout de suite.

— Moi, j'ai soif. Je reviens dans une minute.

Pendant qu'il s'éloignait vers le bar aménagé dans la salle à manger, Stevie continua de regarder autour d'elle. Pour la première fois depuis longtemps, sa famille était réunie au complet : sa mère et son beau-père, ses trois fils, sa fille, sa belle-fille, ses deux petits-enfants et Bruce, le patriarche. Dix personnes, onze en la comptant. Pour quatre générations, ce n'était pas une grande famille, elle en connaissait de beaucoup plus nombreuses. Pourtant, si réduite soit-elle, la famille avait subi au fil du temps plus que sa part d'épreuves — et ce n'était pas fini...

Stevie se força à chasser aussitôt cette idée importune avant qu'elle s'impose à elle. Rien ne devait venir gâter l'atmosphère heureuse de cette journée de fête. Il sera toujours temps demain d'affronter les problèmes, se dit-elle en buvant sa dernière gorgée de champagne.

Elle sourit à sa belle-fille qui s'approchait d'elle. Sa démarche aérienne ne cessait de faire son admiration. Tamara avait les jambes interminables et la sveltesse d'un top model, avec une extraordinaire chevelure blond paille, où l'or pâle se mêlait à l'argent. Deux grands yeux noirs et expressifs éclairaient son visage aux traits fins que soulignait une bouche aux lèvres généreuses. Sa beauté originale, sans mièvrerie, se doublait d'un charme auquel nul ne pouvait résister.

Malgré son physique de star, Tamara était une jeune femme foncièrement simple, bonne et droite, sans la moindre trace de méchanceté. Stevie l'avait adorée dès le premier jour. De même que Blair, Tamara avait été mannequin avant son mariage et les deux femmes avaient en commun le même désir ardent de se réaliser pleinement dans leur rôle d'épouse et de mère de famille.

— Peux-tu venir dîner demain soir à la maison, Stevie ? Je serais si contente que tu viennes.

— Es-tu sûre, Tamara ? Nigel a-t-il vraiment envie de me voir, lui aussi ? J'ai l'impression qu'il ne me porte pas dans son cœur, en ce moment.

— Mais non, voyons, nous tenons autant l'un que l'autre à ta présence ! Et ne fais pas attention au mauvais caractère de Nigel, il est désagréable avec tout le monde ces temps-ci, même avec moi. J'espère que ce n'est que l'énervement du coup de feu de Noël et qu'il ne couve pas une maladie. Viens avec Chloe, Stevie, cela nous ferait tant plaisir ! Je compte aussi inviter Miles et Gideon.

— Dirait-on du mal de moi ? s'enquit ce dernier en apparaissant derrière sa belle-sœur.

— Pas du tout ! répondit-elle en riant. Je t'invite à venir dîner ou, plutôt, souper demain soir. Un souper russe, cela ne te tente pas ?

— Ah ! Je savais que tu ne résisterais pas à l'envie de nous empoisonner ! dit Gideon en passant affectueusement un bras autour de ses épaules. Tu ne pourrais pas te contenter, pour changer, d'un bon vieux gigot avec du *Yorkshire pudding* au lieu de ces bizarres trucs exotiques ?

— Caviar et saumon fumé, des *trucs bizarres* ? Ce sont tes goûts qui sont bizarres, mon pauvre

Gideon ! s'esclaffa Tamara, accoutumée aux taquineries de son beau-frère.

— Eh bien, je me résignerai — mais parce que c'est toi, dit-il en riant. Non, sérieusement, j'adore ta cuisine, tu le sais bien... A propos de cuisine, poursuivit-il, il est bientôt trois heures ! Ma chère grand-mère a-t-elle décidé de nous faire périr d'inanition ou de nous abreuver de champagne pour nous couper l'appétit ? Je dévorerais une oie entière — avec le bec et les plumes !

— Nous passerons bientôt à table, rassure-toi, répondit Stevie.

Gideon se retourna en s'entendant héler par un petit garçon qui courait vers lui à toutes jambes :

— Oncle Gid ! Oncle Gid ! Regarde ce que papie Bruce m'a donné ! cria-t-il en brandissant une auto miniature.

Gideon se pencha pour admirer le jouet.

— En as-tu de la chance, Arnaud ! Une Jaguar Sovereign dernier modèle, bigre ! La mienne n'est pas aussi belle.

— Et moi, regarde ce que j'ai eu ! cria sa sœur Natalie en levant son poignet où brillait une chaînette d'or avec une breloque en forme de cœur.

— C'est ravissant, ma chérie. Tout juste le bijou qu'il faut pour une jolie petite fille comme toi.

Stevie et Tamara souriaient, mi-amusées, mi-attendries. Comme toujours avec ses arrière-petits-enfants, l'austère Bruce Jardine n'aimait rien tant que de tirer des surprises de ses poches et jouer les papas gâteaux.

Déjà, Natalie se ruait sur les genoux de Stevie.

— Regarde, grand-mère !

— Je vois, ma chérie, je vois. Attention !...

Elle n'eut que le temps de poser sur un guéridon sa flûte de cristal, que l'assaut de la fillette menaçait de lui faire tomber de la main.

Natalie se blottit dans les bras de Stevie, qui posa un baiser sur ses cheveux blonds.

— Je t'aime, grand-mère, déclara-t-elle.

— Moi aussi, ma chérie, répondit Stevie.

Derek apparut alors sur le seuil.

— Réjouissons-nous ! clama-t-il de sa plus belle voix de héros shakespearien. Le déjeuner est enfin prêt. A table !

Tout le monde se leva dans un joyeux brouhaha. Nigel surgit tout à coup devant Stevie, la mine épanouie et un large sourire aux lèvres.

— Puis-je te décharger de ton fardeau, maman ? dit-il en prenant sa fille sur les genoux de sa grand-mère.

Alors, au vif étonnement de Stevie, il lui tendit sa main libre pour l'aider à se lever et, quand elle fut debout, l'embrassa sur la joue.

— Joyeux Noël, maman. Je ne te l'avais pas encore souhaité, mais il n'est pas trop tard.

— Merci, Nigel, tes vœux me font grand plaisir. A mon tour de te présenter les miens du fond du cœur.

Elle se remettait de sa surprise de voir Nigel d'aussi bonne humeur quand Gideon lui prit un bras.

— Viens, maman, je t'escorte à la salle à manger.

— Pas sans moi ! protesta Miles qui lui prit l'autre bras avec autorité.

Elle se laissa entraîner en riant. Pendant qu'ils traversaient le salon, Gideon se pencha vers elle.

— Pourrais-je te parler un peu plus tard ? lui souffla-t-il à l'oreille.

— Bien sûr, mon chéri. Quelque chose qui ne va pas ? ne put-elle se retenir d'ajouter.

— Pas du tout ! Je voudrais au contraire t'apprendre une bonne nouvelle. Ecoute, je vous reconduirai tout à l'heure à Eaton Square, Chloe et toi. Nous nous parlerons tranquillement en tête à tête, d'accord ?

Nigel souriant et aimable, Gideon joyeux et plaisantant ? Décidément, se dit-elle, Noël accomplit des miracles. Dommage que ce ne soit qu'une fois par an...

18

Ce soir-là, Stevie et Gideon s'assirent face à face, dans le petit salon de l'appartement d'Eaton Square.

— Alors, de quoi voulais-tu me parler ? demanda-t-elle en observant son fils avec perplexité.

— De l'avenir, maman. Mon avenir. Mais auparavant, j'ai autre chose à te dire. Je sais que tu te souciais à mon sujet et j'en suis sincèrement désolé. Je tiens donc à te rassurer : tout va bien maintenant. Mes ennuis sont résolus.

— Quels ennuis avais-tu donc à résoudre, mon chéri ?

— Ils se résument en deux mots : Margot Saunders. Elle m'a posé des tas de... disons, de problèmes désagréables parce que j'avais rompu avec elle.

— Si j'en juge d'après ton humeur de ces derniers mois, elle devait se rendre plus que *désagréable* envers toi.

— Pour être franc, elle me harcelait, me persécutait. Plus le temps passait, plus elle devenait carrément hystérique. Il a fallu que j'y mette un terme avant que la situation ne dégénère et que Margot n'aille trop loin.

Stevie fronça les sourcils avec inquiétude.

— Que veux-tu dire par aller trop loin ?

demanda-t-elle. A-t-elle proféré des menaces contre toi ? S'est-elle livrée à des actes de violence physique ?

— Non, j'ai réussi à la stopper à temps.

— Comment t'y es-tu pris ? s'étonna Stevie.

Gideon expliqua qu'il avait menacé de tout révéler à son ami journaliste, en précisant pourquoi sa tactique avait porté ses fruits.

— Et depuis, elle te laisse en paix ?

— Oui.

— Je m'en réjouis pour toi, mon chéri. C'est curieux, vois-tu, poursuivit-elle, comme on peut parfois se tromper sur le compte des gens. Je n'aurais jamais pensé que Margot serait déséquilibrée à ce point. Je la croyais au contraire rangée, pleine de bon sens, les pieds sur terre.

— Eh bien, non. Je me suis rendu compte qu'elle était complètement cinglée. Mais c'est fini, n'en parlons plus.

— Tu as eu de la chance, en un sens, de t'en sortir aussi bien. Mais tu as raison, ne pensons plus au passé. Tu voulais me parler de l'avenir, disais-tu. Il s'agit sans doute de ton avenir personnel plutôt que professionnel ?

— Tout juste, maman, répondit Gideon avec un large sourire. Je tenais à être le premier à t'annoncer que je vais me marier.

La nouvelle était tellement inattendue que Stevie ne chercha pas à cacher son ahurissement.

— Te marier ? Pas possible ! s'exclama-t-elle.

— Tout à fait possible, au contraire. Et même certain.

— Et qui comptes-tu épouser ?

Ainsi mis au pied du mur, Gideon hésita. Il se leva, alla se poster à la fenêtre en regardant le square chichement éclairé par les réverbères. Comment présenter la situation ? Pas de faux-fuyants, décida-t-il au bout d'un instant. Mieux valait tout dire. S'il y avait une personne au monde capable de le comprendre, c'était bien sa mère.

— Est-ce la raison pour laquelle tu as rompu avec Margot ? lui demanda Stevie, étonnée de son silence.

Gideon revint vers elle à pas lents.

— Non, pas vraiment, répondit-il. Nos rapports battaient de l'aile quand j'ai décidé d'y mettre fin. Cependant... je m'intéressais déjà à quelqu'un d'autre à ce moment-là.

— Et c'est celle que tu veux épouser ?

— Oui, maman. Une vieille amie, non, une amie d'enfance. Tu la connais et je sais que tu l'aimes beaucoup.

— Qui est-ce, Gideon ? De grâce, pas de devinettes !

— Lenore, maman.

— Lenore ? *Notre* Lenore ? s'exclama Stevie.

— Oui.

— Mais... elle est déjà mariée ! s'écria Stevie, de plus en plus effarée. A moins qu'elle n'ait divorcé la semaine dernière, ce qui m'étonnerait.

— Elle va demander le divorce le plus tôt possible, répondit Gideon d'un ton plein d'assurance. Elle est malheureuse avec Malcolm. Il la délaisse, il la trompe. Leur couple a sombré depuis longtemps.

— Oh ! Gideon, es-tu sûr de toi et de tes sentiments ? J'ai vu tellement de jeunes femmes traverser ta vie comme des météores... Lenore est-elle sûre de ce qu'elle fait, elle aussi ? Il y a des enfants en cause, il ne faut pas l'oublier. Et Malcolm, comment réagira-t-il ?

— Que veux-tu dire ?

— Il peut fort bien refuser le divorce. Y as-tu pensé ?

— Je ne vois pas pourquoi il s'y opposerait,

maman. Il rend Lenore malheureuse comme les pierres depuis des années.

— Quand t'es-tu rendu compte que tu l'aimais ? demanda-t-elle en laissant échapper un soupir.

— Juste après son mariage avec Malcolm. J'ai pris conscience à ce moment-là combien j'avais été idiot de la laisser m'échapper sans réagir. Tu sais mieux que personne que nous avions toujours été très... disons, très intimes.

— Je sais. Pourtant...

— Pourtant quoi, maman ? insista Gideon, que l'expression soucieuse de sa mère déconcertait.

— On ne peut pas fonder son bonheur sur le malheur d'un autre — c'est ainsi, du moins, que je vois les choses. Vous devriez soigneusement réfléchir, elle et toi, avant de prendre une décision aussi lourde de conséquences.

— C'est tout réfléchi et Malcolm n'en souffrira pas, si c'est là où tu veux en venir ! protesta Gideon. Il sauterait plutôt sur l'occasion de reprendre sa liberté.

— Je vois... Malgré tout, je te pose encore la question : es-tu certain d'aimer Lenore ? De vouloir vivre avec elle ?

— Absolument ! Pourquoi doutes-tu de mes sentiments ?

— Parce que, mon chéri, il me semble que tu étais un peu... volage, ces dernières années. Je te voyais passer en un clin d'œil de l'amour fou à l'indifférence et...

— Cela n'a rien à voir, maman ! l'interrompit-il avec fougue. J'aime profondément Lenore et Lenore m'aime autant que je l'aime. C'est vrai ! Notre amour durera toute notre vie. Nous sommes depuis toujours destinés l'un à l'autre.

Stevie garda le silence. Au bout d'un moment, Gideon vint s'asseoir près d'elle, lui prit la main.

Stevie se tourna vers lui et le regarda dans les yeux.

— Je l'aime tant, maman. C'est vrai, il faut me croire ! plaida-t-il avec conviction. Je comprends tes réticences : les problèmes que le divorce créera pour les enfants, leur déracinement, tout cela. Je sais. Mais je suis prêt à assumer la responsabilité de l'éducation des enfants — entre nous, ils seront mieux élevés que par Malcolm. De toute façon, Lenore en demandera la garde et ne s'en séparera jamais.

— C'est un grand pas à franchir, Gideon.

— Un pas que je *veux* franchir !

— J'espère que vous ne le regretterez ni l'un ni l'autre.

— Ne jette pas une douche froide sur mon bonheur, maman, je t'en prie ! s'exclama Gideon. J'ai la réputation d'être inconstant, c'est vrai. Mais mon attitude est facile à comprendre et à justifier. J'avais perdu Lenore par ma faute alors que je l'avais toujours aimée. J'ai donc cru pouvoir l'oublier avec d'autres, mais c'était illusoire. Aucune ne lui arrivait à la cheville, j'allais d'échecs en déceptions. Maintenant, grâce à Dieu, j'ai retrouvé ma vraie voie.

Stevie garda un silence pensif

— Je comprends, mon chéri, dit-elle enfin. J'aimais déjà Lenore Philips quand elle était toute petite, je l'aime toujours autant. Mais toi tu es mon fils, je t'aime aussi, c'est pourquoi je ne voudrais pas que vous risquiez tous les deux de commettre une erreur dont vous pourriez souffrir. Je connais Malcolm Armstrong, ce n'est pas un modèle de douceur et de bonté, loin de là ! Tu as beau m'affirmer le contraire, je crains que les choses ne se passent pas aussi facilement que tu l'espères — ou que tu l'imagines. Et puis, ajouta-t-elle, je n'aimerais pas non plus que tu infliges de la peine à quelqu'un d'autre, même s'il est antipathique.

— On ne peut pas l'éviter, maman. Un divorce laisse des traumatismes aux parties en cause, je dirais même surtout aux plus innocentes. C'est la vie, personne n'y peut rien. Nous ne serons ni les premiers ni les derniers dans ce cas.

Stevie ne put faire autrement qu'approuver d'un signe.

— Tu n'es pas heureuse pour moi, maman ? demanda Gideon, troublé par son silence.

— Bien sûr que si, mon chéri ! répondit-elle avec un sourire contraint. J'aurais préféré que la situation soit un peu moins... compliquée, voilà tout. Mais vous pourrez toujours compter sur moi tous les deux pour vous épauler en cas de besoin, ajouta-t-elle d'un ton rassurant en lui prenant la main. Tu n'en as jamais douté, j'espère ?

— Jamais, maman. Et merci.

Avec un grand sourire, il serra Stevie sur sa poitrine et l'embrassa sur les deux joues.

Après le départ de Gideon, Stevie téléphona à Derek et lui relata en détail leur conversation. Quand elle eut fini, il y eut un long silence au bout du fil.

— Derek, es-tu toujours là ? demanda-t-elle au bout d'un moment.

— Oui, ma chère Stevie. Je réfléchis sans savoir encore quoi te dire.

— Parce qu'il n'y a pas grand-chose à dire, en réalité. Gideon a vingt-sept ans, il est en âge de mener sa vie comme il l'entend, après tout.

Un bref éclat de rire lui échappa.

— De quoi ris-tu ? s'étonna Derek.

— J'avais toujours été certaine qu'ils se marieraient, ces deux-là. Tu te rappelles sûrement qu'ils étaient inséparables pendant leur enfance et leur adolescence.

— Comment aurais-je pu l'oublier ? Ta mère et moi nous nous faisions beaucoup de mauvais sang à leur sujet. Ils ne vivaient que l'un pour l'autre et se conduisaient comme si le reste du monde n'existait pas. Dieu sait ce qu'ils faisaient, toujours seuls tous les deux ! Pour ma part, je redoutais constamment d'apprendre qu'elle était enceinte. Il faut dire aussi que Jacquetta Philips, la mère de Lenore, était perdue dans les nuages et laissait pousser sa fille comme une vraie sauvageonne. En fait, personne ne les surveillait.

— Sauf Miles, qui les accompagnait souvent dans leurs mystérieuses expéditions. Mais je comprends ce que tu veux dire. J'ai été la première stupéfaite quand Gideon a cessé de voir Lenore et carrément ahurie quand elle a épousé Malcolm. Elle commettait là une énorme erreur de jugement dont elle n'a sans doute pas tardé à se repentir, ce qui explique qu'elle soit si facilement retombée dans les bras de Gideon. Grands dieux, conclut-elle avec un soupir résigné, que de nouveaux problèmes en perspective !

— Nos tourtereaux sont donc sérieux, à ton avis ?

— J'en suis convaincue, sinon Gideon ne m'en aurait pas parlé.

— Dans ce cas, ma chérie, nous ferions bien d'attacher nos ceintures. Le parcours s'annonce mouvementé.

19

Après avoir souhaité bonne nuit à Derek, Stevie décida de rouvrir son journal, qu'elle avait quelque peu négligé ces derniers temps. Si des pensées et des événements méritaient d'y être consignés, c'étaient bien ceux de la journée qui venait de s'écouler.

Noël 1996, Londres.

J'avoue avoir été stupéfaite lorsque Gideon m'a révélé ce soir que Lenore et lui avaient repris leurs relations. Connaissant leur histoire, mon étonnement n'a cependant pas duré. Ils avaient été si intimes durant leur enfance et leur adolescence que je m'étais toujours attendue à ce qu'ils se marient aussitôt qu'ils en auraient eu l'âge.

J'ignore ce qui a provoqué leur brouille à l'époque, ni l'un ni l'autre ne m'en a jamais touché un mot. Il devait toutefois s'agir d'une raison grave, les signes ne trompaient pas. Gideon était plus sinistre et grognon qu'un ours affligé d'une migraine, Lenore renfermée et inabordable comme je ne l'avais jamais vue. Elle s'est détachée de nous peu après et nous ne l'avons revue ensuite que de loin en loin.

Si seulement ils s'étaient alors confiés à moi, j'aurais peut-être pu les aider à résoudre leur problème, quel qu'il ait été. J'aurais au moins pu tenter de prévenir, même en partie, tous ceux qui en découlent désormais.

J'avais été frappée par la hâte avec laquelle Lenore s'était ensuite jetée dans les bras de Malcolm Armstrong. Je n'éprouvais déjà aucune sympathie pour lui, bien que j'aie connu sa famille de toute éternité ; je ne l'apprécie pas davantage aujourd'hui. Il est trop sûr de lui, prétentieux et arrogant pour mon goût. J'ai parfois pensé que son âge avait contribué sur le moment à séduire Lenore. A vingt-cinq ans, il devait lui paraître plus adulte et plus expérimenté que Gideon qui n'en avait alors que dix-sept, presque deux ans de moins qu'elle. Je ne me risquerais pourtant pas à écrire qu'elle était trop jeune pour se marier, puisque je l'étais bien plus qu'elle quand j'ai épousé Ralph.

Stephane, mon filleul, est né à peine huit mois après. Une naissance prématurée, affirmait Lenore. J'en ai quand même toujours douté et j'en doute encore. J'attribue à sa grossesse la précipitation de cette malheureuse union... je dis *malheureuse,* parce que Lenore et Malcolm étaient et sont toujours plus mal assortis que chien et chat.

La petite Pansy est venue au monde un an après Stephane. Thomas, le filleul de Gideon, dix-huit mois plus tard. Trois enfants coup sur coup en à peine quatre ans... Mais là encore, de quel droit jugerais-je ? J'en avais moi-même trois avant même mes vingt ans !

J'espère de tout mon cœur que ces enfants ne seront pas des pions, sacrifiés dans la bataille du divorce et le démantèlement de leur famille qui s'ensuivra. Ils ont tous moins de dix ans. Il incombera à Gideon de les élever s'il parvient à ses fins et épouse Lenore. C'est une aventure hasardeuse que d'endosser le fardeau d'une famille déjà constituée ! Gideon aura-t-il les épaules assez solides ? Oui, sans aucun doute. Je connais mon fils, il a toujours eu un sens aigu de ses responsabilités. Et Lenore est forte, elle aussi. Elle me ressemble d'ailleurs à bien des égards, à la fois pragmatique et indépendante de nature — qualités, Dieu merci, dont elle n'a rien perdu après son mariage.

Plus j'y pense, plus j'imagine que sa vie conjugale a dû être un combat permanent. Malcolm est un indécrottable macho, mais Lenore n'est pas du genre à dire amen à tout ni à se satisfaire du rôle de l'épouse effacée qui marche trois pas derrière son seigneur et maître. Elle s'est toujours considérée comme l'égale de Malcolm et je n'hésite pas à dire qu'elle lui est supérieure. Toute jeune déjà, elle était décidée à occuper sa place dans le monde. Qu'elle ait su préserver son indépendance et se construire sa propre carrière est une chance pour son avenir, surtout maintenant.

J'ai toujours été impressionnée par son sens pratique et sa vivacité d'esprit. Elle a tiré parti avec intelligence de sa connaissance approfondie des tableaux, des objets d'art et des meubles anciens pour créer et faire prospérer son affaire de conseil en décoration. Je n'oublierai jamais ses visites guidées de Lindenhill, ce splendide château qui appartient à sa famille depuis des siècles. Lindenhill regorge de merveilles qu'elle connaît sur le bout des doigts grâce à Alan, son père, qui l'a initiée jusqu'à sa mort à tous les aspects de l'histoire de l'art et des métiers d'art.

Lenore a maintenant vingt-neuf ans. Il lui aura fallu dix ans pour revenir vers Gideon, l'amour de son enfance... Quand je pense aux difficultés qui les attendent, le cœur me saigne. Derek a raison de dire que nous allons aborder un parcours mouvementé !

Car mon fils a beau dire, je suis certaine que Malcolm Armstrong fera tout pour leur mettre des bâtons dans les roues. Je doute fort qu'il accepte de divorcer aussi facilement que le prétend Gideon. Un divorce bouleverserait son train-train quotidien et, plus grave à ses yeux, lui ferait perdre la face. Lenore compte moins pour lui que son sang aristocratique et ses alliances familiales, auxquels il tient comme à la prunelle de ses yeux. Il croit que le fait d'avoir un beau-frère marquis de Linden rejaillit sur lui et lui confère de l'importance, ce en quoi il se trompe lourdement. Il sera toujours un homme quelconque et insignifiant.

Gideon voulait savoir si j'étais heureuse pour lui. Bien sûr que je le suis ! Lenore et lui sont faits l'un pour l'autre, j'en suis persuadée. Mais je ne les envie pas en pensant au combat qu'ils vont devoir mener pour mériter leur bonheur. Je ne sais comment les aider le plus utilement. Dans l'immédiat, je ne puis rien faire pour eux. Le mieux est peut-être de rester disponible, prête à leur fournir l'assistance dont ils auront besoin, sur des points précis que ni eux ni moi ne pouvons encore prévoir.

Cette longue journée de Noël aura décidément été celle des confidences. A la fin du déjeuner, Tamara m'a prise à part un instant pour m'annoncer que Nigel et elle envisageaient d'avoir un troisième enfant. J'en suis enchantée pour Tamara, qui en avait tellement envie. Ils rêvent tous deux d'une famille nombreuse, m'a-t-elle dit, au moins six. Chère Tamara ! Une belle-fille idéale, que j'aime comme ma propre fille. Je me réjouis que Nigel la rende heureuse, il est tellement difficile à vivre par ailleurs ! Avant de rencontrer Tamara, aucune fille ne trouvait grâce à ses yeux.

Il s'est montré aujourd'hui d'une gentillesse envers moi qui m'a stupéfaite, je l'avoue. A l'évidence, Tamara le civilise. Il est en adoration devant elle et leurs enfants, ce dont je ne puis que me féliciter.

Tout le monde a fait assaut de générosité à mon égard, aujourd'hui. Bruce m'a offert une merveilleuse minaudière des années trente, en laque noire décorée de brillants, de rubis et d'émeraudes, signée de Louis Cartier. Il sait que j'aime collectionner les pièces rares des grands joailliers et il s'est donné beaucoup de mal pour dénicher celle-ci — à Rome, qui l'eût cru ! Son réseau d'informateurs et de rabatteurs n'a rien perdu de son efficacité, je le constate avec plaisir.

Derek et ma mère m'ont donné une ravissante boîte en chagrin gris-vert, ornée d'un S d'or sur le couvercle, qui sera du plus bel effet sur mon bureau. Chloe a choisi pour moi un superbe châle en cachemire lavande. Les jumeaux se sont cotisés pour m'offrir des boucles d'oreilles d'olivine, dessinées et fabriquées par Gideon, parce que cette pierre est de la couleur de mes yeux, précisaient-ils dans le petit mot qui accompagnait leur cadeau. J'ai bien de la chance d'avoir une famille comme la mienne !

Le cadeau qui m'a le plus étonné, à vrai dire, a été celui de Nigel et de Tamara, le plus coûteux et le plus inattendu aussi : une icône ancienne rehaussée d'or et de pierreries. L'idée vient de Tamara, qui s'est donné la peine de trouver l'icône elle-même. Mais Nigel a signé la carte de vœux avec elle et il m'a ensuite demandé avec insistance si leur cadeau me faisait vraiment plaisir.

Mes adorables petits-enfants m'ont offert des présents de leur fabrication : Arnaud, un portrait de Natalie — pas très ressemblant, mais le cœur y était ! — et Natalie une longue bande de papier couverte de baisers tracés au rouge à lèvres, roulée et nouée d'un ruban rouge.

Tout compte fait, ce fut une journée heureuse et gaie, pour une fois sans querelles ni discussions. Nigel lui-même était aimable avec tout le monde. Espérons que cette conduite exemplaire augure bien de l'avenir...

Sur le chemin du retour, Chloe a remis sur le tapis la question de venir passer ses vacances de

Pâques à Londres. Il est vrai qu'elle aura près de trois semaines de libres, et que je n'ai pas de raison sérieuse de m'y opposer ; mais, j'ignore moi-même pourquoi, j'éprouve des réticences à la laisser partir. A dix-huit ans, elle est en âge de voyager seule ; je sais qu'elle descendra chez ma mère et Derek. Pourtant, quelque chose me retient encore de lui dire oui.

Je suis heureuse que Chloe ait retrouvé son bon caractère depuis Thanksgiving et ne m'ait plus reparlé d'abandonner ses études pour travailler chez Jardine's. Après m'avoir soumis l'idée, elle attend ma décision. Cette attitude est une preuve de bon sens et un bon point en sa faveur. Mais je l'aime tant, ma fille, comment m'en séparer ? Je l'ai toujours adorée et elle ne m'a jamais causé de chagrins.

Quand elle a demandé à Gideon si elle pouvait venir à Londres à Pâques pour travailler avec lui, il s'est borné à répondre : « Ça dépendra de maman. » Je sais qu'il l'aime et veillera jalousement sur elle. Ma foi, nous verrons... Je me déciderai demain après en avoir parlé à Gideon.

Gideon, Lenore... Je connais la force irrésistible qui les attire l'un vers l'autre. Il est presque impossible de lutter contre une telle passion, je le sais trop bien. D'un autre côté, il n'est pas bon de bâtir son bonheur sur le malheur d'une autre personne. Celui qui passe outre prend le risque d'en subir un jour le contrecoup, comme un boomerang qui revient vous frapper quand on s'y attend le moins.

Il y a très longtemps, face à une situation comparable, j'avais décidé de m'éloigner sans regarder en arrière. Cette décision, je m'y suis tenue — non sans mal, il est vrai. Par moments, mon désir pour lui remontait à la surface jusqu'à m'étouffer, le besoin de le voir m'aveuglait. Mais ces égarements ne duraient jamais très longtemps et la raison reprenait ses droits, comme elle les reprendra toujours. Dieu sait pourtant combien je me suis languie de lui.

Stevie reposa son stylo, referma le cahier, le remit dans son tiroir. Elle avait assez écrit.

Trop, peut-être. Car lorsqu'elle alla se coucher quelques instants plus tard, elle fut incapable de trouver le sommeil. Une heure durant, elle se tourna, se retourna dans son lit jusqu'à ce que la torpeur la gagne enfin et qu'elle sombre dans un sommeil agité, peuplé de rêves — d'un rêve, plutôt.

Un rêve de *lui*.

Un rêve si net, si réel qu'il la hanta longtemps après son réveil, dans la lumière indécise du matin qui se glissait à travers les rideaux de sa chambre. Elle ne savait si elle rêvait encore ou si elle revenait à la réalité. *Sa* présence auprès d'elle pendant la nuit était si tangible qu'elle sentait le parfum de son eau de Cologne flotter dans l'air.

Il lui suffit de refermer les yeux pour le revoir, revoir l'éclat de ses yeux noirs chargés de passion, son sourire dévoilant ses dents si blanches dans son visage hâlé. Elle entendit sa voix lui dire à l'oreille combien il l'aimait et se crut revenue dans le rêve. Ce rêve pendant lequel ils avaient fait l'amour, leurs corps unis dans une harmonie si parfaite qu'elle n'appartenait qu'à eux, mais qui la laissait brûlante de désir inassouvi.

Alors, des larmes qu'elle ne put retenir lui montèrent aux yeux, ruisselèrent sur ses joues. Le visage enfoui dans l'oreiller, elle pleura son amour perdu. Elle pleura la vie qu'elle n'avait pas vécue avec l'homme qu'elle avait aimé et qu'elle aimait encore. Elle pleura tout ce qui aurait pu être mais n'avait pas été — et ne serait jamais plus.

Lorsque enfin ses larmes furent taries, Stevie s'humecta le visage à l'eau froide, enfila sa robe de chambre et alla à la cuisine, où Chloe l'accueillit par un cri de joie :

— Bonjour, maman ! Déjà réveillée ? Je viens de faire du café, je vais te servir... Es-tu malade ? ajouta-t-elle avec inquiétude en remarquant son visage défait.

— Mais non, pas du tout. Pourquoi ?

— Tu es blanche comme un linge. On croirait que tu as vu un fantôme.

Stevie s'abstint de faire remarquer à Chloe que le choix de sa comparaison était à tout le moins fâcheux.

— J'ai mal dormi, je suis encore un peu fatiguée, voilà tout. J'ai trop de choses en tête, en ce moment.

— Pauvre maman ! Tu travailles trop. Viens t'asseoir là, poursuivit Chloe en la prenant par la main. Veux-tu que je te fasse aussi griller des toasts ?

— Merci, ma chérie, volontiers, répondit Stevie avec un sourire contraint.

Dans un élan impulsif, Chloe la serra dans ses bras.

— Je t'aime, maman, tu sais, murmura-t-elle.

Stevie sentit sourdre de nouvelles larmes qu'elle refréna à grand-peine.

— Moi aussi je t'aime, ma chérie.

Elles se séparèrent. Stevie dévisagea Chloe, une fois de plus frappée par sa ressemblance avec *lui*. Car c'est de lui qu'elle tenait son teint mat, ses yeux noirs, ses cheveux très bruns. Si Chloe avait l'allure et la silhouette de Blair, sa grand-mère, elle était avant tout la fille de son père...

— Bon, je vais chercher le café, dit Chloe.

La mine de sa mère, ce matin, l'inquiétait. Stevie avait l'air triste, les yeux cernés. Que s'était-il produit depuis la veille au soir pour la mettre dans un état pareil ?

— Je vais sérieusement m'occuper de toi ! déclara-t-elle en revenant avec la cafetière. Tu en as grand besoin.

Stevie pouffa de rire.

— Mais non, je vais très bien, je t'assure ! Comme je te le disais, j'ai trop de choses en tête, mais cela passera. Je n'ai vraiment pas besoin qu'on me dorlote.

Sans répondre, Chloe alla prendre les toasts dans le grille-pain et revint s'asseoir en face de Stevie.

— Tu n'es plus fâchée contre moi, n'est-ce pas, maman ? Tu ne m'en veux pas de vouloir travailler chez Jardine's ?

— Je n'ai jamais été fâchée contre toi, ma chérie. Je me fais simplement du souci pour ton éducation. D'ailleurs, j'en ai parlé l'autre jour à Bruce, il a l'air enchanté de ton idée.

— C'est vrai ?

Le sourire heureux, le regard brillant d'espoir qu'elle vit apparaître sur le visage de Chloe décida Stevie.

— Oui. C'est pourquoi tu pourras passer tes vacances de Pâques à Londres, puisque tu parais tellement y tenir.

— Oh ! maman, c'est vrai ? Merci, merci ! Tu es un amour !

Elle se leva d'un bond, courut serrer sa mère dans ses bras et la couvrit de baisers.

— Mais tu logeras chez tes grands-parents ! se hâta de préciser Stevie. Pas question de rester seule dans cet appartement. Compris ?

— Oui, oui ! Je suis si contente ! Merci, maman !

Stevie observa discrètement sa fille en portant sa tasse de café à ses lèvres. La joie de Chloe faisait plaisir à voir. Il en avait fallu si peu pour lui redonner tout son enthousiasme... Alors, sans écouter le babillage exubérant dans lequel Chloe se lançait, Stevie s'accorda quelques instants pour réfléchir.

Elle n'avait pas rêvé ainsi de lui depuis des années, elle avait même réussi à ne plus y penser que de loin en loin. Mais il en avait si souvent été question depuis plus d'un mois qu'elle ne s'étonnait pas qu'il soit revenu hanter sa mémoire. Son souvenir de lui était si douloureux qu'elle s'était juré depuis longtemps de ne jamais ressasser le passé. Rien de plus stérile et de plus vain que les regrets, se dit-elle. Ce qui n'est plus n'est plus. A quoi bon ressusciter ce qui est mort à jamais ?

Chassant avec résolution le rêve de sa mémoire, Stevie vida sa tasse de café et se leva.

— Il faut que je me prépare, dit-elle. Veux-tu venir avec moi, Chloe ? Tu pourras passer un moment avec Gideon à l'atelier, si tu veux.

Chloe se leva d'un bond.

— Oh ! oui, maman ! Je cours m'habiller, je serai prête dans cinq minutes !

— Pas moi, ma chérie, dit Stevie en riant. Prends tout ton temps.

Sur le pas de la porte, elle se ravisa :

— Mais pas plus d'une demi-heure !

20

Un matin du début janvier, Stevie reçut la visite de son beau-père dans son bureau directorial de Bond Stret.

— Je vous approuve d'être allée voir le sultan, déclara Bruce Jardine. Alors, que vous a-t-il dit ?

— Qu'il pensait que je ne souhaitais plus traiter directement avec lui et que je déléguais cette tâche à mon fils. Il s'en est étonné et s'en est demandé la raison. Il a même cru m'avoir offensée à son insu, ce qui l'a beaucoup chagriné. Il va sans dire, Bruce, qu'il a enrobé le tout dans les termes les plus diplomatiques.

— Je m'en doute. Vous a-t-il dit comment il avait eu l'impression que vous ne vouliez plus vous occuper de lui ?

— Bien sûr. Il m'a expliqué que Gareth James, son secrétaire particulier, avait cherché à me joindre ici par téléphone au début de décembre et que le standard l'avait branché sur Nigel sans l'en avertir. Quand Gareth lui a demandé à me parler en personne, Nigel a répondu que j'étais indisponible et laissé entendre que c'était lui, dorénavant, qui était chargé de ma clientèle. Gareth a voulu savoir si je me trouvais à New York, ce que Nigel lui a confirmé en s'enquérant des désirs de son patron. Gareth lui ayant dit que le sultan souhaitait voir nos dernières créations, ils ont pris date afin que Nigel rencontre le sultan au Claridge. Le lendemain, Gareth a rappelé Nigel pour l'informer que le sultan devait partir à l'improviste aux Etats-Unis. Nigel lui a alors proposé de se rendre lui-même à New York et ils sont convenus d'un rendez-vous le 9 décembre. Le jour où Nigel est venu me faire sa scène à mon bureau de la Cinquième Avenue. Le jour de mon anniversaire, ajouta-t-elle.

— Je vois... Nigel serait-il devenu complètement idiot ? On ne joue pas à des jeux aussi puérils ! Ses manigances auraient pu nous faire perdre un de nos meilleurs clients.

— Un méga-client, comme on dit à New York.

Bruce préféra ne pas commenter ce néologisme.

— En tout cas, nous savons maintenant ce qu'il a derrière la tête. Le sultan vous a fourni toutes les munitions dont vous avez besoin pour le remettre dans le droit chemin. Au fait, comment avez-vous rétabli la situation avec ce cher homme ? Je suppose que vous êtes de nouveau dans ses bonnes grâces, puisque vous lui avez vendu les diamants jaunes.

— J'ai dit au sultan que je m'étais accordé quelques semaines de congé pour me remettre d'une mauvaise bronchite, ce qui est en partie vrai, comme vous le savez. J'avais donc *temporairement* chargé Nigel de prendre soin de mes clients préférés, etc. Bref, j'ai fait en sorte qu'il ne se doute pas de l'existence d'un problème éventuel dans la famille.

— Vous avez eu raison, les personnages tels que lui sont très susceptibles. Ils prennent facilement la mouche s'ils se croient traités avec désinvolture.

— Ce n'est pas le cas avec lui, Dieu merci. Il n'avait d'ailleurs aucune raison de se vexer. Je l'ai assuré que j'étais de nouveau à son entière disposition. Je lui ai même donné mon numéro de téléphone personnel à New York et j'ai dit à Gareth James de m'y appeler si je n'étais pas à Londres.

— Excellente initiative, approuva-t-il.

— Soyez donc rassuré, Bruce, le sultan a fort bien compris. Il était déconcerté plutôt que blessé. Je crois aussi qu'il avait de la peine à l'idée de ne plus me voir, ajouta-t-elle en riant.

— Comme je le comprends ! renchérit Bruce avec un de ses rares sourires. Quand comptez-vous parler à Nigel ?

— Je vous avais dit que j'attendrais après les fêtes. Nous sommes le 3 janvier, autant vider l'abcès dès aujourd'hui. Il le faut, d'ailleurs, je repars pour New York lundi matin.

— Bon courage, Stevie, dit Bruce en se levant. Il faut que je vous quitte, j'ai rendez-vous chez mon médecin. Pas de faiblesse envers Nigel, il mérite d'être secoué. S'il se montre insolent, n'hésitez pas à sévir.

Stevie se leva pour donner l'accolade à son beau-père.

— Merci de votre soutien, Bruce. Je vous téléphonerai tout à l'heure pour vous tenir au courant.

Une fois seule, Stevie se rassit à son bureau. Elle réfléchit quelques instants avant de décrocher son téléphone et de composer le numéro du poste intérieur de Nigel.

— Nigel Jardine à l'appareil, répondit-il du ton hautain qui lui était coutumier.

— Peux-tu venir me voir un instant, s'il te plaît ?

— Non, mère, je ne peux pas, j'ai du travail

par-dessus la tête. Quel que soit le sujet dont tu veux me parler, il devra attendre.

— Non, il ne le pourra pas. Le sultan de Kandrea est un client assez important, je crois, pour que tu interrompes ce que tu es en train de faire et pour que tu viennes dans mon bureau sur-le-champ. Nous avons beaucoup de choses à nous dire.

— Bon, d'accord, grommela Nigel en raccrochant.

Quelques secondes plus tard, il fit irruption dans le bureau de Stevie et claqua la porte derrière lui. Stevie constata avec peine que son insouciante cordialité des jours passés s'était évaporée comme rosée au soleil.

— Qu'est-ce que c'est encore cette histoire de sultan ? gronda-t-il avec insolence.

— Je voulais t'informer que je lui ai vendu la parure complète de diamants jaunes, répondit-elle en se dominant. Le collier, les boucles d'oreilles, le bracelet et la bague assortis.

— La parure dessinée par Peter et réalisée par Gideon ? demanda-t-il avec une surprise évidente.

— Oui.

— Quand ?

— Hier.

Sur son visage, l'incompréhension succéda à l'étonnement.

— Le sultan est à Londres ?

— Oui, Nigel. Je suis allée le voir, sur une invitation écrite de sa main. Ma conduite l'avait déconcerté, vois-tu. Il ne s'expliquait pas pourquoi je refusais de traiter en personne avec lui après l'avoir conseillé pendant des années.

En dépit de son arrogance, Nigel se sentit rougir sous le regard perçant de sa mère. N'ayant jamais supporté de rendre des comptes à quiconque, surtout à une femme, il en était mortifié et, pour une fois, ne savait que répondre.

— N'as-tu rien à me dire, Nigel ? insista-t-elle.

— Non, mère.

— C'est étonnant. Tu es quand même responsable de cette situation, si je ne me trompe, puisque c'est toi qui as dit à Gareth James que tu t'occupais dorénavant de mes clients.

— Tu n'étais pas à Londres quand James m'a téléphoné pour prendre rendez-vous, répliqua-t-il sèchement. Je croyais bien faire en essayant de me rendre utile.

— Une bien piètre excuse ! lâcha Stevie, qui maîtrisait de plus en plus mal la colère qu'elle sentait monter en elle. Et une excuse qui tombe à plat, car je sais exactement ce que tu *essayais* de faire, figure-toi. Tu cherchais à t'approprier mes clients personnels. Eh bien, tu peux faire une croix sur ce projet ridicule. Tant que je serai à la tête de cette maison, c'est *moi* qui traiterai avec nos principaux clients. Et c'est *moi* qui déciderai dans quelles circonstances je choisis de déléguer quelqu'un. As-tu compris ? ajouta-t-elle, faute d'obtenir une réponse.

— Oui, grommela Nigel.

— Bien. Autre chose : j'estime que tu me dois des excuses.

— Des excuses ? Pour quoi ?

— Pour m'avoir menti.

— Je ne t'ai jamais menti !

— Si. A New York, le 9 décembre, quand tu as prétendu que Bruce t'avait dit que j'avais surpayé l'Impératrice.

— Et alors ? C'est parfaitement exact.

— Selon ton opinion peut-être, mais pas celle de Bruce. Il ne t'a non plus jamais dit que j'avais toujours acheté les diamants au-dessus de leur valeur. C'est une pure invention de ta part. Ton grand-père en est extrêmement mécontent.

— Peu importe ce qu'il pense ! Tu dis toi-même qu'il est à la retraite et que ses opinions ne comptent pas.

— Pour moi, si. Je tiens compte de ses opinions comme tu devrais le faire aussi. Tu n'as pas encore pris ma place, Nigel, et tant que je l'occuperai, tu respecteras Bruce. Il est non seulement ton grand-père, mais aussi le président du conseil d'administration.

— Pff ! En titre seulement, ricana Nigel.

Stevie affecta de ne pas relever cette nouvelle insolence.

— Pourquoi m'as-tu menti, Nigel ? Tu devais bien te douter que je finirais par apprendre la vérité.

— Je n'ai pas menti ! Je n'ai peut-être pas cité Bruce mot à mot, mais le sens était clair. Il devient gâteux, il oublie tout d'un jour sur l'autre. C'est vrai, tu as toujours surpayé les pierres. Tu n'as aucun jugement !

Tout en parlant, il s'était rapproché du bureau de Stevie qu'il toisait de haut avec insolence. Quel malheur, pensa-t-elle avec tristesse, qu'un jeune homme au physique aussi séduisant puisse se rendre aussi odieux ! Quel démon le pousse à me déclarer ainsi la guerre ?

— Je n'aime pas le ton sur lequel tu me parles, Nigel. Je suis ta mère, tu me dois le respect. N'oublie pas non plus que je suis ta patronne. Je te prie d'adopter immédiatement une conduite plus convenable à mon égard.

— Mais justement, tu ne devrais pas être ma patronne ! s'écria-t-il sans plus dominer sa fureur. C'est *moi* qui devrais diriger la firme, pas toi ! Elle est à moi de plein droit ! Tu es une femme, pas même une Jardine, et cette maison a toujours été dirigée par de *vrais* Jardine !

Hors d'elle, Stevie se leva d'un bond.

— Je t'interdis de proférer de pareilles abominations ! cria-t-elle. Je suis une *vraie* Jardine. Je le suis depuis plus de trente ans, depuis que j'ai épousé ton père !

Aveuglé par la rage, Nigel oublia toute prudence.

— Pas de naissance ! Ne fais pas semblant de ne pas m'avoir compris ! Tu rentres aux Etats-Unis lundi, paraît-il ? Eh bien, restes-y, cela vaudra mieux pour tout le monde ! Personne n'a besoin de toi ici, je suis parfaitement capable de faire marcher la boutique sans t'avoir sur le dos !

— Non, tu n'en es pas capable et tu n'en auras pas même l'occasion. Tu es renvoyé.

Nigel resta un instant muet de stupeur.

— Quoi ? explosa-t-il. Moi, renvoyé ? Tu n'as pas le droit de me chasser d'ici !

— Oh, que si ! Je te répète que tu es renvoyé. Congédié. Licencié, si tu préfères. Est-ce assez clair ?

— Je suis administrateur de la société, déclara Nigel d'un ton plein de morgue. L'aurais-tu oublié, par hasard ?

— Non. Tu conserveras ton fauteuil au conseil, nul n'a le droit de te l'enlever. Cependant, tu es aussi mon *employé* et, à ce titre, j'ai le droit et le devoir de te congédier pour la lourde faute professionnelle que tu as commise.

— Grand-père va entendre parler de ce scandale ! cria-t-il en s'étranglant de fureur. Il me réintégrera, lui !

— Non, Nigel, tu te trompes. Il est entièrement d'accord avec moi. Il m'a même recommandé la sévérité si tu refusais d'entendre raison.

Nigel vira à l'écarlate.

— C'est ce que nous verrons !

— C'est tout vu, Nigel. Je te prie de libérer ton bureau ce soir au plus tard.

Il resta un instant bouche bée, incrédule, les yeux étincelants de rage.

— Tu te mordras les doigts de cette indignité, mère, je te le garantis ! cria-t-il enfin.

Sur quoi il sortit en courant presque et claqua la porte avec violence.

Une fois seule, Stevie dut s'y prendre à trois fois pour se verser un verre d'eau tant ses mains tremblaient. Il lui fallut ensuite près d'une heure pour recouvrer son calme. Elle y était à peu près parvenue et s'apprêtait à se remettre au travail quand on frappa à la porte.

— Entrez ! dit-elle avec appréhension.

Un soupir de soulagement lui échappa en reconnaissant Miles, et elle sourit de plaisir. Cette visite de son fils préféré arrivait à point nommé.

— Bonjour, maman. Peux-tu m'accorder deux minutes ? Je ne te dérange pas ?

— Pas du tout, mon chéri, au contraire. Veux-tu quelque chose à boire ? Une tasse de thé ?

— Non merci. J'étais venu voir Gideon et je ne pouvais pas m'en aller sans te dire bonjour au passage. Dis-moi, tout va bien, au moins ? demanda-t-il avec inquiétude en s'asseyant en face de Stevie. Tu es blanche comme un linge.

Un instant, elle fut hors d'état de parler.

— J'ai renvoyé Nigel, dit-elle au prix d'un effort.

— Seigneur ! Quand cela ?

— Il y a une heure.

— Inutile de demander pourquoi, j'imagine ! ajouta-t-il en riant.

Après avoir pris une profonde inspiration, Stevie entreprit de lui relater sa visite au sultan, sa conversation avec son beau-père et son entretien orageux avec Nigel, sans omettre aucun détail.

— Je suis désolée, crois-moi, que les choses en soient arrivées là, conclut-elle tristement. Mais je n'avais pas le choix. Il s'est conduit envers moi avec une grossièreté et une insolence inqualifiables. Il a été jusqu'à me dire que je n'avais pas le droit de diriger la maison parce que j'étais une femme et que je n'étais pas née Jardine.

— Quel culot ! Et quelle ingratitude, après tout ce que tu as fait pour lui ! Tu as eu raison de le flanquer à la porte, il n'a que ce qu'il mérite. Je ne l'aurais quand même pas cru idiot à ce point. Vouloir te voler tes clients ! Ces gens-là ne veulent justement traiter qu'avec le patron, la patronne dans le cas présent. Pour eux, Nigel a beau être l'héritier présomptif, ce n'est qu'un sous-fifre. Imaginons qu'il les ait vexés : ils seraient partis illico avec leurs millions chez Cartier ou Van Cleef. Rien n'aurait pu faire plus plaisir à ce cher Vieux Bruce !

L'indignation de Miles fit sourire Stevie malgré elle.

— Nigel a commis une sérieuse bourde, c'est vrai. Enfin, n'en parlons plus. Pourquoi es-tu venu voir Gideon ?

— Je lui devais de l'argent. Ma quote-part de tes boucles d'oreilles, ajouta-t-il en riant.

— Vous avez fait une vraie folie, tous les deux. Il ne fallait pas vous lancer dans des frais pareils, voyons !

— Quand on aime, on ne compte pas, tu devrais le savoir, maman ! Elles te plaisent, j'espère ?

— Bien sûr, mon chéri. Elles sont superbes.

— Pendant que j'étais à l'atelier, j'ai vu Chloe qui nage dans la béatitude. Elle m'a appris que tu lui permettais de venir à Londres pour les vacances de Pâques.

— Elle en a tellement envie, ç'aurait été cruel de ma part de le lui refuser.

— Et toi ? Viendras-tu aussi ?

— Je ne crois pas, Miles. Mais Chloe ne risquera rien : elle descendra chez ma mère et Derek.

— Je serai peut-être obligé de revenir en Angleterre à ce moment-là. Dans ce cas, j'emmènerai Chloe avec moi.

— J'en serais enchantée, Miles ! Vous vous tiendrez tous les deux compagnie dans l'avion.

— Et cette chère Chloe est une bonne compagnie. Pour changer de sujet, Gideon m'a dit qu'il t'avait annoncé la grande nouvelle pour Lenore et lui.

— Franchement, tu sais, j'ai d'abord été stupéfaite, mais pas plus d'une seconde. J'avais toujours pensé qu'ils se marieraient.

— Mais sans devoir d'abord comparaître devant un tribunal, n'est-ce pas ? enchaîna Miles. Il faut vraiment s'aimer à la folie pour accepter d'en passer par là. Je ne voudrais pas être obligé de me colleter avec une brute comme Malcolm Armstrong pour lui ravir la dame de mes pensées.

— Il manque de raffinement, c'est vrai... Tu ne l'aimes pas plus que moi, si je comprends bien ?

— Je n'ai jamais pu le sentir, c'est un m'as-tu-vu de la pire espèce. Je m'étonne aussi qu'il ne se soit pas déjà cassé la figure. Question honnêteté, il n'a rien à envier à Julian Saunders, le frère de Margot. Ses tripatouillages à la Bourse lui ont valu et lui valent encore de féroces inimitiés.

— Vraiment ? Je n'en savais rien.

— Si. Et j'espère que cela lui retombera sur

le nez un de ces jours. Je ne comprends toujours pas ce que Lenore a pu lui trouver de bien quand elle l'a épousé.

— En admettant que Lenore parvienne à se libérer, ce qui ne se passera pas sans mal à mon avis, crois-tu que cela marchera entre Gideon et elle ?

— J'en suis convaincu, ils ont toujours été amoureux l'un de l'autre, tu le sais bien. Ils retrouveront vite leurs vieilles habitudes — si ce n'est déjà fait, ajouta-t-il d'un air entendu.

— Que veux-tu dire, au juste ? demanda Stevie en fronçant les sourcils avec perplexité.

— Voyons, maman, s'esclaffa Miles, faut-il te mettre les points sur les i ? Ils n'arrêtaient pas de se bécoter, de se déshabiller l'un l'autre dans les greniers de Lindenhill quand Gideon avait onze ans et Lenore à peine treize. Leur manège avait même déjà commencé quand Gideon et moi avions sept ans. Ils me disaient tout le temps de les laisser seuls sous prétexte de « jouer au docteur ».

— Mais... je n'en ai jamais rien su ! s'écria Stevie.

— Je n'allais quand même pas cafarder ! protesta Miles. Que tu le saches maintenant ne tire plus à conséquence. Oh ! maman, si tu voyais ta tête ! poursuivit-il en pouffant de rire. Tu as l'air scandalisée.

— Il y a de quoi ! Ce n'étaient encore que des enfants.

— Et alors ? Ils étaient précoces, voilà tout. A notre époque, on commence bien les cours d'éducation sexuelle au jardin d'enfants. Que veux-tu que je te dise ?

— Rien, je t'en prie !

Miles eut un nouvel accès d'hilarité si communicative que Stevie ne put s'empêcher de l'imiter.

— Tu sais, maman, dit-il quand il eut repris son sérieux, j'ai beaucoup pensé à Nigel ces temps-ci. Il a réellement changé vers quatorze, quinze ans, quand tu as eu cette violente dispute avec Alfreda et qu'il a pris parti pour elle. Gideon et moi ne lui avons jamais tout à fait pardonné cette trahison. C'était infâme !

— Je sais, mon chéri, mais moi je ne lui en veux plus depuis longtemps. C'était une preuve d'immaturité...

La sonnerie du téléphone l'interrompit.

— Allô ? répondit-elle. Ah ! c'est vous, Bruce. Oui, je l'ai vu. Je n'ai pu faire autrement que de le licencier... Je viendrais volontiers déjeuner, mais Miles est avec moi. Lui aussi ? Un instant.

Consulté du regard, Miles acquiesça d'un signe de tête.

— Il accepte avec plaisir, Bruce, reprit-elle. Nous viendrons donc tous les deux. Midi et demi ? Parfait. A tout à l'heure. — Tu n'étais pas obligé de m'accompagner, poursuivit-elle après avoir raccroché.

— Mais si ! Je pars demain, je ne peux pas faire moins que de dire au revoir à grand-père. Et puisque tu y seras aussi, ajouta-t-il avec un éclair malicieux dans le regard, c'est ce qui s'appelle joindre l'utile à l'agréable.

Troisième partie

PÂQUES

21

Depuis qu'elle était toute petite, Chloe adorait le beau vieil immeuble de Bond Street, célèbre dans tout Londres, qui abritait Jardine's. A ses yeux, rien au monde ne surpassait le faste de ses larges vitrines regorgeant de bijoux somptueux et de pièces rares d'orfèvrerie. Quant au magasin, avec ses enfilades de salons à l'ambiance feutrée, ses lustres de cristal, ses sols de marbre recouverts de moquette bleu nuit, c'était le plus magnifique qu'elle eût jamais vu. Elle avait toujours l'impression d'y être reçue en princesse ; depuis les portiers galonnés, qui soulevaient leur casquette à son passage, jusqu'aux vendeurs toujours vêtus avec une élégance irréprochable, chacun avait pour elle un sourire et un mot aimable.

Ce qu'elle aimait surtout, c'était le sentiment de permanence et de grandeur qui se dégageait de ces lieux, que Jardine's occupait depuis toujours. Pour elle, comme pour tous ceux qui y jetaient les yeux, Bond Street symbolisait le summum du prestige et de l'excellence dans la continuité.

Nourrie dès son enfance de la légende familiale, elle savait que les Jardine détenaient depuis 1843 la charge de joailliers de la Couronne, conférée par la reine Victoria. Bruce lui avait appris comment ses ancêtres avaient servi six monarques et lui avait dit que tous les membres du personnel, du président au plus humble employé, n'avaient qu'un seul et même objectif : se surpasser pour réaliser ce qui se faisait de mieux au monde.

Sa mère lui avait aussi expliqué que les commissions royales n'étaient pas accordées à des compagnies mais à des individus. Ainsi, Gideon était actuellement seul titulaire de la charge de joaillier de la Couronne, ce qui impliquait, entre autres obligations, celle d'entretenir les joyaux de la Couronne, exposés à la Tour de Londres. Seul habilité à les manipuler, il devait personnellement répondre devant la reine de la conservation permanente des symboles de la monarchie, la couronne, le globe et le sceptre. C'était un grand honneur, mais aussi une lourde responsabilité.

Le magasin de vente n'occupait que le rez-de-chaussée et l'entresol de l'immeuble, dont Chloe avait découvert qu'il était beaucoup plus vaste qu'elle ne l'imaginait. Dans les ateliers, répartis sur quatre étages, s'affairaient des spécialistes parmi les plus habiles au monde : les orfèvres travaillaient l'or, l'argent et le platine ; les lapidaires taillaient et polissaient les diamants, émeraudes, rubis, saphirs et autres pierres précieuses ; les créateurs concevaient et dessinaient les modèles des bijoux ou des objets d'art que les autres réalisaient à la perfection.

Quand elle était arrivée une semaine auparavant, Gideon avait fait accomplir à Chloe une visite complète de la maison afin, lui avait-il dit, de se familiariser avec les lieux et de « sentir l'esprit qui y régnait ». Cet esprit des lieux, elle l'avait si bien perçu au cours de la visite que sa volonté d'y travailler en était sortie plus que jamais renforcée. Elle aimait le magasin et les ateliers de la Cinquième Avenue créés par sa mère, certes, mais ceux de Londres exerçaient sur elle une véritable fascination.

Gideon lui ayant demandé par quoi elle désirait commencer son apprentissage, elle avait répondu franchement qu'elle ne savait pas. Il l'avait alors affectée au rayon bijouterie du magasin : « Essaie-toi d'abord à la vente, tu verras si cela te plaît d'être en contact avec le public. » La semaine écoulée, elle avait constaté que la vente lui plaisait.

On était maintenant le lundi de la Semaine sainte. Le jeudi, Gideon devait l'emmener passer le long week-end de Pâques avec Nigel et Tamara à Aysgarth End, dans le Yorkshire. Entre-temps, Gideon la prenait trois jours à son atelier pour lui montrer en quoi consistait le travail du lapidaire.

Vêtue comme son frère d'une blouse blanche, elle s'assit sur un tabouret à côté du sien. Gideon posa sur l'établi un petit sachet de papier et en fit glisser une pierre.

— Voici un diamant brut que je vais tailler et polir, commença-t-il. Tu sais, je pense, qu'on ne peut tailler un diamant qu'avec un autre diamant.

— Oui, mais pour ça on n'utilise pas un vrai diamant. Tu m'as appris, il y a déjà longtemps, qu'on se servait de poudre de diamant, déclara-t-elle, fière de son savoir.

— Bravo ! Tu as une bonne mémoire. Nous utilisons en effet de la poudre de diamant industriel comme celle-ci, dit-il en prenant un flacon de verre contenant une poudre grisâtre. Ne te fie pas à son apparence, c'est bien du diamant. Je vais maintenant mélanger cette poudre à de l'huile de lin pour obtenir une pâte. C'est la poudre qui constitue l'abrasif, mais c'est l'huile de lin qui lui permet d'adhérer au disque de la machine, car il tourne à plus de trois mille tours-minute. Comprends-tu ?

— Oui, je comprends.

— Je place maintenant le diamant à tailler dans cette pince mobile qui le maintient dans la position désirée. Regarde bien.

Il ajusta une loupe à son œil, lança le disque et manœuvra la pince mobile avec une telle concentration que Chloe n'osa même plus respirer, de peur de le troubler.

— Tu vas donc dans le Yorkshire pour les fêtes de Pâques, dit Bruce Jardine à Chloe, avec qui il déjeunait en tête à tête au Claridge. Gideon m'a dit qu'il t'emmenait en voiture jeudi matin et que vous reviendriez lundi soir.

— Oui, grand-père. Mais maman est d'accord, s'empressa-t-elle de préciser.

— Bien sûr, répondit-il avec un léger sourire. Il n'y a aucune raison pour que tu n'y ailles pas. Nigel s'est très mal conduit, il aurait pu nous créer de sérieux problèmes, mais il est toujours ton frère.

— Je sais, maman m'a tout raconté, dit Chloe d'un air pénétré. Elle était furieuse au début, mais elle s'est un peu calmée depuis. Miles dit que la conduite de Nigel est suicidaire et Gideon pense qu'il souffre de... quoi, déjà ? Ah oui : de pulsions autodestructrices.

Un nouveau sourire apparut sur les lèvres de Bruce, qui le dissimula en buvant une gorgée d'eau.

— Les jumeaux me semblent avoir une vue quelque peu mélodramatique de la situation, se borna-t-il à commenter.

Chloe se pencha en avant.

— Tu sais, grand-père, Tamara est bouleversée par cette malheureuse affaire, dit-elle sur le ton de la confidence. Elle adore maman et elle m'a dit qu'elle avait honte de la manière dont Nigel s'était conduit envers elle. Elle pense qu'il devrait lui présenter ses excuses et lui demander de lui redonner son job. Moi, je crois que s'il le faisait, maman le reprendrait. Qu'en penses-tu, grand-père ?

— Peut-être...

Stevie passera-t-elle l'éponge ? se demanda-t-il. Et s'il était lui-même encore aux commandes, pardonnerait-il aussi facilement ? Il était loin d'en être sûr. Nigel avait agi avec une inexcusable dissimulation, sans même mesurer les conséquences de ses actes, défaut rédhibitoire chez qui prétend diriger une entreprise.

Soudain conscient que Chloe le dévisageait, étonnée par son silence, il s'éclaircit la voix.

— Ta mère n'est pas seulement une brillante femme d'affaires, Chloe, elle a aussi un cœur d'or. Je suis sûr qu'elle aime toujours Nigel, en dépit de sa conduite indigne envers elle. Elle lui redonnera donc sans doute son poste, mais pas tout de suite. A mon avis, Nigel devrait d'abord faire ses preuves. Mais assez parlé de choses désagréables, ma chérie. Parlons plutôt de toi et de ton avenir dans la maison. Veux-tu réellement y travailler un jour ?

— Oh oui, grand-père ! s'écria-t-elle avec enthousiasme. Je suis fascinée par tout ce que j'ai vu jusqu'à présent.

— Et as-tu pu te faire une idée de la partie dans laquelle tu aimerais te spécialiser ?

Chloe réfléchit un instant.

— Je n'ai pas encore eu le temps de tout étudier en détail, mais je sais déjà que je n'ai pas assez de talent pour dessiner des modèles ni de patience pour être lapidaire comme Gideon. Par contre, j'adore les pierres, grand-père ! Alors, je pourrais peut-être m'orienter vers l'achat des diamants et autres pierres précieuses. Pour le moment, en tout cas, c'est ce qui m'attire le plus.

Cette fois, Bruce ne chercha pas à dissimuler son sourire.

— C'était le domaine où j'excellais, ma chérie, et ta mère aussi. Je me réjouis que tu veuilles marcher sur nos traces. Quand tu reviendras l'été prochain, je te confierai à Gilbert Drexel, c'est notre meilleur expert. Avec lui, tu apprendras beaucoup.

— Oh ! merci, grand-père ! Tu ne peux pas savoir le plaisir que tu me fais !

L'arrivée du serveur les interrompit. Après avoir dévoré son entrée, Chloe reprit le fil de la conversation.

— Tu sais, grand-père, dit-elle d'un ton de conspirateur, Nigel ne digère pas que maman soit la patronne de Jardine's. Ce qui prouve, ajouta-t-elle avec assurance, que c'est un macho irrécupérable et qu'il a un siècle de retard.

— Je le crois aussi, approuva Bruce, amusé. De nos jours, les femmes sont présentes à tous les échelons dans toutes sortes d'affaires. Même moi, vois-tu, poursuivit-il en souriant, j'ai dû me mettre au diapason. Ta mère m'a tant de fois reproché d'être vieux jeu qu'elle a fini par faire mon éducation. Dommage qu'elle n'ait pas aussi bien réussi celle de son fils, dans ce domaine du moins.

— Nigel a dû glisser entre les mailles du filet, dit Chloe en riant. A moins, ajouta-t-elle, que ce ne soit encore une de ses attitudes pour se rendre intéressant.

— Que veux-tu dire ? demanda Bruce, que cet apparent coq-à-l'âne déconcertait.

— Quand nous étions petits, il n'était jamais naturel, même avec nous. Il affectait toujours des poses, des... des attitudes, je ne trouve pas d'autre mot. Et il en changeait tout le temps.

Mais là, je ne crois pas que ce soit le cas. J'ai l'impression qu'il en veut vraiment à maman.

— Pour quelle raison en voudrait-il à ta mère ? demanda Bruce, sa curiosité piquée au vif. Cela me dépasse !

— Moi aussi, grand-père, répondit-elle avec un geste fataliste. Il s'agit peut-être de quelque chose qui remonte au passé. Nigel est d'une susceptibilité maladive sur certains sujets, on ne sait jamais à l'avance lesquels.

Frappé par la perspicacité de Chloe, Bruce approuva d'un signe de tête. Il avait lui-même remarqué que Nigel semblait parfois nourrir contre Stevie une inexplicable rancune. Quant à Chloe, il était fier d'elle. Elle était belle à ravir et possédait une personnalité chaleureuse, attachante, avec une gaieté de caractère qui la rendait pétillante comme du champagne, c'était le terme qui lui convenait le mieux. Un profond regret le saisit à l'idée qu'il allait avoir quatre-vingt-trois ans. Il aurait tant voulu vivre encore assez longtemps pour la voir devenir une femme accomplie. Il l'aimait trop tendrement pour se résigner à devoir la quitter si vite. La mort prive de tant d'avenir...

Le contact de la main de Chloe sur la sienne l'arracha à ses réflexions.

— Qu'y a-t-il, grand-père ?

— Rien, ma chérie. Pourquoi ?

— Tu avais l'air triste, tout à coup.

Avec un sourire attendri, il posa son autre main sur celle de sa petite-fille.

— Je regrettais simplement d'être trop vieux pour te voir grandir encore, te marier, avoir des enfants. Et faire une brillante carrière, cela va sans dire.

— Mais tu me verras, grand-père ! protesta-t-elle.

— Non, ma Chloe, je suis trop vieux.

— Pas pour moi, en tout cas !

— Alors, pourquoi me surnommes-tu Vieux Bruce derrière mon dos ? demanda-t-il avec un sourire malicieux.

Chloe écarquilla les yeux et piqua un fard.

— C'est un terme affectueux que Miles et moi te donnons depuis longtemps. Il ne faut pas le prendre mal !

— Je ne le prends pas mal, rassure-toi.

Le cœur serré, il contempla son visage plein de fraîcheur. Oui, il l'aimait, cette enfant trop tard venue dans sa vie. Elle le touchait au plus profond de lui-même, éveillait en lui une tendresse comme il n'en avait jamais éprouvé pour personne. Et il en était ainsi depuis sa naissance, quand il l'avait vue pour la première fois dans les bras de sa mère.

22

Le vent soufflait en bourrasques, courbait les arbres, arrachait des poignées de fragiles feuilles nouvelles. L'air du matin était froid, mais le soleil brillait dans un ciel d'azur, où se poursuivaient des cohortes de petits nuages d'un blanc cotonneux chassés par la bise.

Chloe se hâtait à travers la lande, sur le sentier qui la ramenait à Aysgarth End. Elle n'aimait rien tant que ces landes désertes, dont le moutonnement s'étendait à perte de vue jusqu'à se confondre avec l'horizon. Leur immensité lui inspirait un sentiment de liberté exaltant, mêlé d'une révérence quasi religieuse. Elle ne se lassait pas de revenir en ces lieux magiques où s'était déroulée une partie de son enfance.

Bâtie à la fin du siècle dernier en pierres grises du pays, l'ancienne ferme d'Aysgarth End se dressait sur la lande de Coverdale qui domine le pittoresque village de West Scrafton, non loin de Coverham. Avant de franchir la barrière marquant la limite de la propriété, Chloe fit une pause pour contempler encore une fois le spectaculaire panorama se déployant autour d'elle. Son austère grandeur avait de quoi couper le souffle aux plus blasés.

Au fond, barrant l'horizon de leur imposante

masse rocheuse, les *fells* de Whernside se découpaient sur le bleu du ciel comme des monuments sculptés par la main d'un géant. Autour du bâtiment de ferme s'étendait le damier aux mille nuances de vert des anciens champs, cernés de murets de pierre sèche dont le réseau s'infléchissait vers la vallée, au fond de laquelle serpentait la rivière Nidd.

Un main en visière pour s'abriter du soleil, Chloe s'attarda un instant. Avant de reprendre sa marche, elle consulta sa montre. Huit heures déjà ! Pas étonnant qu'elle meure de faim ! Elle pressa le pas et, quelques minutes plus tard, poussa la porte de la ferme.

Dès l'entrée, les arômes mêlés du café frais, du pain chaud et du bacon grillé lui firent venir l'eau à la bouche. Se débarrassant en hâte de son Barbour et de son écharpe, elle traversa le vestibule en courant et entra à la cuisine.

Tamara se tenait devant le fourneau. Au bruit de la porte, elle se retourna, un grand sourire aux lèvres.

— Bonne promenade, Chloe ?

— Merveilleuse ! ça m'a donné une faim de loup !

— Tant mieux. Quel temps fait-il ? demanda-t-elle en retournant des tranches de bacon dans la poêle.

— Frisquet. Mais le soleil brille et la température remontera si le vent tombe. Un temps idéal pour se promener, à condition de bien se couvrir, ajouta-t-elle.

Tout en parlant, Chloe s'avança dans la vaste cuisine, si joliment décorée par sa mère des années auparavant. Rien n'avait changé, comme elle le constata avec plaisir. Elle se versa un bol de café fumant et s'assit à la grande table de chêne, couverte d'une nappe à carreaux verts et blancs assortie aux rideaux, que Chloe se souvenait d'avoir vu Stevie accrocher elle-même aux fenêtres.

— Pour qui le bacon, Tam ? demanda-t-elle. Il sent si bon que j'en défaillerais presque !

— Pour qui en veut — toi par exemple. Il y a aussi des saucisses et des œufs brouillés. Veux-tu que je te prépare une assiettée ?

— Quelle question ! J'en dévorerais même deux ! Où sont les autres ?

— Nigel est monté se préparer. Il a déjà déjeuné avec les enfants qu'il va emmener à Ripon pour faire des courses avec Agnes, la nurse. Gideon est au petit salon. Il téléphone à Lenore pour aller la chercher tout à l'heure à Lindenhill et la ramener déjeuner ici.

— Lenore déjeunera avec nous ? Chic alors, je l'aime beaucoup ! Je suis ravie que Gideon et elle se marient.

— Moi aussi. Mais cet affreux Malcolm a l'air décidé à leur mettre des bâtons dans les roues.

— Je sais. Maman dit qu'il se couvre de ridicule.

— Il faudrait le payer pour qu'il les laisse tranquille.

— Absolument ! Maman pense d'ailleurs que tout le monde a un prix, mais que ce n'est pas toujours de l'argent.

Tamara pouffa de rire tout en s'affairant à préparer l'assiette de Chloe. Pendant ce temps, celle-ci regardait autour d'elle en buvant à petites gorgées son café brûlant.

La cuisine d'Aysgarth End avait toujours été sa pièce favorite. Des poutres du plafond au carrelage de tomettes rouges, il s'en dégageait une atmosphère à la fois douillette et rassurante. Sa mère l'avait aménagée au fil des ans pour en faire une pièce à vivre, au sens propre du terme.

Près de la fenêtre ouvrant sur la lande, Stevie avait disposé un canapé et des fauteuils tapissés de lin vieux rose. Huit chaises rustiques entouraient la grande table centrale où tout le monde se réunissait pour les repas, sauf quand il y avait des invités. Une batterie de casseroles en cuivre, suspendues au manteau de la haute et profonde cheminée, renvoyait les reflets chaleureux des flammes, bienvenues en cette froide matinée de mars. Contre le mur opposé ronronnait une imposante cuisinière de fonte. La simplicité familière du décor rendait la pièce si accueillante qu'on aimait s'y retrouver à tous les moments de la journée. En un mot, la cuisine était le cœur de la maison.

Chloe l'admirait encore quand Gideon entra et vint se pencher sur elle pour l'embrasser.

— Bonjour, petite sœur ! Dis donc, ta promenade matinale t'a donné de bien belles couleurs. Veux-tu venir avec moi tout à l'heure chercher Lenore à Lindenhill ?

— Volontiers, ça me fera grand plaisir... Miam-miam ! s'écria-t-elle en se levant pour aller prendre l'assiette que lui tendait Tamara. C'est une véritable œuvre d'art ! Merci mille fois, Tam, tu es un ange.

Gideon se servit du café et vint s'asseoir près d'elle.

— Veux-tu manger quelque chose, Gid ? lui demanda Tamara.

— Des œufs au bacon me combleraient de joie, si ce n'est pas t'imposer trop de travail.

— Tout le plaisir sera pour moi, au contraire.

— Lenore viendra-t-elle déjeuner avec ses enfants ? s'enquit Chloe.

— Les siens en plus des miens ? Pitié, je ne m'en sortirai jamais ! s'exclama Tamara en feignant une grimace épouvantée.

Gideon éclata de rire.

— Bien sûr que si, Tam, tu t'es sortie de situations autrement désespérées ! Mais rassure-toi, elle viendra seule. Ses rejetons sont partis à Middleham chez leurs cousins Brindsley. Ils voulaient monter avec les lads qui entraînent leurs chevaux de course. Aux dernières nouvelles, ils s'amusent comme des fous. Merci, Tam, ajouta-t-il en prenant son assiette. Et toi, tu ne manges rien ?

— Si, la même chose que toi, mais dans trente secondes.

Trente secondes plus tard, en effet, Tamara vint prendre place à table avec Chloe et Gideon.

— Désolée de parler du déjeuner alors que nous n'avons pas fini le petit déjeuner, dit-elle, mais il faut nous mettre d'accord sur le menu. Comme nous sommes aujourd'hui Vendredi saint, j'avais prévu du poisson. Mais Nigel n'aime pas le poisson, alors je préparerai aussi une tourte à la viande. Pour les affamés, il y aura en plus un jambon que j'ai apporté de Londres. Avec cela, je ferai des légumes et une grande salade. Ça vous va ?

— Tout paraît délicieux, approuva Gideon. Pour ma part, je pencherais plutôt pour la tourte, comme Nigel.

— Et moi, le poisson et la salade me conviendront tout à fait, déclara Chloe. Mme Entwhistle montera-t-elle du village pour nous aider, aujourd'hui ?

— Non, je lui ai dit qu'elle n'était pas obligée de venir. Son petit-fils qui est dans la marine doit arriver de Portsmouth en permission, je ne voulais pas lui gâcher sa joie. Je m'en sortirai très bien toute seule.

— Dans ce cas, dit Chloe, je reste t'aider à préparer le déjeuner. D'accord, Gideon ?

— Bien entendu. Je reviendrai le plus vite possible de Lindenhill pour vous donner un coup de main avec Lenore.

Nigel apparut à ce moment-là sur le pas de la porte.

— Nous sommes prêts à partir, Tamsy chérie !

Après avoir embrassé sa femme, il se tourna vers Chloe et lui donna un baiser sur la joue.

— Bonjour, la grande marcheuse. Que dit le temps, ce matin, dans les solitudes infinies de la lande ?

— Frais, venteux, mais ensoleillé, répondit Chloe en lui rendant son baiser. Une belle journée en perspective.

Agnes, la nurse, entra à son tour avec Natalie et Arnaud qu'elle tenait par la main. Les deux enfants coururent en poussant des cris de joie vers Chloe, qui en prit un dans chaque bras.

— Bonjour, mes chéris, dit-elle en les embrassant à tour de rôle. Vous êtes beaux comme des gravures de mode, tous les deux.

Ils étaient en effet adorables avec leurs costumes identiques de loden vert et leurs écharpes rouges.

— Viens avec nous, tante Chloe ! la supplia Arnaud.

— Je voudrais bien, tu sais, mais je ne peux pas. Il faut que je reste aider ta maman à préparer le déjeuner pour tout le monde. Mais si Natalie et toi êtes bien sages, je jouerai à cache-cache avec vous cet après-midi. D'accord ?

— Oh oui ! s'écrièrent-ils à l'unisson.

— Allons-y, mes poussins ! cria Nigel du pas de la porte. Il est temps de partir.

Tamara lui prit le bras et l'accompagna dehors jusqu'à la Range Rover garée devant l'entrée de la maison.

— Essaie de trouver des petits pains, lui dit-elle, c'est trop difficile à faire à la maison.

— Ne t'inquiète pas, ma chérie. Si je n'en trouve pas à Ripon, je passerai par Harrogate, il y en aura sûrement. A tout à l'heure, mon amour, dit-il en lui donnant un baiser plein de tendresse.

Il ouvrit la portière arrière de la voiture, et les enfants et la nurse s'engouffrèrent gaiement sur la banquette.

— Au revoir, mes poussins ! cria Tamara en envoyant des baisers aux enfants qui agitaient la main derrière la vitre. Et sois prudent sur la route, Nigel ! lui lança-t-elle avant qu'il referme sa portière.

— Rassure-toi, je serai un conducteur modèle. A tout à l'heure, Tamsy. Je t'aime, ajouta-t-il avant de démarrer.

23

Une fois seules, Chloe et Tamara prirent le temps de bavarder un moment au coin du feu en buvant du café. La conversation roula surtout sur les retrouvailles de Gideon et de Lenore, qu'elles accueillaient avec joie dans la famille. Elles ne purent cependant s'empêcher d'évoquer avec inquiétude les épreuves que les amoureux devraient affronter avant de pouvoir se marier.

Le sujet épuisé, elles abordèrent celui de Miles et de sa vie sentimentale, que recouvrait un épais voile de mystère.

— Il passe le week-end de Pâques à Paris ? demanda Tamara avec curiosité. Tiens, tiens... Sais-tu s'il a emmené quelqu'un avec lui ou s'il y rejoint une nouvelle dulcinée ? Il te fait souvent des confidences.

— Je ne sais rien, il ne m'en a pas touché un mot dans l'avion entre New York et Londres. En tout cas, nous étions seuls pendant le trajet — je veux dire, Allison brillait par son absence et il n'y a fait aucune allusion. J'ai l'impression que c'est fini entre eux pour de bon. Ton hypothèse de la séduisante Parisienne doit être la bonne, ajouta-t-elle en pouffant de rire. Qu'en penses-tu, toi ?

— Pourquoi pas ? Son frère aîné en a fait autant, mais tu vois où ça l'a mené, le pauvre !

— Si Miles en a rencontré une comme toi, c'est tout le mal que je lui souhaite ! répondit Chloe.

Elles rirent à l'unisson. Chloe vida sa tasse de café et se leva.

— Allons, au travail ! Assez bavardé. Je vais débarrasser les affaires du petit déjeuner et mettre la table. Où déjeunerons-nous ?

— Ici, comme d'habitude. C'est plus intime et Lenore fait pratiquement partie de la famille. Et puis, sans Mme Entwhistle, ce serait barbant de faire la navette entre la cuisine et la salle à manger.

— Tout à fait d'accord.

Chloe débarrassa la table, Tamara rangea les restes dans le réfrigérateur et remplit le lave-vaisselle. Habituées à travailler de concert, elles eurent vite fait de remettre la cuisine en état pour le prochain repas. Une fois le couvert dressé, Tamara alla à l'office chercher les ingrédients de la salade. Puis elle confia à Chloe le soin de laver la laitue et le cresson et de couper les tomates, pendant qu'elle-même se chargeait de faire cuire la viande hachée pour la tourte.

— Alors, demanda Chloe sans dissimuler sa curiosité, où en est le petit troisième ? Tu es déjà enceinte ?

— Je n'en sais rien mais, quoi qu'il en soit, il se pourrait bien que ça se fasse ce week-end. Ça fait longtemps que Nigel n'a pas été aussi tendre.

— C'est vrai qu'il avait l'air très amoureux hier soir. Je ne l'avais jamais vu non plus d'aussi bonne humeur. Si seulement il n'avait pas fait l'idiot avec maman ! Je me demande ce qui lui est passé par la tête.

— Je sais. Mais le temps arrange souvent les

choses, c'est du moins ce que dit ma mère et je crois qu'elle a raison... En tout cas, je suis d'accord avec toi, je ne m'explique pas qu'il se soit conduit comme un imbécile avec ta mère. Par moments, je ne le comprends pas, je l'avoue. On dirait qu'il y a en lui un démon ou je ne sais quoi qui le pousse à agir sans réfléchir.

— Quand nous étions dans l'avion, Miles m'a dit que, à son avis, Nigel s'est laissé beaucoup trop influencer par notre grand-mère Jardine quand il avait douze ou treize ans, ce qui expliquerait la manière dont il a évolué. Gideon le pense aussi.

— C'est sans doute vrai.

Tamara baissa la flamme sous la poêle et alla à l'office chercher des condiments. De l'évier, où elle finissait de laver la salade, Chloe sourit en l'entendant siffloter. Ses frères avaient eu beau lui prodiguer leurs conseils éclairés, elle-même avait toujours été incapable de siffler...

Du bruit à la porte la fit soudain sursauter et elle se retourna au moment où elle s'ouvrait. Un homme qu'elle n'avait jamais vu s'avança dans la cuisine.

— Vous désirez ? lui demanda-t-elle, désarçonnée par l'apparition inopinée de cet inconnu.

Ce n'était sûrement pas un homme du village, où elle connaissait tout le monde, ni même quelqu'un du pays. Bel homme, très brun, le teint mat, il pouvait être français, espagnol, italien peut-être. Vêtu avec une élégance recherchée, il semblait âgé d'une trentaine d'années. Sans doute déconcerté lui aussi de se trouver en face d'une inconnue, il regardait Chloe sans mot dire.

— Que désirez-vous ? répéta-t-elle. Qui êtes-vous ?

L'étranger garda le silence.

Entendant la voix de Chloe, Tamara sortit en

hâte de l'office, le moulin à poivre à la main — et stoppa net sur le seuil. Bouche bée, frappée de stupeur, elle dévisagea un long moment l'inconnu avant de reprendre ses esprits.

— Alexis ! s'écria-t-elle enfin. Que fais-tu ici ?

Muet, immobile comme s'il était, lui aussi, pétrifié de stupeur, l'interpellé ne répondit toujours pas.

— Que fais-tu ici ? répéta Tamara. Pourquoi es-tu venu, Alexis ? Vas-tu répondre à la fin ?

Comme si cette injonction l'arrachait à une sorte de catalepsie, Alexis s'ébroua.

— Je suis ici pour toi, Tamara. Je te retrouve enfin après t'avoir cherchée partout. Je suis venu te reprendre.

Il parlait avec un accent indéfinissable. De plus en plus effarée, Chloe posait son regard tour à tour sur Tamara et l'inconnu. Les yeux écarquillés par la peur, sa belle-sœur était livide et Chloe comprit aussitôt pourquoi. Grands dieux ! se dit-elle en s'avançant d'instinct pour la protéger, cet homme est son ex-mari, Alexis Doumatchev. Il ne lui faisait pas peur, à elle.

— Vous feriez mieux de partir sur-le-champ, déclara-t-elle avec toute la fermeté dont elle était capable. Mon frère doit revenir d'une minute à l'autre, il ne sera sûrement pas content de vous trouver ici. Allez-vous-en.

Alexis Doumatchev l'écarta rudement d'une bourrade et empoigna Tamara par le bras. Le moulin à poivre tomba avec fracas sur le carrelage.

— Je me moque bien de ton mari ! Tu es à *moi*, entends-tu, à moi seul ! Je ne partirai pas sans toi ! Viens !

Tamara se débattit, tenta de se dégager, mais il la tenait d'une poigne trop forte. Ses doigts, enfoncés dans sa chair, arrachèrent à Tamara une grimace de douleur. Finalement, elle se tourna vers lui en s'efforçant de garder son calme.

— Lâche-moi, Alexis. Tout cela est absurde, tu te conduis de façon ridicule et...

— Ridicule ? cria-t-il. Je suis ridicule parce que je t'aime et n'ai jamais aimé que toi ? Dieu m'est témoin que...

Sans transition, il se mit à parler russe de plus en plus fort et de plus en plus vite. Voyant Tamara se débattre avec toute l'énergie du désespoir, Chloe se précipita sur lui, le tira par sa veste, lui agrippa un bras.

— Laissez-la tranquille ! cria-t-elle. Lâchez-la ! Allez-vous la lâcher, à la fin !

— Toi, petite idiote, fiche-moi la paix ! gronda Alexis en la repoussant avec violence.

Chloe recula, trébucha, se redressa en prenant appui sur la table et se rua de nouveau à l'assaut pour libérer Tamara. Cette fois, ses efforts furent couronnés de succès. Pour lutter contre Chloe, Alexis dut légèrement desserrer son étreinte sur le bras de Tamara, qui mit à profit ce bref répit pour se dégager, faire un bond de côté et courir à l'autre bout de la pièce. Chloe recula aussitôt, esquiva un coup de poing et courut la rejoindre.

Tremblantes de frayeur, les deux jeunes femmes se blottirent derrière un lourd fauteuil.

— Qu'allons-nous faire ? chuchota Chloe.

— Je vais essayer de le raisonner, répondit sombrement Tamara.

Elle quitta son abri, s'avança de quelques pas.

— Ressaisis-toi, Alexis ! Sois raisonnable, je t'en prie. Tu sais bien que je suis mariée avec Nigel depuis près de six ans. Nous deux, nous étions déjà divorcés depuis des années. Tout était fini entre nous longtemps avant que je rencontre Nigel, tu le sais aussi bien que moi.

— Non, je ne le sais pas ! hurla-t-il, les traits

de son beau visage déformés par la rage. Tu es à moi, tu l'as toujours été et tu le seras toujours ! Comme moi je t'appartiens ! Ce n'est pas lui que tu aimes, c'est moi ! L'homme de ta vie, c'est moi et moi seul !

— Mais non, Alexis ! Ne dis pas n'importe quoi, je t'en prie. Tu n'es plus un enfant pour continuer à t'accrocher à de telles illusions. Oublie-moi et rentre à Paris.

Sa colère s'évanouit d'un coup pour faire place à un calme surprenant, et un large sourire apparut sur ses lèvres. Ainsi métamorphosé, observa Chloe malgré elle, il retrouvait tout son charme et sa séduction.

— Je ne demande pas mieux que de rentrer à Paris, dit-il d'un ton raisonnable. Mais avec toi. Viens. J'ai une voiture dehors, nous pouvons partir dans une minute.

La lueur d'espoir qu'avait eue Tamara disparut aussi vite qu'elle était venue.

— Il n'est pas question que j'aille à Paris avec toi, Alexis, dit-elle avec un soupir de lassitude. Je ne t'aime plus depuis longtemps. C'est Nigel que j'aime. Il est mon mari, ma place est ici, avec lui.

— Non ! cria-t-il, de nouveau enragé. Je ne te laisserai pas rester ici avec lui. Cet individu t'a volée à moi ! Où est-il ? Je vais le tuer ! Je vais tuer ses enfants !

Submergée par une vague de terreur plus puissante que la première, Tamara fut prise d'un tremblement qu'elle ne put maîtriser. Elle saisit la main de Chloe.

— Il n'a plus sa tête, chuchota-t-elle, il est devenu fou. Il faut fuir, mais la porte est loin. Approchons-nous plutôt du téléphone, appelons à l'aide. Viens avec moi.

Lentement, sans oser tourner le dos à Alexis qui les surveillait en silence, elles longèrent le comptoir au bout duquel était posé l'appareil. Elles l'avaient presque atteint quand Alexis reprit la parole d'un ton étrangement résigné.

— Tu n'as décidément rien compris, Tamara. Sans toi, je n'ai pas de raison de vivre. Puisque tu ne veux plus de moi, il ne me reste donc qu'à me tuer, déclara-t-il en sortant un pistolet de sa poche. Tu vois, j'ai ce qu'il faut pour te débarrasser de mon encombrante présence. Ma mort ne devrait pas te troubler la conscience très longtemps.

— Calme-toi, Alexis, je t'en supplie, l'adjura Tamara d'une voix à peu près normale en dépit de sa terreur croissante. Remets cette arme où tu l'as prise avant de commettre une folie que nous regretterions tous. Cela ne nous avancerait à rien, ni toi ni moi.

Il hésita, remit le pistolet dans sa poche.

— Je t'aime, se borna-t-il à dire.

Avec un soupir de soulagement, Tamara fit un nouveau pas de côté en direction du téléphone. Elle posait la main sur le combiné quand Alexis bondit sur elle, la prit à bras-le-corps, la jeta à terre, se laissa tomber sur elle. Ils luttèrent un instant, mais il était le plus fort.

Chloe s'évertuait à coups de poing et à coups de pied pour aider Tamara à se dégager quand, sans transition, Alexis la lâcha et s'affala sur le carrelage, haletant. Tamara se leva d'un bond, vacilla, se rattrapa de justesse et prit la fuite avec Chloe vers la porte en contournant la grande table de chêne.

Mais le forcené s'était déjà relevé. Il parvint devant la porte avant elles, le pistolet à la main.

— Puisque je ne peux pas t'avoir, hurla-t-il, l'autre ne t'aura pas non plus !

Il braqua son arme sur les deux femmes et fit feu par deux fois. Sans doute était-il bon tireur, car il ne manqua pas ses cibles. Tamara et Chloe s'écroulèrent à quelques centimètres de la porte.

Le sang jaillit de la poitrine de Tamara et de la tête de Chloe. Hébété, les yeux vitreux, Alexis Doumatchev les contempla comme si l'acte qu'il venait de commettre échappait à son entendement. Au bout d'un moment, il se pencha sur le corps de Tamara, s'agenouilla en sanglotant, le visage ruisselant de larmes. Puis il s'allongea près d'elle, mit le canon du pistolet dans sa bouche et, pour la troisième fois, il pressa la détente.

La balle qui lui traversa le crâne projeta des débris de cervelle sur les murs. Son sang mêlé à celui de Tamara forma une mare dans laquelle ils baignèrent tous les deux.

Le silence retomba. On n'entendit plus que le grésillement de la viande qui cuisait dans la poêle, le chuintement du robinet qui coulait dans l'évier, le crépitement des bûches qui flambaient dans la cheminée.

Détail macabre et dérisoire, la radio jouait en sourdine une chanson d'amour.

24

Tout en roulant avec prudence dans la grand-rue du pittoresque village de West Scrafton, Gideon lança un coup d'œil à Lenore, assise à côté de lui.

— Quand nous serons mariés, j'aimerais qu'on s'achète une maison dans la région. Je n'ai aucune envie de devoir partager Aysgarth End avec Tamara et Nigel.

— Je te comprends, mon chéri, mais ce n'est pas indispensable, tu sais. Nous pourrons toujours passer nos week-ends à Lindenhill. Tony ne nous le refusera pas, la maison est assez grande. De toute façon, il n'y vient pas souvent.

— Je sais. Pensons-y quand même. Je préférerais que nous soyons chez nous. Pas toi ?

— Bien sûr que si. Mais puisqu'il est question de mon adorable frère, il veut nous offrir la noce à ses frais. La cérémonie à l'église et la réception au château.

— Ce cher Tony est trop gentil ! répondit Gideon en riant. Et c'est une riche idée, à vrai dire, puisque c'est ici que je suis tombé amoureux de toi.

— La réciproque est vraie, mon chéri. C'est ici aussi que tu m'as appris toutes sortes de choses inavouables, sale gamin lubrique ! ajouta-t-elle de sa voix la plus sexy.

— Tu m'en as appris deux fois plus, vilaine polissonne dévergondée ! répliqua-t-il sur le même ton.

Pendant qu'ils riaient à l'unisson, la Land Rover sortit du village et s'engagea sur la route de la lande en direction d'Aysgarth End.

— Au fait, dit Gideon, Chloe m'a demandé si elle pouvait être ta demoiselle d'honneur.

— J'en serai ravie. Mais il vaut quand même mieux ne pas prévoir un mariage en grand tralala si vite après mon divorce. Quand je l'aurai enfin obtenu, enchaîna-t-elle en poussant un soupir.

— Allons, ma chérie, pas de défaitisme...

Il dut freiner pour laisser des moutons, visiblement échappés d'une pâture, traverser la route et s'engouffrer dans un pré par une barrière disjointe.

— Ne te fais pas tant de mauvais sang, Lenore, reprit-il. Malcolm finira par entendre raison.

— Le ciel t'entende !

— Quant au mariage, je suis d'accord avec toi, restons simples. Malgré tout, une seule demoiselle d'honneur n'aura rien d'ostentatoire.

— Bien sûr. Et je tiens à ce que ce soit Chloe.

Tandis que la Land Rover roulait sur la route étroite et sinueuse, ils gardèrent le silence en pensant à ce mariage qu'ils espéraient, aussi ardemment l'un que l'autre, ne pas devoir attendre trop longtemps.

Lenore reprit la parole à l'embranchement du chemin aboutissant à la ferme.

— Arrêtons-nous un instant près de ces gros rochers, Gid ! D'ici, on a une vue splendide. Quand j'y viens, j'ai l'impression d'être sur le toit du monde, comme s'il me suffisait de tendre la main pour toucher le ciel et prendre une poignée de nuages.

— Je sais, je ressens la même chose.

Gideon stoppa sur le bas-côté, coupa le contact. Se tenant par le bras, ils gagnèrent les rochers et s'assirent sur une grosse pierre plate abritée du vent. Devant eux, la silhouette majestueuse des *fells* de Whernside, qui dominaient la vallée, se découpait sur l'azur du ciel.

— Regarde comment la Nidd serpente au fond de la vallée, dit Gideon. Je me souviens de la première fois que je suis venu ici avec ma mère. La magie de ce panorama est toujours intacte. Tu as raison, on a l'impression de pouvoir porter le regard jusqu'à l'autre bout de la terre.

Lenore frissonna sous une soudaine bourrasque.

— Tu sais, dit-elle en rajustant sa veste Barbour, ta mère a eu une inspiration géniale quand elle a acheté la ferme. Si tu n'y avais pas passé une partie de ton enfance, nous ne nous serions jamais connus.

— Oh, si ! Nous étions faits l'un pour l'autre. Le destin nous aurait réunis de toute façon, mon amour, j'en suis convaincu.

Il lui enlaça la taille, l'attira contre lui. Lenore était à ses yeux la plus belle femme au monde. Ce matin-là, ses cheveux blonds tirés en arrière laissaient voleter autour de son front d'attendrissantes petites mèches folles. Sans aucun maquillage pour masquer la clarté de son teint, elle avait l'allure d'une toute jeune fille.

Il posa un léger baiser sur ses lèvres et s'écarta un peu pour plonger son regard dans ses yeux gris et rêveurs.

— Tu le crois toi aussi, n'est-ce pas ? murmura-t-il.

— Quoi donc ?

— Que nous étions destinés l'un à l'autre.

— J'y crois dur comme fer ! répondit-elle en

souriant. Tu es autant moi-même que je le suis, plus encore peut-être. Nous vivons d'une seule âme, mon amour.

— Aurais-tu volé cette phrase aux *Hauts de Hurlevent* ?

— Non, Gid, je me contente de paraphraser Emily Brontë. Je ne me permettrais pas de *voler* des mots à un des plus grands génies de notre littérature.

— Voilà un scrupule qui t'honore, ma chérie, dit-il en souriant.

Elle lui rendit son sourire. Se tenant par la taille, blottis l'un contre l'autre, ils s'abîmèrent à nouveau dans la contemplation muette du sublime paysage.

Au bout d'un long moment, Gideon s'écarta à regret, se leva et prit la main de Lenore pour l'aider à se remettre debout.

— Allons, viens, ma chérie ! Nous ne pouvons pas rester à rêver éternellement ici. Quand je suis parti tout à l'heure, j'ai promis à Tamara et à Chloe que nous arriverions à temps pour les aider à préparer le déjeuner.

Quelques minutes plus tard, la Land Rover franchit la barrière d'Aysgarth End.

— Ça par exemple ! s'exclama Gideon. Une voiture devant la porte. Qui peut bien nous rendre visite un Vendredi saint ?

— Peut-être quelqu'un du village.

— C'est peu probable. Je sais que Mme Entwhistle ne doit pas venir aujourd'hui, elle reste avec son petit-fils qui est en permission ou quelque chose de ce genre. De toute façon, ce n'est pas sa voiture.

Gideon freina, ils mirent pied à terre. En enlevant sa Barbour dans le vestibule, Lenore fronça le nez.

— Ça sent le brûlé ! Tamara a dû oublier une casserole sur le feu, dit-elle en riant.

Elle ouvrit la porte de la cuisine — et le rire mourut sur ses lèvres lorsqu'elle faillit trébucher sur trois corps inanimés baignant dans une mare de sang.

Un cri d'horreur lui échappa :

— Grands dieux ! Gideon, il y a du sang partout... Tamara, Chloe, mon Dieu, elles sont blessées... Regarde, un pistolet là, près de cet homme. Il faut appeler des secours, vite !

Elle se détourna de l'affreux spectacle. Gideon n'eut que le temps de la soutenir avant qu'elle ne défaille, et il se figea à son tour sur le seuil, frappé d'horreur. Sa sœur et sa belle-sœur ne donnaient aucun signe de vie. Mon Dieu, pria-t-il en silence, faites qu'elles ne soient pas mortes...

Sentant ses genoux flancher sous lui, il craignit de tomber à son tour en entraînant Lenore dans sa chute.

— Peux-tu tenir debout toute seule ? parvint-il enfin à articuler.

— J'ai les jambes en coton, mais je devrais y arriver. C'est le premier choc qui...

— Je sais, moi aussi. Appuie-toi contre le chambranle.

Il déglutit avec peine, s'approcha de Chloe et mit un genou en terre pour lui tâter le poignet.

— Dieu soit loué, elle n'est pas morte, le pouls bat encore, dit-il d'une voix étranglée. Elle a une blessure à la tête, elle perd son sang en abondance...

— Ne la déplace pas ! s'écria Lenore. Il ne faut surtout pas les toucher, de peur d'aggraver leur état.

Incapable de soutenir le sinistre spectacle, elle dut s'agripper au chambranle et ferma les yeux sans pouvoir retenir ses larmes. Peu après, parvenant à se dominer, elle rouvrit les yeux et traversa la pièce afin d'éteindre le feu sous la poêle, où la viande calcinée menaçait de s'enflammer, et de fermer le robinet de l'évier.

Bouleversé, Gideon prit le pouls de Tamara.

— Dieu soit loué, Lenore, elle est en vie elle aussi ! s'écria-t-il. Nous n'avons pas une minute à perdre. Il faut appeler les secours, une ambulance.

Il se releva et, d'une démarche encore mal assurée, alla décrocher le téléphone. Il parvint à donner de manière intelligible les renseignements nécessaires au standard de la police. Quand il raccrocha, il était livide mais redevenu maître de lui. Lenore aussi avait repris ses esprits.

— L'ambulance et la police seront ici dès que possible. Je vais téléphoner à ma mère, ajouta-t-il.

Lenore lui retint la main au moment où il décrochait.

— Attends ! Il vaut mieux l'appeler après l'arrivée des secours, quand nous en saurons un peu plus.

Gideon hésita.

— Non, je préfère la joindre tout de suite à New York. Nous avons besoin d'elle ici et elle nous en voudrait de ne pas l'avoir alertée à temps.

— Tu as sans doute raison... Qui a pu faire une chose aussi effroyable, Gid ? poursuivit-elle en lançant un bref regard aux corps inanimés gisant sur le carrelage. C'est cet homme, n'est-ce pas ? Mais qui est ce ?

— Je n'en ai aucune idée. Tout ce que je sais, c'est qu'il est bel et bien mort, lui.

Consciente de l'effort qu'il faisait pour se dominer, Lenore s'approcha, lui posa une main sur le bras.

— Veux-tu quelque chose à boire ?

— Non merci. Il est bientôt onze heures, dit-il en consultant sa montre, donc six heures du matin à New York. Elle se réveille de bonne heure...

Il avait déjà décroché le combiné quand il se ravisa.

— Lenore, surveille dehors au cas où Nigel arriverait, il ne devrait plus tarder. Il ne faut à aucun prix qu'il tombe sur ce... spectacle, surtout avec les enfants.

— Mon Dieu, oui, tu as raison ! répondit-elle en jetant un rapide coup d'œil à la fenêtre. Dès qu'ils seront là, j'emmènerai les enfants et Agnes à Lindenhill.

— Merci, tu nous rendras un immense service.

Pendant que Lenore montait la garde à la fenêtre, Gideon décrocha de nouveau et composa le numéro de Stevie.

— Bonjour, maman, dit-il du ton le plus posé dont il était capable. C'est Gideon.

— Je sais, mon chéri, je t'ai reconnu tout de suite et je suis ravie de t'entendre. Tout va bien à la ferme ?

Pris de court par cette question précise, Gideon éluda :

— Je ne te réveille pas, au moins ?

— Pas du tout, répondit-elle en riant, je suis debout depuis une heure. J'étais en train de boire mon café.

— Ecoute, maman...

Il s'interrompit, incapable de trouver les mots qu'il fallait. Le silence se prolongea.

— Gideon ! Tu es toujours en ligne ? s'étonna Stevie.

— Oui, maman. Il faut que je te dise... il y a eu...

— Quoi donc ? s'écria-t-elle, soudain inquiète. Il s'agit de quelque chose de grave, n'est-ce pas ?

Je le devine au son de ta voix. Parle, je t'en conjure !

— Maman... il faut que tu viennes aujourd'hui même. Dès que tu auras raccroché, appelle British Airways et arrange-toi pour trouver une place dans le Concorde de huit heures quarante-cinq. Je réserverai un avion-taxi pour te ramener de Heathrow.

— Pour l'amour du ciel, Gideon, dis-moi ce qui se passe ! Inutile de tourner autour du pot, je t'en prie. Parle ! Il s'agit d'une mauvaise nouvelle, n'est-ce pas ?

Il dut longuement s'éclaircir la voix avant de répondre :

— Oui, très mauvaise. Chloe et Tamara sont sérieusement blessées. J'attends l'ambulance d'une minute à l'autre.

— Blessées ? s'écria Stevie. Que leur est-il arrivé ?

— Je ne sais pas, maman, je n'y étais pas. Je sais seulement qu'elles sont blessées... par balle.

— Par balle ? Comment cela ? Passe-moi Nigel.

— Il est sorti avec les enfants faire des courses à Ripon. Il n'est pas encore rentré, il n'est au courant de rien. Lenore et moi sommes arrivés il y a quelques minutes à peine, c'est nous qui avons découvert Chloe et Tamara.

— Sont-elles en vie, Gideon ? Tu ne mens pas pour ne pas m'affoler, j'espère ?

— Non, maman, absolument pas ! Elles sont vivantes, je te le jure.

— Et qui les a... agressées ? demanda Stevie d'une voix tremblante.

— Je ne sais pas, maman. La police et l'ambulance ne devraient plus tarder. Mais rassure-toi, Chloe et Tamara s'en sortiront, j'en suis certain, affirma-t-il en espérant se montrer assez convaincant.

— Que Dieu t'entende, Gideon... Ma Chloe, ma petite fille chérie. Et Tamara, que j'aime de tout mon cœur... Il *faut* qu'elles s'en sortent !...

Elle s'interrompit, prit une profonde inspiration.

— Je ferais mieux de raccrocher et de me préparer le plus vite possible, poursuivit-elle d'une voix raffermie. A moins que tu n'aies autre chose à me dire ?

— Non, maman, rien de plus pour le moment.

— Bien. Préviens ta grand-mère, demande à Derek de réserver l'avion-taxi à l'arrivée du Concorde. Je serai dans ce vol, même s'il faut que je tue un passager pour prendre sa place. Reste en contact avec Derek, dis-lui dans quel hôpital seront emmenées Chloe et Tamara, afin que je sache où aller. J'appelle ma mère de mon côté...

Sa voix se brisa. Gideon entendit un sanglot étouffé.

— Elles s'en sortiront, maman, dit-il du ton le plus rassurant dont il était capable.

— Oui...

Stevie fut hors d'état d'en dire davantage. Gideon raccrocha, bouleversé pour elle. Il imaginait trop bien l'angoisse qu'elle éprouvait pour ces deux victimes qui lui étaient si chères.

— Ta mère est forte, Gideon, dit Lenore de la fenêtre où elle faisait le guet. Elle saura surmonter le premier choc, mieux sans doute que la plupart d'entre nous.

— Je sais... Je dois maintenant appeler ma grand-mère à Londres, ajouta-t-il avec un soupir résigné.

— Il faudra que tu attendes un peu, je vois la voiture de Nigel dans l'allée. Viens, Gideon, sortons à sa rencontre.

La Range Rover contourna la vasque au milieu de l'allée et stoppa en face de la porte. Lenore et Gideon rejoignirent Nigel alors qu'il mettait pied à terre.

— A qui est cette voiture ? s'étonna-t-il. Nous n'attendions pas de visiteurs.

Pendant que Lenore s'accoudait à la portière arrière et parlait aux enfants par la vitre ouverte pour les empêcher de descendre de voiture, Gideon prit son frère par le bras et l'entraîna à l'écart.

— Nigel, il s'est passé quelque chose en ton absence, commença-t-il. Une agression, des coups de feu...

— Quoi ? Tamara, Chloe ? Elles sont blessées ? Mortes ?

Gideon retint à grand-peine Nigel qui cherchait à lui échapper et à courir vers la maison.

— Non, elles sont vivantes. J'ai appelé les secours qui ne devraient plus tarder. Garde ton calme, je t'en prie, il ne faut pas affoler les enfants.

— Lâche-moi, Gideon ! cria Nigel en se débattant de plus belle. Je veux voir Tamara...

— Non, attends ! Ecoute-moi. Lenore va emmener les enfants et Agnes à Lindenhill. Elle les fera déjeuner, les occupera. Ils pourront y rester le temps qu'il faudra, la maison est grande et il y a des serviteurs.

Hébété, Nigel dévisagea son frère comme si la signification de ses paroles lui échappait, avant de tourner son regard vers ses enfants. Un instant plus tard, il avala sa salive avec difficulté, acquiesça d'un signe. Puis, se dominant au prix d'un effort visible, il courut vers la voiture.

— Tante Lenore va vous emmener déjeuner chez elle avec Agnes, mes poussins. J'ai à faire ici... avec maman.

— Mais je veux voir maman ! protesta Arnaud. Lui montrer ma nouvelle balle.

— Moi aussi, renchérit Natalie. Ma poupée.

— Plus tard, mes chéris. Soyez bien sages, dit-il en les embrassant. Lady Armstrong vous expliquera tout. Agnes, ajouta-t-il à l'adresse de la nurse qui le regardait d'un air perplexe, prenez soin des enfants.

A sa mine défaite, elle comprit qu'il devait s'agir d'un problème grave.

— Oui, monsieur, vous pouvez compter sur moi.

Elle n'avait pas fini de parler que Nigel courait déjà vers la maison, Gideon sur ses talons.

— Téléphone-moi dès que tu pourras, Gid ! lança Lenore.

— Bien sûr, ma chérie ! répondit-il sans se retourner.

Nigel allait ouvrir la porte quand son frère parvint à le retenir par un bras.

— Une seconde, Nigel. Attends-toi à un choc. Il y a du sang. Beaucoup de sang.

— Que diable s'est-il passé ? demanda-t-il d'une voix tremblante. Tu ne peux rien me dire ?

Tout en parlant, il ouvrit la porte de la cuisine et se figea sur le seuil, paralysé d'horreur. Un instant plus tard, il se jeta à genoux près de Tamara, lui prit la main.

— Tamara, mon amour, je suis là. C'est moi, Nigel...

Tamara ne réagit pas. Il lui tâta le poignet, sentit son pouls battre faiblement, se pencha pour approcher son oreille de ses lèvres. Il perçut sa respiration, un souffle ténu et irrégulier. De son côté, Gideon auscultait Chloe.

Les deux frères échangèrent un regard.

— Elle vit encore, dit Nigel.

— Chloe aussi, mais elle perd son sang en abondance et sa blessure à la tête paraît grave.

— Tamara est touchée à la poitrine, mais c'est difficile à déterminer, avec tout ce sang... Tam, mon amour, tiens le coup, je t'en supplie, murmura-t-il d'une voix entrecoupée de sanglots contenus. Il faut lutter...

A demi aveuglé par les larmes, il s'efforça de reprendre contenance tout en adressant à Dieu une prière muette.

— Lâche-lui la main, Nigel, dit Gideon à voix basse. Ne la déplace pas, tu pourrais aggraver son état sans le vouloir.

Nigel approuva d'un signe de tête. Il reposa délicatement la main de Tamara et resta agenouillé à côté d'elle.

— Qu'est-ce que fout cette ambulance, Gideon ? gronda-t-il. Pourquoi les secours ne sont-ils pas encore là ?

Gideon jeta un coup d'œil à sa montre.

— Il est onze heures et demie, j'ai téléphoné un peu avant onze heures, aussitôt après notre retour. On m'a dit qu'il fallait compter trente-cinq à quarante minutes ; l'hôpital le plus proche est à Harrogate. Ils devraient donc arriver d'une minute à l'autre.

Nigel se releva lentement et regarda un instant le cadavre qui gisait près de Tamara.

— Ce type, l'infâme salaud qui a fait le coup, je suis à peu près sûr que c'est Doumatchev, son ex-mari.

— Je le pensais aussi, mais je n'en étais pas sûr.

— Pourquoi, Gideon ? Pourquoi ? Qu'est-ce qui a pu le pousser à faire une chose pareille ? As-tu une idée, toi ?

Livide, frémissant de douleur et de rage, Nigel ne put retenir les larmes qui lui montaient aux yeux.

— Non, Nigel, aucune...

Gideon préféra ne pas en dire plus, car le souvenir de Margot Saunders et de sa violence hystérique s'imposait à lui de façon trop inquiétante. Avait-il réussi à en écarter définitivement la menace ? Courait-il encore le risque d'être abattu de la même manière que Chloe et Tamara, par une femme folle de jalousie ? Et Lenore ? Mettait-il du même coup sa vie en danger ? Avec un frémissement, il s'approcha de son frère et l'entraîna de l'autre côté de la table.

— Viens t'asseoir, Nigel, dit-il en le poussant vers une chaise. Ressaisis-toi, les secours vont bientôt arriver.

Docilement, Nigel se laissa faire.

— A quelle heure crois-tu que ça s'est passé, Gid ?

— Voyons, je suis parti peu après neuf heures. Je suis revenu avec Lenore vers onze heures moins vingt, moins le quart peut-être. La cuisine était déjà rangée, donc cela a dû se produire peu de temps avant notre retour.

Trop énervé pour rester assis, Nigel se leva et se mit à tourner en rond.

— Cela fait quand même longtemps. Le risque s'accroît de minute en minute. Il leur faut des soins d'urgence...

— Les secours arrivent, l'interrompit Gideon. J'entends des moteurs au bout de l'allée.

Il courut à la porte. Trois ambulances et trois voitures de police débouchaient du chemin à vive allure. Elles étaient à peine arrêtées que les policiers sautaient à terre et que les brancardiers déchargeaient les civières et le matériel de premiers soins.

— Les blessés sont à l'intérieur ? cria un brancardier.

— Oui. Ma sœur est blessée à la tête, commença-t-il, ma belle-sœur à la poitrine...

Avant qu'il ait pu en dire davantage, les trois équipes de secours étaient déjà dans la maison.

Un policier s'avança vers lui, le salua en portant la main à sa casquette.

— Monsieur Jardine ?

— Oui, sergent, Gideon Jardine. Mon frère Nigel est à l'intérieur avec les victimes, sa femme et notre sœur. Le meurtrier s'est donné la mort après avoir commis son forfait, ajouta-t-il. Cette voiture est probablement la sienne.

— Bien, dit le sergent. Entrons, voulez-vous. Nous allons essayer d'y voir plus clair.

— Je l'espère, sergent. Allons-y.

— Après vous, monsieur Jardine.

25

Ce même Vendredi saint, le Concorde New York-Londres de British Airways se posa à Heathrow juste avant dix-huit heures, avec quelques minutes de retard.

Stevie Jardine fut la première personne à quitter l'appareil et à franchir le contrôle des passeports. N'ayant d'autre bagage qu'un léger sac de voyage, elle se rendit directement à la douane et déboucha dans le hall de l'aérogare alors qu'on annonçait encore l'arrivée de son vol.

Elle repéra immédiatement Blair dans la foule massée derrière les barrières et, un instant plus tard, les deux femmes tombèrent dans les bras l'une de l'autre. Quand elles se séparèrent, Stevie posa sur sa mère un regard chargé d'interrogations anxieuses.

— Chloe est en vie, ma chérie, se hâta de la rassurer Blair. Elles sont toutes les deux en vie.

Stevie laissa échapper un long soupir de soulagement.

— Dieu soit loué ! Je n'ai pas besoin de te dire à quel point ce voyage a été pour moi un calvaire. J'ai les nerfs à bout, je suis morte d'inquiétude.

— Je m'en doute, ma chérie.

— Où est Derek ?

— Il nous attend dans l'avion. Tu sais qu'il provoque des attroupements à chaque fois qu'il se montre en public, il valait mieux qu'il embarque discrètement. Dépêchons-nous, ma chérie, notre avion est sur la piste, prêt à décoller. Nous aurons le temps de parler en cours de route.

Dix minutes plus tard, Derek les accueillit en haut de la passerelle. Aussitôt après le décollage, l'hôtesse servit du thé aux dames, un scotch à Derek et se retira.

— Maintenant que nous sommes seuls, dit Stevie, dites-moi la vérité. Je suis folle d'inquiétude. Comment Chloe va-t-elle réellement ?

— Elle est dans le coma, Stevie, répondit Derek. Elle n'en est pas sortie depuis qu'elle a été blessée. La balle a pénétré dans son cerveau.

Stevie réprima un cri. Elle sentit ses forces l'abandonner et crut s'évanouir.

— Grands dieux ! Que vont faire les médecins ?

Derek posa sur son bras une main rassurante.

— Elle a subi cet après-midi une opération pour extraire le projectile et...

— Sont-ils arrivés à l'enlever ? l'interrompit-elle.

— Oui. Dieu merci, Chloe est entre les mains d'un des meilleurs neurochirurgiens du pays, le professeur Longdon. L'intervention a duré près de trois heures et a pleinement réussi. Tamara et elle sont au service de soins intensifs du centre hospitalier de Leeds. Tamara est touchée à la poitrine, ses chirurgiens ont eux aussi réussi à extraire la balle, mais elle n'a pas encore repris conscience. Je crois savoir que le projectile a sectionné une artère. Elle a perdu beaucoup de sang, elle est donc très affaiblie.

Malgré le ton apaisant adopté par Derek, Stevie se crut de nouveau sur le point de perdre connaissance.

— Vont-elles survivre à leurs blessures, Derek ? demanda-t-elle d'une voix à peine audible.

— Nous avons bon espoir, ma chère Stevie. Nous prions tous pour elles.

— Tout ira bien, ma chérie, dit Blair en lui prenant la main. J'en suis sûre. Nous devons garder la foi.

Hors d'état de proférer un son, Stevie se força à maîtriser son tremblement et déglutit avec peine.

— Pourquoi ne les a-t-on pas emmenées à l'hôpital de Harrogate ? dit-elle enfin pour meubler le silence. Il est plus proche. Mais celui de Leeds est plus important et mieux équipé, c'est vrai, ajouta-t-elle comme à regret.

— Elles ont d'abord été admises à Harrogate, dit Derek. D'après ce que m'a appris Gideon, les médecins de Harrogate ont ordonné leur transfert à Leeds par hélicoptère, compte tenu de la gravité de leur état. Elles étaient en salle d'opération dès deux heures de l'après-midi. Tout s'est déroulé avec la plus grande célérité et dans les meilleures conditions, Stevie. N'oublie pas non plus que l'hôpital de Leeds est considéré comme un des plus performants d'Europe et qu'il bénéficie d'une équipe médicale hors pair.

— Je sais, Derek, mais tu comprends sûrement pourquoi j'ai du mal à maîtriser mon angoisse...

Sa voix se brisa à nouveau. Elle fouilla fébrilement son sac à la recherche d'un mouchoir, s'essuya les yeux. Le silence retomba. Un long moment, on n'entendit plus que le bourdonnement assourdi des réacteurs.

— A-t-on réussi à prendre contact avec les parents de Tamara ? demanda enfin Stevie. Il me semble qu'ils étaient partis en croisière, en Chine ou en Extrême-Orient.

— C'est exact. Gideon a demandé à Bruce d'envoyer un fax à leur navire. En outre, Nigel s'est rappelé que ses beaux-parents devaient faire escale à Hong Kong aujourd'hui même. Ils pourront donc sauter dans un avion.

— Comment Bruce réagit-il ?

— Plutôt bien. La nouvelle l'a secoué, mais il s'est remarquablement ressaisi. Il voulait venir avec nous aujourd'hui, mais j'ai réussi à l'en dissuader et à lui conseiller de venir demain par le train. Nous lui avons retenu une chambre au Queen's, avec nous tous.

— Gideon a pu joindre Miles à Paris au Plaza Athénée, enchaîna Blair. Il est parti sur-le-champ, il est donc sans doute déjà arrivé à Leeds.

— Pauvre Nigel ! soupira Stevie. Il doit être dans tous ses états, lui qui aime tant Tamara... Où sont les enfants ?

— Lenore les a emmenés à Lindenhill ce matin avec leur nurse dès leur retour. Agnes est allée à Aysgarth End cet après-midi chercher une partie de leurs affaires et des siennes, car ils resteront à Lindenhill au moins jusqu'à ce que nous rentrions tous à Londres.

— C'est en effet la meilleure solution, approuva Stevie.

— J'ai eu Lenore au téléphone vers cinq heures, quand ta mère et moi sommes arrivés à l'aéroport, intervint Derek. C'est elle qui m'a communiqué les dernières nouvelles de Chloe et de Tamara. Gideon lui a demandé de monter la garde au téléphone à Lindenhill. Elle nous sert en quelque sorte de base opérationnelle et centralise toutes les informations.

Stevie se borna à répondre d'un signe de tête, croisa et décroisa nerveusement les jambes.

— Personne ne sait ce qui s'est passé au juste ce matin, je pense ? Ni l'identité de l'agresseur ?

— Aucune des deux victimes n'ayant repris conscience, il va de soi qu'elles n'ont rien pu dire à quiconque. On sait toutefois que leur agresseur était l'ex-mari de Tamara, Alexis Doumatchev. Il a été formellement identifié.

— Lui ? Oh non ! Pourquoi avoir commis un acte aussi abominable ? Est-il devenu fou ? Mais pourquoi ? Pourquoi ? C'était un garçon brillant, qui avait une belle situation. Il était parti à l'étranger, au Japon, je crois. Tamara n'avait plus entendu parler de lui depuis des années.

— C'est ce que Nigel a dit à Gideon, en effet. Tamara n'avait plus de nouvelles de lui et croyait qu'il l'avait définitivement oubliée, soupira Derek. Il a sans doute perdu la tête, pour une raison que nous ignorerons toujours.

Les yeux clos, Stevie se laissa aller contre le dossier de son siège. Elle savait que Chloe et Tamara risquaient de ne pas survivre à leurs blessures. Sa mère et Derek avaient beau afficher leur confiance dans l'avenir, elle se rendait compte qu'ils lui jouaient la comédie — Derek n'était-il pas un acteur consommé ? Moins douée, sa mère ne parvenait pas à masquer aussi bien son angoisse. La situation n'était pas aussi encourageante qu'ils tentaient de le lui faire accroire, elle en était persuadée...

L'hôtesse vint leur annoncer que l'appareil entamait son approche de l'aéroport de Leeds-Bradford, où il se poserait d'ici quelques minutes. Stevie rouvrit les yeux et consulta machinalement sa montre. Il était dix-neuf heures vingt.

Quand ils arrivèrent à vingt heures précises au Centre hospitalo-universitaire de Leeds,

Miles les attendait dans le hall du pavillon Brotherton. Il se leva d'un bond et se précipita vers sa mère, les bras tendus. Un instant, Stevie se laissa aller contre lui et puisa de nouvelles forces dans la sollicitude rassurante de son fils.

— Dis-moi la vérité, dit-elle en le regardant dans les yeux. Chloe survivra-t-elle ?

— Oui, je le crois. L'opération pour extraire la balle de son cerveau a réussi, mais il vaut mieux que ce soit le neurochirurgien lui-même qui te donne de ses nouvelles. Il vient de voir Chloe, il t'attend dans son bureau.

— Allons-y.

Miles embrassa ses grands-parents et prit la tête de leur petit groupe. Pendant qu'ils marchaient dans le long couloir bordé de portes, Stevie prit Miles par le bras.

— Comment va Tamara ? S'en sortira-t-elle ?

— Nous l'espérons. Pour le moment, elle tient le coup. Elle est dans une autre unité de soins intensifs, Nigel est près d'elle. Je t'y emmènerai quand tu auras vu Chloe et le neurochirurgien, le professeur Longdon. Le chirurgien qui a opéré Tamara veut te parler, lui aussi.

Un instant plus tard, Miles les fit entrer dans le bureau du professeur, qui les accueillit avec égards.

— Malgré le plaisir que j'ai à faire votre connaissance, dit-il en les invitant à s'asseoir, je déplore sincèrement, croyez-moi, que ce soit en de telles circonstances.

— Merci de prendre si bien soin de ma fille, professeur, répondit Stevie. J'apprécie tout ce que vous avez fait pour lui sauver la vie.

— Je ne pouvais faire moins, madame. Permettez-moi maintenant de vous expliquer la situation en détail, afin que vous compreniez bien son évolution ultérieure.

Il décrivit alors, à grand renfort de précisions

techniques, la trajectoire de la balle dans la boîte crânienne et le cerveau, les lésions qu'elle avait provoquées et la nature de l'intervention.

— Je vous sais gré de vos explications, professeur Longdon, dit Stevie quand il eut terminé son exposé, mais je ne suis pas sûre d'avoir bien saisi pourquoi Chloe est toujours dans le coma.

— A cause de l'importance du traumatisme subi par le cerveau, madame. Nous devrons attendre que l'hématome se résorbe. Pour le moment, elle est encore plongée dans l'état de conscience altéré où elle se trouvait au moment de la blessure. Elle en sortira graduellement d'ici une dizaine de jours.

— Mais elle en sortira, n'est-ce pas, professeur ? intervint Derek.

Le chirurgien marqua une très légère hésitation.

— En principe, oui, Sir Derek. Je fonde de grands espoirs sur sa récupération. Cependant, comme je viens de le dire, le processus de son retour à la conscience sera graduel et s'étendra sur une dizaine de jours.

— Combien de temps restera-t-elle encore aux soins intensifs ? demanda Stevie.

— Au moins pendant les prochaines quarante-huit heures, madame, peut-être quelques jours de plus. Il est trop tôt pour se prononcer.

— Est-il envisageable que ma fille ne sorte pas de son coma, professeur ?

— C'est une éventualité que nous devons toujours envisager pour chacun de nos patients. Néanmoins, je ne pense pas que ce soit le cas de Mlle Jardine.

Stevie hésita avant d'exprimer la pire de ses craintes :

— Pourrait-elle... conserver des séquelles ?

— C'est très improbable, répondit-il aussitôt.

Stevie perçut toutefois dans son attitude

quelque chose d'indéfinissable qui ne contribuait pas à apaiser son angoisse. Minimisait-il sciemment la gravité de l'état de Chloe ? Elle allait lui poser la question quand elle se ravisa.

— Pouvons-nous voir Chloe, professeur ? se borna-t-elle à lui demander.

— Certainement, madame. Si vous voulez bien me suivre.

Ils arrivèrent quelques instants plus tard au service des soins intensifs. Le chirurgien s'arrêta devant une porte.

— Il vaudrait mieux que vous n'entriez qu'un par un, dit-il à voix basse. Votre visite devra être brève.

Il ouvrit la porte, s'effaça pour laisser passer Stevie et entra avec elle.

La gorge nouée par l'angoisse, Stevie s'approcha du lit le plus silencieusement qu'elle put, en luttant de toutes ses forces pour refouler les larmes qui lui venaient aux yeux. Chloe gisait immobile, les yeux clos, plus blanche que ses draps. Sa tête disparaissait presque sous d'épais pansements, elle avait le corps et les bras lardés de tubes, un masque de plastique transparent lui couvrait la bouche et le nez. Elle paraissait si pitoyable, si vulnérable que Stevie ne put contenir davantage ses larmes et prit à la hâte un mouchoir dans sa poche afin d'étouffer le sanglot qu'elle sentait monter à sa gorge.

Au bout d'un moment, elle parvint à se ressaisir et se tourna vers le chirurgien sans mot dire, mais avec un regard trop éloquent pour qu'il se méprenne sur la profondeur de son désarroi. Il tenta aussitôt d'apaiser ses craintes :

— Je suis très content de ses progrès depuis l'opération et je garde tout mon optimisme. Elle récupérera, madame.

— Est-elle au moins hors de danger ?

— A ce stade, je n'irais pas jusqu'à vous l'affirmer, mais son état ne m'inspire pas trop d'inquiétude. Vous voyez tous ces tubes et ces appareils ? Nous suivons son évolution minute par minute et sommes en mesure d'intervenir sur-le-champ à la moindre anomalie. Or, jusqu'à présent, tout se passe normalement.

— Je sais que vous faites l'impossible, professeur, et que ma fille bénéficie des meilleurs soins. Je vous en suis profondément reconnaissante.

Stevie baissa de nouveau les yeux vers Chloe, l'enfant chéri de son cœur. Elle prit sa main dans la sienne et se pencha pour y déposer un baiser.

— Est-elle consciente de ma présence, professeur ? lui demanda-t-elle en se relevant.

— C'est possible, madame, mais je ne puis vous le dire avec certitude.

Après s'être recueillie encore un instant au chevet de Chloe, Stevie sortit sur la pointe des pieds. Blair entra à son tour, Derek lui succéda. Ils ne purent ni l'un ni l'autre s'attarder plus de quelques secondes.

Ils se rendirent ensuite tous ensemble dans l'autre aile du pavillon. Gideon tenait compagnie à Nigel dans la salle d'attente. Ils se levèrent d'un bond à l'arrivée de leur mère et de leurs grands-parents.

Les bras tendus, Stevie alla droit vers Nigel. Il la dévisagea en marquant une très légère hésitation avant de la prendre dans ses bras, et ils s'étreignirent longuement sans mot dire. Son amour pour son fils, la compassion que lui inspirait son épreuve lui avaient déjà fait oublier la colère et la déception provoquées par sa conduite des mois écoulés.

— Je suis là, Nigel, murmura-t-elle. Tu peux compter sur moi, mon chéri, je ferai tout pour te venir en aide.

D'un coup, la maîtrise de soi que Nigel avait réussi à maintenir vola en éclats. Un sanglot lui monta à la gorge, les larmes ruisselèrent sur son visage.

— Oh, maman ! Maman... Je ne sais que faire pour Tamara. Elle est là, désarmée, et je me sens si impuissant... Je l'aime tant, maman, elle est toute ma vie... Je ne veux pas qu'elle meure... Il ne faut pas...

— Je sais, mon chéri. Nous devons tous être forts pour elle, prier Dieu qu'il la sauve. Je l'aime moi aussi de tout mon cœur, tu le sais. Emmène-moi près d'elle.

Nigel parvint à ravaler ses larmes, se ressaisit de son mieux et se moucha bruyamment. Après avoir embrassé ses grands-parents, émus par la scène touchante à laquelle ils avaient assisté en silence, il prit le bras de Stevie et la guida vers la chambre de Tamara. Une infirmière fit entrer Stevie et Nigel, les autres restèrent dans le couloir.

Le cœur serré, Stevie découvrit sa belle-fille gisant inconsciente sur son lit d'hôpital, elle aussi lardée de tubes et entourée d'appareils d'allure barbare. Stevie eut la nette impression que Tamara était encore plus mal en point que Chloe et semblait réellement aux portes de la mort. On ne pouvait plus compter que sur un miracle. Elle se pencha sur sa belle-fille, étreignit sa main glacée, effleura ses beaux cheveux blonds. Sa faiblesse était si évidente qu'elle comprit l'angoisse de Nigel, qui l'avait ressentie avec encore plus d'intensité et s'attendait au pire.

Atterrée, elle prit le bras de Nigel. Quand ils furent sortis de la chambre, Blair puis Derek entrèrent à tour de rôle pour une brève visite.

Gideon prit sa mère dans ses bras, lui donna un baiser plein d'affection.

— Comment te sens-tu, maman ? Tu tiens le coup ?

— Oui, mon chéri. Je suis contente que Miles et toi soyez là pour nous soutenir, Nigel et moi. Où est Lenore ? Encore à Lindenhill ?

— Je l'ai eue au téléphone il y a quelques minutes, elle doit déjà être en route pour nous rejoindre. Agnes prend soin de Natalie et d'Arnaud. Elle les a fait dîner et les a couchés. Ne t'inquiète pas pour eux, maman.

— Tamara ne s'en sortira pas, n'est-ce pas, maman ? intervint Nigel d'une voix brisée par la douleur. Je l'ai compris à ton expression, quand tu l'as regardée.

— Mais non, voyons, Nigel ! protesta Stevie en espérant se montrer assez convaincante. Je suis bouleversée, inquiète, c'est ça que tu as lu sur mon visage, mais pas du tout découragée. Soyons optimistes, mon chéri. Tamara est jeune, énergique, pleine de vie. Elle luttera, j'en suis persuadée. Emmène-moi maintenant voir le chirurgien qui l'a opérée.

— Bien, soupira-t-il. Allons-y.

Pendant que Gideon restait avec Blair à attendre Derek, toujours dans la chambre de Tamara, Stevie et Nigel s'éloignèrent en direction du bureau du chirurgien.

Ils tournaient le coin du couloir quand ils se retrouvèrent nez à nez avec lui.

— Ah ! Monsieur Jardine. Je me rendais justement dans la chambre de votre épouse.

Nigel fit les présentations. Stevie serra la main du chirurgien.

— Merci de tout ce que vous faites pour ma belle-fille, docteur Tilden. J'ai cru comprendre que sa blessure était très sérieuse, n'est-ce pas ?

— Oui, madame. Elle a perdu beaucoup de sang. La balle lui a perforé l'estomac et sectionné une artère, provoquant une importante hémorragie interne et externe. Nous avons réparé les lésions et procédé à des transfusions massives. Le risque d'infection me semble à présent écarté. Pour le moment, nous ne pouvons qu'attendre pour voir si son état s'améliore au cours des prochaines heures.

— Ma femme est-elle en danger de mort ? demanda Nigel.

— Nous ne pouvons pas encore nous prononcer, monsieur Jardine. Mais elle est jeune, en excellente santé. Je pense qu'elle a de réelles chances de s'en sortir.

— Vous jugez néanmoins qu'elle est dans un état critique ? insista Nigel.

Le chirurgien hésita, détourna les yeux.

— Oui, monsieur Jardine. Jusqu'à nouvel ordre, du moins, nous devons considérer son état comme critique.

26

Les clients du Queen's Hotel de Leeds purent voir dans un petit salon, ce soir-là, un bien triste trio assis en silence autour d'une table devant des sandwiches et des rafraîchissements. Epuisée par le voyage et les émotions de la journée, Blair était montée se coucher. Nigel et Miles en avaient fait autant peu après. Devant regagner Lindenhill, Lenore avait repris la route une dizaine de minutes auparavant.

Aucun de ceux qui restaient, ni Derek, ni Stevie, ni Gideon, ne manifestait beaucoup d'appétit. Stevie avait à peine touché à son sandwich et devait faire un effort pour avaler de temps en temps une gorgée de thé.

Elle rompit enfin le silence qui s'éternisait.

— A-t-on idée de ce qui a pu pousser Doumatchev à agir comme il l'a fait ? demanda-t-elle à Gideon.

— Nous ne connaîtrons jamais la réponse à cette question, maman, répondit-il avec un soupir de lassitude. Je ne crois pas non plus que les filles seront capables de nous éclairer quand elles auront repris connaissance. Tout au plus pourront-elles nous décrire son comportement après son arrivée à la ferme et nous répéter ses paroles. Mais cela ne nous donnera pas la clef de son coup de folie.

— Le terme de folie furieuse serait plus juste, intervint Derek. Une personne dans son état normal ne fait pas irruption dans une maison pour abattre deux femmes de sang-froid. Cet individu ne s'est sans doute jamais remis d'avoir perdu Tamara et son obsession lui a dérangé l'esprit. La démence n'excuse cependant pas son geste criminel, ajouta-t-il.

— Un obsédé peut devenir très dangereux, c'est vrai, renchérit Gideon en lançant à sa mère un regard de connivence.

D'un battement de paupières, Stevie lui signifia qu'elle avait saisi l'allusion. Puis elle réfléchit quelques instants avant de reprendre la parole.

— Je ne m'explique quand même pas pourquoi Alexis Doumatchev aurait été obsédé par Tamara. Ils se sont mariés très jeunes et n'ont vécu ensemble que deux ou trois mois. Tamara n'avait pas dix-neuf ans quand ils ont divorcé et ils ne se sont plus revus ensuite. Tamara est même restée des années sans aucune nouvelle de lui, me disait Nigel à l'hôpital. Pour quelle raison, ou quelle déraison, aurait-il de nouveau surgi dans sa vie au bout de tout ce temps ?

— Nul n'en sait rien, maman. De toute façon, on n'a pas besoin de voir quelqu'un pour en être obsédé. Tout se passe dans la tête, surtout pour un cerveau malade.

— Gideon a raison, Stevie, approuva Derek. Nigel m'a dit tout à l'heure que Doumatchev avait repris des contacts épisodiques avec les parents de Tamara. C'est par eux qu'elle a appris, il y a deux ans environ, qu'il vivait à Tokyo et s'était fiancé à une Japonaise. Elle avait donc de bonnes raisons de croire qu'il l'avait oubliée.

— Il s'est sans doute passé quelque chose entre cette jeune femme et lui — brouille, rupture, qui sait ? Un événement assez traumatisant, en tout cas, pour ramener Tamara sur le devant de sa mémoire et déclencher sa crise de folie.

— Pures spéculations, lui fit observer Derek. Qui, la plupart du temps, ne mènent à rien... quand elles ne sont pas carrément dangereuses.

— C'est exact, Derek, restons-en là, intervint Stevie. Je me félicite que les parents de Tamara aient reçu le fax de Bruce et arrivent demain à Londres, poursuivit-elle. Non que nous puissions quoi que ce soit pour elle, les uns et les autres, mais la présence de ses parents à son chevet la réconfortera, j'en suis sûre.

Gideon, cependant, ne voulut pas clore le sujet sans ajouter une dernière remarque :

— Spéculations ou pas, je ne crois pas me tromper beaucoup en pensant qu'un événement que nous ignorons a déstabilisé Doumatchev et lui a remis Tamara en tête jusqu'à vouloir la reprendre. J'ai appris par la police qu'il n'était arrivé en Angleterre que depuis deux jours. Les enquêteurs ont trouvé dans la boîte à gants son passeport, son billet d'avion et les papiers de location de la voiture. Pour faire un aussi long voyage, il devait obéir à une pulsion d'autant plus impérieuse qu'elle était de nature pathologique.

— Le seul élément indiscutable est donc son identité, n'est-ce pas ? Il s'agissait bien d'Alexis Doumatchev ?

— Oui, maman, aucun doute à ce sujet. Mais, dis-moi, il est dix heures et demie passées, ajouta Gideon en consultant sa montre. Tu dois être morte de fatigue.

— Pas de fatigue physique, mon chéri. Avec le décalage horaire, il n'est encore pour moi que cinq heures et demie de l'après-midi. Mais je suis mentalement épuisée, je l'avoue.

Gideon se leva avec effort et se pencha sur Stevie pour l'embrasser.

— On le serait à moins... Moi, en tout cas, je suis crevé, je vais me coucher. Bonne nuit, maman.

— Bonne nuit, mon chéri, répondit-elle en s'efforçant de sourire. Nous aurons de meilleures nouvelles à partager demain, je l'espère de tout mon cœur.

Derek se leva pour donner l'accolade à son petit-fils.

— Bonne nuit, Gideon, lui dit-il. Merci de t'occuper de nous avec tant de dévouement.

Une fois seul avec Stevie, Derek lança un coup d'œil à son assiette et fit un hochement de tête réprobateur.

— Tu n'as pour ainsi dire pas touché à ce sandwich. Veux-tu que je te commande quelque chose de plus appétissant ? Tu ne peux pas rester l'estomac vide jusqu'à demain, tu as besoin de forces.

— Merci, Derek, tu es très gentil mais je n'ai vraiment pas faim. En revanche, je boirais volontiers quelque chose. J'ai l'estomac noué, un cognac me ferait peut-être du bien.

— Dans ce cas, je te tiendrai compagnie.

Il fit signe à un serveur qui vint prendre la commande et revint quelques instants plus tard, porteur d'une bouteille de Courvoisier et de deux verres ballons.

Stevie but quelques gorgées d'alcool, mais sans en obtenir la détente espérée. Le silence se prolongea.

— Crois-tu aux prémonitions, Derek ? demanda-t-elle enfin. Aux mauvais pressentiments.

— Tu me demandes cela à moi, un Gallois, un Celte pur sang ? Bien sûr que j'y crois ! Je suis superstitieux jusqu'au bout des ongles. Je crois aux présages, aux signes, aux rêves prémonitoires, à tout ce qui concerne les esprits et le surnaturel. Je crois à Merlin l'Enchanteur et à tous les sortilèges. C'est inné chez moi comme chez tous les Celtes, c'est notre atavisme. Pourquoi me poses-tu cette question ?

— Eh bien, le mercredi d'avant Thanksgiving, pendant que je me promenais dans les prairies autour de Romany Hall, le temps a subitement changé. Le brouillard s'est épaissi sans raison apparente et je me suis surprise à penser aux landes du Yorkshire et à Aysgarth End. Un instant, en fait, je me suis crue transportée là-bas par quelque sortilège tant la ressemblance était frappante. Je frissonnais de froid et je me sentais accablée par le pressentiment d'un malheur imminent, au point d'avoir réellement eu peur, ce qui ne correspond guère à mon caractère, tu en conviendras.

— C'est exact.

— Un peu plus tard, de retour à la maison, j'ai éprouvé la même sensation de froid, le même sombre pressentiment. Je me suis efforcée de chasser cette impression, j'ai même ri de ma crédulité...

Hésitant à poursuivre, elle s'interrompit de peur qu'il ne se moque d'elle. Mais Derek la prenait au sérieux.

— Continue, l'encouragea-t-il.

— Depuis ce jour-là, reprit-elle, les problèmes, les ennuis n'ont cessé de s'accumuler. Je regrette de n'avoir pas accordé plus d'attention à ce pressentiment. Peut-être aurais-je pu faire quelque chose...

— Non, l'interrompit Derek. N'aie pas de regrets, tu n'aurais rien pu y faire. On ne change pas le cours de sa destinée. Qu'on le veuille ou non, ce qui est écrit se réalisera, je te l'ai souvent dit.

Pensif, Derek avala quelques gorgées de cognac.

— Vois-tu, reprit-il, la raison n'explique pas tout. Il y a dans ce monde tant de choses que nous ne sommes pas en état de comprendre, sur lesquelles nous sommes incapables d'agir... S'y résigner n'est pas un signe de faiblesse.

Avant de quitter Londres, Blair était allée chercher quelques effets de Stevie à son appartement d'Eaton Square. Quand Stevie monta dans sa chambre d'hôtel, sa valise l'y attendait donc. Après avoir rangé ses affaires dans la penderie, elle téléphona à Bruce ainsi qu'elle le lui avait promis.

— Désolée d'appeler aussi tard, commença-t-elle, je m'aperçois qu'il est près de minuit. J'espérais avoir des nouvelles à vous communiquer, mais je ne sais rien de plus.

— Vous pouvez me téléphoner à n'importe quelle heure, Stevie. De toute façon, je ne pense pas beaucoup dormir cette nuit. Si vous n'avez pas de nouvelles récentes, j'en déduis que Chloe est toujours dans le coma ?

— Oui, hélas !

— Et Tamara, comment va-t-elle ?

— Toujours dans un état critique.

— Au moins, il ne s'est pas aggravé.

— Non, Dieu merci. Espérons que les nouvelles seront meilleures demain. Je vous tiendrai au courant.

— Inutile, Stevie. Je compte prendre le rapide de huit heures à King's Cross qui arrive à Leeds vers dix heures.

— A cette heure-là, je serai déjà à l'hôpital, je

vous y attendrai. Prenez un taxi à la gare, il y en a tout au plus pour une dizaine de minutes.

— J'ai déjà retenu une voiture avec un chauffeur, ce sera plus commode.

— Je vois que vous avez pensé à tout. Etes-vous au courant de ce que feront les parents de Tamara ? Ils doivent arriver à Heathrow demain soir, je crois.

— Tout est réglé de ce côté-là aussi. Une voiture les attendra à l'aéroport et les conduira au Claridge's, où j'ai réservé une chambre à leur nom.

— Merci pour tout ce que vous avez fait, Bruce. Entre l'inquiétude et la fatigue de leur long voyage, les pauvres seront sans doute épuisés. Il est temps que je vous quitte, je vais essayer de prendre un peu de repos. Bonne nuit, Bruce. A demain.

— Bonne nuit, ma chère Stevie. A demain matin.

Stevie prit un long bain chaud avant de se coucher. Constatant au bout d'un moment que le sommeil s'obstinait à la fuir, elle se releva et sortit de son sac de voyage son journal, qui la suivait partout.

Elle l'ouvrit et relut la page écrite la veille au soir à New York. Elle y avait consigné ses pensées sur le voyage qu'elle projetait de faire à Paris la semaine suivante. En à peine vingt-quatre heures, le cours de sa vie avait été bouleversé de manière dramatique ! Il n'était plus question d'aller à Paris, bien entendu. Elle décida de téléphoner dès le lendemain à André pour l'en informer. Son meilleur, son plus fidèle ami avait le droit d'être tenu au courant de l'état de Chloe, sa filleule adorée.

Après un instant de réflexion, Stevie prit son stylo.

Vendredi saint 1997, Leeds.

Cette journée a été l'une des pires de toute ma vie, un véritable cauchemar. J'ai déjà traversé bien des épreuves, de la mort brutale de Ralph à la naissance d'une enfant illégitime. Aucune n'a cependant été pour moi plus douloureuse ni plus difficile à supporter.

Voir ma belle, mon adorable Chloe gisant inerte sur ce lit d'hôpital, dans un coma dont elle ne sortira peut-être jamais, sans que je puisse rien faire pour la secourir. Voir ma chère Tamara luttant désespérément contre la mort. C'est trop. Beaucoup trop...

Me sentir impuissante à ce point, inutile, moi qui ai toujours su maîtriser toutes les situations auxquelles j'ai été confrontée ! J'ai beau me creuser la tête, je ne dispose d'aucun moyen, d'aucune arme. Je ne suis pas médecin. Je ne peux rien. Je ne puis espérer, je ne puis compter que sur un miracle. Je ne suis pas pratiquante, c'est vrai, mais je crois en Dieu. Je me suis toujours efforcée de bien faire et je pense y être parvenue, la plupart du temps du moins.

Aujourd'hui, j'ai prié plus que je ne l'avais jamais fait auparavant et j'espère que Dieu m'a entendue. Dieu a parfois besoin des hommes pour accomplir ses miracles... Longdon, Tilden sont des hommes justes, de bons chirurgiens. Ils font l'impossible, j'en suis persuadée, pour sauver mes filles. Mes filles que j'aime de tout mon cœur. Car, depuis son mariage avec Nigel, j'ai toujours considéré Tamara comme ma propre fille. Je l'ai aimée dès le premier jour. Elle est si simple, si droite, si aimante. Une épouse idéale pour ce garçon difficile. Une mère exemplaire pour mes adorables petits-enfants. Avoir une belle-fille telle que Tamara est une bénédiction du ciel.

Aujourd'hui, nos existences à tous ont été bouleversées, saccagées en quelques minutes par un fou armé d'un pistolet. C'est inconcevable, quand on y pense ! Moi qui m'étais toujours crue maîtresse de mon existence, je prends soudain conscience que je ne le suis pas. Nul ne l'est, en réalité. Nous sommes tous vulnérables, sans défense. Nous ne sommes rien de plus que les jouets d'un destin aveugle. Des cibles, les victimes en puissance de la société désaxée dans laquelle nous vivons, une société où l'on peut se procurer une arme à tout coin de rue, où au moindre prétexte le premier venu recourt à la violence. Je n'y avais jamais encore réfléchi sérieusement, mais un inconnu peut détruire la vie d'un autre inconnu par caprice, par fanatisme, par folie meurtrière... C'est terrifiant.

J'ai le devoir de me ressaisir, d'être forte pour tous ceux que j'aime. Pour ma mère, pour Bruce, pour les parents de Tamara. Et surtout pour Nigel. Mon fils.

Stevie referma son journal, le replaça dans son sac de voyage et alla enfin se coucher.

Cette fois, le sommeil eut pitié d'elle et voulut bien l'emporter dans l'oubli.

La sonnerie stridente du téléphone l'en arracha. Le jour se levait à peine.

— Maman, c'est Miles.

— Que se passe-t-il, Miles ? Où es-tu ?

— Ici, dans ma chambre. Gideon vient de m'appeler de l'hôpital. Tamara a repris connaissance.

— Oh ! Mon Dieu, c'est merveilleux !

— Ne crions pas encore victoire, maman. Son état est toujours considéré comme critique.

— Allons tout de suite à son chevet.

— Oui, Gideon m'appelait justement pour nous le demander. Nigel et lui sont partis à l'hôpital à cinq heures et demie ce matin, ils n'ont pas dormi de la nuit. Moi non plus, d'ailleurs.

— Moi, j'ai eu de la chance, j'ai pu m'assoupir quelques heures. Es-tu déjà habillé ?

— Oui.

— Bon. Descends m'attendre dans le hall, j'y serai dans cinq minutes.

Stevie s'habilla à la hâte, griffonna quelques mots pour informer sa mère et Derek de la situation et glissa le billet dans une enveloppe. Cinq minutes plus tard, comme convenu, elle rejoignit Miles qui l'embrassa tendrement. Puis, après avoir confié à la réception le message pour ses parents, elle suivit Miles vers le taxi qui les attendait.

Debout au chevet de Tamara, Nigel lui tenait la main, lui parlait à mi-voix, lui répétait qu'il l'aimait plus que tout au monde. Il était sûr qu'elle l'entendait. Elle avait une ou deux fois ouvert les yeux, l'avait regardé. Peut-être l'avait-elle reconnu, mais il n'en était pas certain.

Elle rouvrit encore les yeux et, cette fois, le regarda fixement. Il sentit ses doigts serrer légèrement les siens, la vit ouvrir la bouche, remuer les lèvres. Comprenant qu'elle voulait lui parler, il se pencha plus près, posa sa joue contre la sienne.

— Je t'écoute, mon amour, murmura-t-il. Parle, Tamsy. Que veux-tu me dire ?

— Nigel... je... t'aime...

Elle parlait d'une voix presque inaudible. Mais le regard qu'elle posait sur lui était éloquent.

— Moi aussi je t'aime, mon amour. De toutes mes forces.

Elle eut un battement de paupières, referma lentement les yeux. Un léger soupir lui échappa.

Son dernier.

Nigel sentit sa main soudain inerte dans la sienne.

Le docteur Tilden, qui se tenait au fond de la chambre, lança un coup d'œil aux écrans des moniteurs : tous les graphiques étaient devenus plats. Il s'avança vers Nigel, posa une main sur son épaule.

— Monsieur Jardine...

— Non ! hurla Nigel. Non, Tam ! Ne t'en va pas !

— Elle nous a déjà quittés, monsieur, dit le chirurgien avec douceur.

— Laissez-moi ! cria Nigel en étreignant la main de Tamara. Je veux rester seul avec elle !

Le chirurgien sortit en faisant signe à l'infirmière de le suivre dans le couloir. Assise près de la porte avec Gideon, Stevie vit son expression et comprit aussitôt.

— Tamara est ?...

La gorge nouée, elle ne put en dire davantage. Un flot de larmes lui monta aux yeux.

— Oui, madame. Je suis sincèrement, profondément désolé, croyez-moi. J'ai tout tenté, j'avais bon espoir de...

— Puis-je entrer dans sa chambre ? l'interrompit Stevie d'une voix tremblante. Mon fils a besoin de moi.

— Bien entendu, répondit-il en lui ouvrant la porte.

Stevie s'approcha du lit à pas lents, se pencha sur Tamara, déposa un baiser sur sa joue déjà froide, caressa ses cheveux d'or. Elle crut que son cœur allait éclater.

Adieu, ma fille bien-aimée, lui dit-elle par la pensée. Ou plutôt, au revoir. Nous nous reverrons un jour dans un monde meilleur, je le sais. Je ne t'oublierai jamais, Tam, je t'aimerai toujours. Dans mon cœur, tu seras toujours vivante...

Au bout d'un moment, Stevie parvint à dominer sa propre douleur pour apporter un peu de réconfort à Nigel. Prostré, il serrait la main de Tamara, qu'il couvrait de baisers comme s'il pouvait lui insuffler un peu de sa propre vie.

Stevie le prit aux épaules. Il leva vers elle son visage ruisselant de larmes.

— Pourquoi, maman ? gémit-il entre deux sanglots.

— Je ne sais pas, mon chéri. Je ne sais pas, répéta-t-elle, sans pouvoir retenir ses larmes.

Elle eut beau s'efforcer de le réconforter, Nigel restait inconsolable. Sa douleur croissait de minute en minute. Il ne se contrôlait plus, murmurait des mots sans suite entre lesquels revenait inlassablement le nom de Tamara.

Quelques instants plus tard, le docteur Tilden et l'infirmière revinrent dans la chambre. Ils tentèrent tous deux de persuader Nigel de partir, mais il ne voulut rien savoir et refusa de lâcher la main de Tamara. Hors d'état de maîtriser sa douleur, il paraissait au bord de la crise de nerfs.

— Je reste avec lui, docteur, dit enfin Stevie à voix basse. Quand il sera calmé, je vous préviendrai.

27

Une semaine plus tard, Chloe était encore dans le coma. Son état de conscience ne présentait pas de changement notable. Elle avait cependant quitté le service des soins intensifs pour être transférée dans une chambre normale, de sorte que Stevie était désormais autorisée à rester auprès de sa fille autant qu'elle le souhaitait. Faute de pouvoir être hébergée sur place, elle regagnait toutefois son hôtel tous les soirs.

Jour après jour, Stevie montait une garde vigilante au chevet de Chloe. Elle la touchait constamment, lui parlait, faisait tout pour stimuler ses fonctions cérébrales dans l'espoir de provoquer enfin une réaction, même infime.

En vain. Pâle, inerte, Chloe gisait sur son lit comme si elle était plongée dans un profond sommeil.

Stevie était rarement seule avec elle plus d'une heure ou deux. Les membres de la famille se succédaient dans la chambre, joignant leurs efforts aux siens pour stimuler Chloe et tenter de communiquer avec elle. Bruce, Derek et Blair faisaient partie de cette garde permanente. Miles et Gideon se relayaient eux aussi au chevet de leur sœur.

Nigel était parti pour Londres le lundi de

Pâques, dans le fourgon qui transportait le corps de Tamara. Le même jour, Lenore avait reconduit à Londres la nurse et les enfants. Gideon avait pris le même chemin le lendemain en voiture, afin d'être aux côtés de Nigel pour l'aider à organiser les obsèques de Tamara. La cérémonie avait eu lieu le jeudi. A l'exception de Stevie et de Derek, la famille au complet y avait assisté.

Malgré son regret de ne pas accompagner sa belle-fille à sa dernière demeure, Stevie n'avait pas osé laisser Chloe seule, ne fût-ce que vingt-quatre heures. Si sa fille sortait enfin du coma, elle voulait être là pour la réconforter, la rassurer par sa présence. Compte tenu des circonstances, tout le monde, y compris Nigel, avait approuvé sans restriction sa décision de rester à Leeds. Derek avait alors tenu à ne pas la quitter, autant pour la soutenir moralement qu'à cause de sa profonde affection pour Chloe, envers qui il avait toujours été plus un père qu'un grand-père.

En ce vendredi matin du début avril, Derek et Stevie étaient seuls dans la chambre de Chloe.

— Je me suis demandé, dit-il comme s'il pensait à haute voix, si je ne devrais pas essayer de déclamer encore devant elle des extraits de certains de mes rôles, surtout ceux de Shakespeare. Tu connais son admiration pour le Barde.

— Excellente idée, Derek. Elle ne se lassait jamais de t'entendre, dans le monologue de Hamlet par exemple.

— Je sais, mais... ce n'est peut-être pas très indiqué, répondit-il après réflexion. Ce monologue n'a rien de joyeux, Hamlet n'y parle que de mort. L'autre jour, je lui ai récité des sonnets de Shakespeare. Elle aime beaucoup aussi les poèmes de Byron. Nous avions même parlé de lui au moment de Noël.

Pensif, Derek alla se poster devant la fenêtre afin de mieux se concentrer pour procéder au tri d'une partie de son immense répertoire. Derek possédait en effet une mémoire prodigieuse, qui lui permettait de réciter par cœur des dizaines de milliers de vers, voire les œuvres complètes des grands auteurs classiques. Seul Richard Burton avant lui était capable d'un exploit semblable.

Un moment plus tard, il se retourna et adressa à Stevie un sourire encourageant, qu'elle se força à lui rendre. Mais aussitôt après, elle posa à nouveau son regard sur le visage de Chloe, prête à observer sa moindre réaction.

D'une voix mesurée, qui emplissait pourtant la chambre de ses accents mélodieux, Derek commença :

Elle s'avance en beauté telle une nuit
De contrées sans nuages et de cieux étoilés ;
Le meilleur de l'obscur comme de l'éclatant
Se fond dans sa silhouette et dans son regard
Jusqu'à s'adoucir en cette tendre lumière
Que le ciel refuse au jour trop flamboyant...

Fascinée malgré elle, Stevie se laissait bercer par le rythme magique de la poésie.

Les sourires vainqueurs, les ombres qui rougeoient
Parlent de jours passés dans la paix et la joie,
D'une âme en harmonie avec ce qui l'entoure,
Et d'un cœur qui rayonne un amour innocent.

Derek se tut, se rapprocha de Stevie.

— Un de mes préférés parmi les poèmes de Byron.

— C'était superbe, Derek. Et très émouvant.

— Je pensais à Chloe en le disant. Il lui convient, n'est-ce pas ?

— Tout à fait...

Stevie, qui avait détourné son regard de Chloe, ne put refréner un léger sursaut en le reposant sur elle.

— Qu'y a-t-il ? s'exclama Derek.

Stevie hésita :

— Je ne sais si je l'ai imaginé, mais... j'ai cru apercevoir un mouvement de paupières. Non, poursuivit-elle avec un soupir, je me suis trompée. Il n'y a rien, aucune réaction. Elle est toujours inerte.

— Veux-tu que je lui récite un autre poème ? Quelque chose de plus enlevé, de plus gai peut-être ?...

Le bruit de la porte l'interrompit. Bruce Jardine entra.

— Bonjour à vous deux, dit-il. Je débarque du train de Londres, je suis venu directement de la gare.

Après avoir serré la main de Derek et embrassé Stevie, il se pencha sur Chloe qu'il scruta longuement avec intensité, les sourcils froncés.

— Toujours pas de changement ? demanda-t-il enfin.

— Non, répondit Stevie. Quoique... Il y a un instant, j'ai cru la voir soulever les paupières. Mais j'ai sans doute pris mes désirs pour la réalité, j'en ai peur.

— Elle s'en sortira, Stevie, affirma Bruce. J'en suis convaincu, je le sens au plus profond de moi-même. N'oubliez pas qu'il ne s'est encore écoulé qu'une semaine et que le chirurgien parlait d'au moins dix jours. Le fait qu'elle ne soit plus aux soins intensifs me paraît très encourageant. Qu'en dit le professeur Longdon ?

— Que son évolution est satisfaisante. Son pronostic est très optimiste.

— Eh bien, vous voyez !

— Longdon avait même envisagé au début qu'elle resterait une quinzaine de jours dans le coma, renchérit Derek. Mais si nous mettions un peu de musique ? poursuivit-il en allant allumer la radio. Cela la stimulera peut-être. Les sons sont très importants, il faut qu'elle en entende constamment, selon l'opinion de plusieurs médecins de mes amis.

— L'hématome cérébral doit se résorber avant qu'elle reprenne conscience, fit observer Stevie.

— Je sais, vous me l'avez déjà dit, répondit Bruce avec impatience. Laissons-lui donc le temps de se résorber...

Il approcha une chaise du chevet de Chloe, posa une main sur son épaule.

— Et si vous nous régaliez d'un peu de Shakespeare, mon cher ami ? dit-il à Derek. Votre voix est si captivante que je ne me lasse pas de l'écouter. Vous pourriez lire l'annuaire du téléphone que le public vous ferait une ovation.

— Vos compliments me vont droit au cœur, mon cher Bruce, répondit Derek en riant. Mais je viens de déclamer un petit morceau choisi de Byron, accordez-moi le temps de dénicher autre chose dans les profondeurs de ma mémoire. Avez-vous des préférences ?

— Plusieurs, je dirais même beaucoup. Mais comme ce sont surtout des tragédies de Shakespeare, je ne crois pas que cela conviendrait.

— Alors, intervint Stevie, pourquoi pas un de ses sonnets ? Ils sont tendres et poétiques à souhait. De toute façon, Derek, c'est le son de ta voix qui importe plus que les mots que tu prononces. Tu sais bien que Chloe est ta plus fervente admiratrice.

Dans l'après-midi, Gideon et Miles vinrent prendre le relais, aussi soucieux l'un et l'autre de ménager un répit à leur mère que de veiller leur sœur qu'ils aimaient tendrement.

Ils arrivaient de Londres en voiture après avoir assisté la veille aux obsèques de Tamara. Miles entraîna sa mère à l'écart pour lui relater le déroulement de la cérémonie et, surtout, la rassurer. En dépit de sa douleur et de sa fatigue, Nigel s'était ressaisi. Tout allait bien du côté des enfants.

Stevie ne put retenir ses larmes en évoquant la mort absurde et injuste de Tamara, mais elle se domina aussitôt. Son unique objectif était, dans l'immédiat, d'apporter toute son aide à Chloe. Elle devait rester forte et ne pouvait se permettre de céder à ses sentiments, quels qu'il soient.

— Allons, maman, lui dit Miles avec autorité, sors prendre l'air, te changer les idées, te reposer un peu. Cela ne peut que te faire du bien.

— Et tu dois aussi manger quelque chose, renchérit Derek. Tu ne tiendras pas le coup avec le ventre vide.

— Allons prendre le thé au Queen's, suggéra Bruce. Cela vous fera du bien à vous aussi, mon cher Derek, ajouta-t-il. Vous êtes enfermé ici depuis ce matin.

— Merci, mon cher Bruce, répondit-il, mais je ne pourrai malheureusement pas me joindre à vous, je dois attraper le train de dix-sept heures. J'ai rendez-vous demain à Londres avec mes producteurs pour la reprise d'*Un lion en hiver,* je ne peux pas me dérober. Ta mère viendra demain matin me remplacer auprès de toi, ma chérie, ajouta-t-il à l'adresse de Stevie.

— Mais non, voyons ! protesta-t-elle. Passez

plutôt le week-end ensemble à Londres. Bruce et les jumeaux sont ici maintenant, ils s'occuperont très bien de moi.

— Et Lenore nous rejoindra ce soir, annonça Gideon.

— Tu es gentille, Stevie, de penser à nous ménager un tête-à-tête en amoureux, dit Derek, mais je ne crois pas que Blair sera d'accord. Elle tient à être auprès de toi et de Chloe — ai-je besoin de te rappeler qu'elle a la tête dure ? ajouta-t-il en souriant. Et maintenant, puisque tout est décidé, allons donc au Queen's. L'heure tourne et il faut que je boucle ma valise.

Soudain consciente que Bruce la dévisageait avec une insistance inaccoutumée, Stevie reposa sa tasse.

— Qu'y a-t-il, Bruce ? Vous me regardez comme si j'avais une tache sur le bout du nez ou changé de figure.

— Non, Stevie, pas du tout.

Il fronça les sourcils, hésita.

— Je voulais vous parler de...

Il s'interrompit à nouveau, détourna les yeux.

— Allons, Bruce, parlez. Qu'y a-t-il ?

— Il y a bientôt dix-neuf ans, il s'est produit un... un certain incident, commença-t-il. Je n'ai jamais eu le courage d'aborder le sujet jusqu'à présent, car je pensais qu'il valait mieux le laisser... dans l'ombre. Mais les circonstances présentes me poussent à vous en parler.

Stevie se raidit et attendit la suite sans mot dire. Bruce s'éclaircit la voix, se pencha vers elle.

— Chloe est ma fille, n'est-ce pas ?

Les traits figés, le regard dur, Stevie continua à le fixer des yeux sans mot dire.

— Ce que j'ai fait était impensable, Stevie,

inexpiable, poursuivit-il d'une voix sourde. Je ne m'explique pas encore ce qui m'a pris pendant ce voyage à Amsterdam où nous étions allés ensemble acheter des diamants. Je n'ai jamais pu me le pardonner ni l'oublier. Depuis, mon... mon forfait n'a cessé de me hanter. Je me suis conduit d'une manière infâme, méprisable. Aucun homme digne de ce nom n'aurait abusé de la situation et de votre faiblesse comme je l'ai fait ce soir-là pour...

Pour me violer, Bruce, n'ayez pas peur du mot, s'abstint-elle d'enchaîner à haute voix.

— Vous savez que je l'ai toujours aimée de tout mon cœur, reprit Bruce, déconcerté par son silence persistant. Ma Chloe. Mon adorable fille...

— Chloe n'est pas votre fille, Bruce, déclara enfin Stevie d'une voix ferme.

Il sursauta comme sous l'effet d'une gifle, les yeux écarquillés par l'incrédulité.

— Mais... mais si ! C'est impossible qu'elle ne le soit pas. Tout concorde, les dates, tout... Compte tenu de notre différence d'âge, de mon âge veux-je dire, je pensais simplement qu'elle était prématurée de quelques semaines.

— Non, Bruce. J'étais déjà enceinte de près de deux mois quand vous m'avez imposé vos... attentions, dirai-je pour être polie. De fait, Chloe est née avec quinze jours de retard. Elle a été conçue en octobre 1977, elle est venue au monde en juillet 1978. Mon médecin m'a confirmé ma grossesse au début de décembre et nous sommes allés à Amsterdam en janvier 1978. Chloe n'est donc pas votre fille, Bruce, le doute n'est même pas permis.

— Je... je ne suis pas son père ? bredouilla-t-il d'une voix étranglée par une angoisse inattendue.

— Non, et il ne m'est jamais venu à l'esprit que

vous l'ayez imaginé un seul instant. Je croyais que vous traitiez Chloe avec bonté afin de me manifester, de façon détournée, votre gratitude pour la manière dont je gérais l'entreprise.

Partagé entre l'effarement et l'accablement, Bruce hocha la tête un long moment.

— Et dire que, des années durant, je n'ai pas pu supporter de me voir dans la glace. Par moments, je me sentais même incapable de vous regarder dans les yeux. J'avais honte de moi, honte à en mourir. Vous faire cela à vous, la veuve de mon propre fils...

Sa voix se brisa. Il se détourna, le regard dans le vague, les traits marqués par les remords et les regrets. Stevie ne savait que dire. Elle n'envisageait certes pas de le consoler. Elle n'avait rien oublié de cette abominable nuit à Amsterdam, de sa frayeur et de sa fureur quand Bruce s'était introduit dans sa chambre d'hôtel et l'avait prise de force — en un mot : violée...

Consciente que son beau-père paraissait sur le point de s'effondrer, elle regretta sa froideur et posa sur son bras une main qu'il recouvrit de la sienne.

— J'ai été amoureux de vous pendant des années, Stevie, dit-il enfin en relevant timidement les yeux vers elle. Et je crois l'être encore... De cela non plus je n'ai jamais osé vous parler.

— Est-ce la raison pour laquelle vous m'avez laissé une telle liberté pour diriger l'affaire, créer la filiale de New York ? Parce que vous pensiez être le père de Chloe ?

— Non, pas du tout. Je vous ai accordé les pleins pouvoirs parce que vous les méritiez. J'avais confiance en vous, en vos capacités exceptionnelles. Et aussi parce que vous m'inspiriez de la... tendresse. Quand je vous ai rencontrée pour la première fois, poursuivit-il d'une voix plus sourde, je vous ai cordialement détestée, je ne m'en cache pas. Je vous jugeais indigne de mon fils comme de notre famille. Quelle erreur de jugement ! Vous avez joué au contraire un rôle irremplaçable, et vous êtes devenue plus Jardine dans l'âme que je ne le suis moi-même. Plus le temps passait, plus vous m'inspiriez du respect et de l'admiration. De l'amour, aussi. Vous êtes une femme exceptionnelle, Stevie, ajouta-t-il en la regardant pour la première fois dans les yeux. Je ne crois pas que vous vous doutiez à quel point vous êtes... unique.

Stevie dominait avec peine la stupeur que lui causaient de tels propos dans la bouche de son beau-père. Elle ne savait que dire, que répondre à un éloge aussi inattendu.

— Qui est le père de Chloe ? demanda Bruce au bout d'un long silence.

Stevie ne se laissa pas attendrir par son regard implorant.

— Je ne vous le dirai pas, déclara-t-elle sèchement.

— Vous ne m'avez jamais pardonné ma conduite à Amsterdam ce soir-là, n'est-ce pas ? dit-il avec un soupir découragé. Mais pourquoi vous poser cette question stupide ? enchaîna-t-il aussitôt. Il est exclu que vous puissiez me pardonner un acte aussi inqualifiable, cela va sans dire.

— Au début, je ne vous l'ai pas pardonné, c'est exact, répondit Stevie. Plus tard, je vous ai trouvé des excuses, mais je n'ai jamais oublié. J'ai préféré enfouir ce regrettable épisode au plus profond de ma mémoire de manière qu'il ne remonte jamais à la surface, peut-être parce que je me sentais incapable de l'affronter consciemment. Nous devions continuer à travailler ensemble. Mes fils sont vos petits-enfants, vos héritiers. Il fallait donc que je trouve le moyen de poursuivre ma route sans buter sur cet obstacle. Pour moi, Bruce, c'était une forme d'instinct de conservation. Nous sommes tous tributaires de nos propres intérêts et, en ce sens, je ne me considère comme ni meilleure ni pire que d'autres. Mon intérêt exigeait à ce moment-là que ce malheureux souvenir d'Amsterdam reste enterré à jamais, voilà tout.

— Je suis atterré, Stevie. Accepterez-vous mes excuses, au bout de tout ce temps ? Me pardonnerez-vous ?

— Oui, Bruce, répondit-elle en esquissant un sourire. Vous avez eu pour Chloe les bontés d'un vrai père, ce dont je vous suis sincèrement reconnaissante.

— Je la croyais ma fille, elle l'a toujours été dans mon esprit comme dans mon cœur, voyez-vous, et elle l'est réellement devenue. Elle fait désormais partie intégrante de ma vie, de mon âme. Je l'aimais, je l'aime encore trop profondément pour cesser de l'aimer.

Touchée par ces paroles, Stevie sentit des larmes lui picoter les paupières.

— Je sais combien vous tenez à elle, Bruce, parvint-elle à articuler d'une voix altérée.

— Peu importe que Chloe ne soit pas une Jardine par le sang, Stevie. A mes yeux, elle est une Jardine et le restera à jamais, c'est un fait que rien ne pourra plus changer.

Seule dans la chambre de Chloe, Stevie lui tenait la main et la dévisageait, consciente d'avoir commis une faute qu'elle ne pouvait se pardonner.

Des années durant, elle avait dénié à deux êtres le droit imprescriptible de se connaître : au père de Chloe et, plus grave encore, à Chloe elle-même.

Avait-elle pourtant assez ardemment aspiré à savoir de qui elle était la fille ! Quelques mois plus tôt, elle avait harcelé ses grands-parents et quiconque aurait été en mesure d'assouvir sa légitime curiosité sur le mystérieux John Lane dont le sang coulait dans ses veines.

J'aurais pu, j'aurais dû lui dire la vérité dès le début, pensa Stevie. Elle a le droit de savoir, de *tout* savoir. J'ai eu tort. Comment ai-je pu m'arroger le pouvoir exorbitant de lui retrancher une partie de sa propre vie ?

Stevie était bourrelée de remords d'autant plus amers qu'elle savait ne pas pouvoir faire amende honorable envers Chloe d'ici des mois, davantage peut-être. Si seulement elle sortait de ce coma... Mon Dieu, aidez-la ! pria-t-elle.

Elle guettait le moindre signe d'amélioration, le plus infime battement de paupière, la plus légère contraction du doigt quand, soudain, elle crut sentir la main de Chloe bouger légèrement dans la sienne...

Son cœur bondit de joie. Une seconde plus tard, sa déception ne fut que plus cruelle. Elle avait encore pris ses désirs pour la réalité. Chloe était toujours inerte, insensible à tout ce qui l'entourait.

Prostrée sur sa chaise, Stevie ferma les yeux et pria avec ferveur. *Mon Dieu, guérissez-la, je vous en supplie. Faites que ma fille chérie sorte enfin de cet état proche de la mort. Laissez-la vivre, redevenir elle-même...*

Stevie pria longtemps, puis elle jura à Chloe de lui dire la vérité, toute la vérité sur celui à qui elle devait la vie. Chloe saurait enfin qui était son père.

Le lendemain matin, lorsque Stevie revint à l'hôpital avec Miles, le professeur Longdon les attendait à la porte de la chambre. Elle comprit à son sourire qu'il avait de bonnes nouvelles à lui apprendre.

— Chloe est sortie du coma ! s'écria-t-elle.

— Pas tout à fait, répondit le neurochirurgien. Mais les infirmières m'ont dit l'avoir vue bouger. Elle a passé une nuit que nous pourrions qualifier d'agitée, car elle s'est déplacée dans son lit et a remué à plusieurs reprises les doigts de la main gauche.

— J'avais cru le sentir hier après-midi, dit Stevie. Mais quand j'ai regardé sa main, elle m'a paru inerte et j'ai pensé avoir été le jouet de mon imagination.

— Eh bien, non, madame, vous ne vous étiez pas trompée. Ce que je ne vous ai pas encore dit, c'est qu'elle a ouvert les yeux quand je suis allé la voir il y a quelques minutes.

— Dieu soit loué ! Je ne sais comment vous remercier de tout ce que vous faites pour ma fille, professeur.

— Ne me remerciez pas, madame, son rétablissement me causera aussi une grande joie, croyez-moi, dit-il en ouvrant la porte. Entrons, voulez-vous.

Stevie courut vers le lit, se pencha sur Chloe et se tourna aussitôt vers le professeur d'un air angoissé.

— Est-elle endormie ? Est-elle retombée dans le coma ?

— Elle s'est sans doute assoupie, la rassura-t-il. Il est peu probable qu'elle retombe désormais dans le coma, je l'en crois définitivement sortie.

Stevie posa une main sur la joue de Chloe, qui souleva lentement les paupières. Pour la première fois depuis le drame, Stevie revit ses beaux yeux noirs. Ils étaient vitreux, le regard restait flou, mais il lui fallut faire un effort pour ne pas verser des larmes de joie et de soulagement.

— Chloe, ma chérie, c'est moi, maman, murmura-t-elle en pressant sa main entre les siennes.

Chloe parut ne pas l'avoir entendue.

— C'est moi, Chloe, reprit-elle d'une voix plus forte. Je suis là avec toi, ma chérie. Tout ira bien, maintenant. Je vais veiller sur toi, t'aider à guérir. M'entends-tu ?

Chloe tourna alors les yeux vers sa mère et battit des paupières à plusieurs reprises.

Le professeur Longdon s'approcha à son tour et se pencha sur sa patiente, qu'il examina avec attention.

— Je crois pouvoir vous affirmer qu'elle vous a reconnue, madame, dit-il en se redressant. Elle regagne peu à peu son niveau de conscience normal.

— Que se passera-t-il une fois qu'elle sera sortie du coma ? intervint Miles.

— J'ai dit il y a quelques jours à madame votre mère qu'elle pourra être transférée à Londres en ambulance dès qu'elle aura repris pleinement connaissance. Elle devra ensuite séjourner, pendant cinq ou six semaines environ, dans un centre spécialisé où elle suivra des séances de rééducation — physiothérapie, orthophonie etc. — jusqu'à ce qu'elle ait recouvré ses forces et récupéré l'intégralité de ses fonctions.

— Cela signifie-t-il qu'elle risque de rester paralysée, avoir des problèmes d'élocution ou un autre handicap ?

— On ne peut jamais en écarter complètement l'éventualité, monsieur Jardine. Mais soyons optimistes, voulez-vous ? Le pire n'est pas toujours inéluctable et je crois que nous sommes en ce moment les témoins d'un miracle.

28

— Tu peux nous emmener en voyage, grand-mère ? demanda Arnaud, accoudé contre le genou de Stevie. Dis oui !

Stevie lui caressa la joue en souriant.

— Cela dépend de l'endroit où tu veux aller, mon chéri.

— Au ciel. Pour voir maman.

Stevie sentit son cœur manquer plusieurs battements. Elle prit les mains du petit garçon entre les siennes, se pencha vers lui.

— Ecoute, Arnaud, je ne crois pas que nous puissions...

— Si ! l'interrompit-il. Je veux voir maman ! Papa a dit qu'elle était partie au ciel pour toujours.

— Moi aussi je veux aller voir maman, déclara Natalie.

Croyant sans doute donner plus de poids à sa requête, elle tapota avec fermeté le genou de sa grand-mère d'une main qui tenait encore un biscuit au chocolat. Stevie baissa les yeux sur le désastre, en pensant distraitement que la couleur du chocolat au lait se mariait somme toute assez bien avec le bleu pastel de sa jupe.

— Allons voir maman, grand-mère ! répéta Arnaud d'un ton implorant. Je veux l'embrasser.

— Moi aussi, embrasser maman, dit Natalie en écho.

Stevie dut avaler sa salive avant de pouvoir parler.

— C'est que... nous ne pourrons pas voir maman cette semaine, mes chéris. Elle est très occupée, voyez-vous.

Arnaud fronça ses fins sourcils blonds, qui ressemblaient tant à ceux de sa mère.

— Qu'est-ce qu'elle fait au ciel ? voulut-il savoir.

Désarçonnée, Stevie répondit la première chose qui lui passa par la tête :

— Eh bien, elle... elle fabrique des ailes d'anges.

Arnaud ouvrit des yeux ronds :

— Ah, bon ? Les anges volent, alors, grand-mère ?

— Bien sûr, mon chéri. Ils ont deux belles ailes blanches, une auréole au-dessus de la tête et ils se promènent dans tout le ciel. J'ai un livre plein d'images d'anges à la maison. Veux-tu que je te l'apporte ?

— Oui, grand-mère, je veux bien.

— Et moi aussi, grand-mère ! exigea Natalie.

— Bien sûr, ma chérie, tu auras un livre toi aussi.

Natalie la remercia d'un sourire qui, d'un seul coup, se mua en une grimace, et la petite fille fondit en larmes.

— Je veux ma maman ! cria-t-elle. Va la chercher, grand-mère !

Arnaud se mit à pleurer à son tour.

— Oui, grand-mère, va la chercher ! répéta-t-il.

Stevie se pencha et les serra tous deux contre elle, chacun dans un bras.

— Pourquoi maman nous a quittés ? demanda

Arnaud entre deux sanglots. Elle ne nous aime plus ?

— Bien sûr que si, mon chéri, elle vous aime autant l'un que l'autre. Maman ne voulait pas partir ni vous laisser, mais elle a eu très mal, voyez-vous, et personne n'a pu la guérir. Le bon Dieu était très inquiet pour elle, alors il a décidé de la faire venir auprès de lui pour qu'elle n'ait plus jamais mal. Mais qu'elle soit ici ou là-haut, maman vous aimera toujours, vous êtes ses enfants chéris.

— Et elle aimera toujours papa aussi ? s'inquiéta Arnaud en reniflant.

— Oui, mon chéri, maman aimera toujours votre papa.

La gorge nouée, elle entreprit d'essuyer avec une serviette à thé les joues trempées de larmes des deux enfants.

— Il faut que vous soyez braves tous les deux pour aider papa, reprit-elle quand elle eut retrouvé sa voix. Maman veut sûrement que vous soyez très gentils avec lui...

Entendant un léger bruit à la porte, Stevie leva les yeux. Nigel se tenait sur le seuil, le visage décomposé.

— Nigel ! s'écria-t-elle du ton le plus joyeux dont elle était capable. Te voilà enfin, mon chéri !

En voyant leur père, les enfants se dégagèrent des bras de Stevie et se précipitèrent vers lui. Nigel s'accroupit pour les serrer contre sa poitrine.

— Bonjour, mes poussins, dit-il en réussissant à leur sourire. Vous avez été bien sages avec grand-mère, j'espère ?

— Oh oui ! affirma Arnaud. Grand-mère nous a dit que maman fabriquait des ailes au ciel pour les anges. Parce que les anges savent voler, ajouta-t-il sur le ton de la confidence. Tu le savais, papa ?

Nigel entra dans le jeu dans l'espoir de mieux dissimuler son émotion.

— Mais non, je n'en savais rien...

Il s'avança dans le salon en tenant les enfants par la main. Stevie se leva pour l'embrasser.

— Je vois qu'un petit monstre a déjà fait des dégâts, lui dit-il en voyant la tache de chocolat sur sa jupe.

— Aucune importance. Veux-tu une tasse de thé ?

— Volontiers, mais ne te dérange pas, j'irai à la cuisine en demander une à Melanie. Agnes est-elle revenue de chez le dentiste ?

— Oui, il y a cinq minutes.

— Bien. Je reviens tout de suite.

Il traversait le vestibule en direction de la cuisine quand la nurse entra au salon.

— Venez, les enfants, dites au revoir à votre grand-mère.

— On peut regarder *Le Roi Lion* ? demanda Arnaud.

— Mais oui, pourquoi pas ! Merci d'avoir bien voulu me remplacer pour les garder cet après-midi, madame, ajouta-t-elle en souriant à Stevie.

— J'étais trop contente d'être avec eux, Agnes.

Natalie courut vers Stevie, grimpa sur ses genoux et lui fit un collier de ses petits bras potelés.

— Tu restes avec nous, grand-mère ? lui murmura-t-elle à l'oreille en lui donnant un gros baiser humide. Tu ne vas pas au ciel ?

— Non, ma chérie, grand-mère restera avec Arnaud et Natalie.

Natalie descendue de ses genoux, Arnaud prit le relais.

— Je peux avoir un petit chien, grand-mère ?

— Si ton papa veut bien, je t'offrirai un bichon frisé.

— Qu'est-ce que c'est ?

— Un adorable petit toutou, comme ceux de tante Lenore.

— D'accord. Alors, je l'appellerai Ange et maman lui fera des ailes.

Stevie parvint à sourire, mais elle fut hors d'état de répondre à son petit-fils. Les mots appropriés refusaient de se former dans son esprit.

Après le départ des enfants, Stevie alla remettre une bûche dans la cheminée. Il faisait humide et sombre pour la mi-mai. Et, surtout, le grand salon de l'appartement de Nigel lui paraissait sinistre et glacial en l'absence de celle qui ne le réchaufferait jamais plus par sa présence.

Nigel revint quelques minutes plus tard, une tasse de thé à la main. Son apparence remplit Stevie de désarroi. Il avait maigri au point que ses vêtements flottaient sur lui, son visage était émacié, son teint grisâtre. Ses yeux d'un bleu éclatant étaient délavés, injectés de sang. Stevie en eut le cœur serré. Tamara était enterrée depuis plus de six semaines et Stevie, comme tous ceux qui l'approchaient, se rendait compte non seulement que Nigel ne remontait pas la pente mais qu'il était au bord du gouffre.

— Tu n'as pas bonne mine, Nigel, commença-t-elle en cherchant comment faire dévier la conversation vers le sujet qu'elle voulait aborder.

— Je me sens encore plus mal que je n'en ai l'air...

Il se détourna, étouffa maladroitement une toux sèche.

— Dis-moi, mère, reprit-il, comment as-tu fait pour continuer à vivre après la mort de mon père ?

— Je ne sais pas, Nigel. J'ai dû puiser de la force quelque part. En tout cas, ç'a été dur. Très dur. Mais j'avais toi, tes frères, ma mère, Derek. Je savais qu'il fallait trouver en moi, d'une manière ou d'une autre, la volonté de vivre. Avec le recul, sincèrement, je ne sais pas comment j'y suis parvenue. Longtemps, très longtemps, j'ai fonctionné comme un automate. Au jour le jour. En évitant de réfléchir.

— Je sais de quoi tu parles...

Ses traits se déformèrent tout à coup, comme s'il allait fondre en larmes.

— Je l'aimais tant, maman, reprit-il d'une voix étranglée. Tam était unique, personne au monde ne sera jamais comme elle, aussi pleine de vie, d'humour, de bonté. D'amour surtout. Elle avait le cœur si tendre, si... si...

Il se tut à nouveau, étouffa un sanglot. Stevie attendit un instant avant de parler à son tour.

— Je sais, Nigel. Tout le monde adorait Tamara.

— En arrivant, j'ai entendu ce que tu disais aux enfants. Je t'en suis très reconnaissant.

— Je ne savais pas vraiment quoi leur répondre, ils sont si jeunes. Les enfants posent parfois les questions les plus terribles. Ils ont du mal à comprendre...

Stevie poussa un long soupir. Elle aurait beaucoup donné pour savoir comment venir en aide à son fils, mais lui seul était en mesure de dominer sa peine. La douleur est un fardeau écrasant qu'on ne peut partager avec personne. La famille entière pleurait Tamara, mais il faudrait à Nigel beaucoup plus de temps qu'aux autres pour se résigner à sa perte, sinon s'en consoler. Sa mère ne pouvait que tenter de le réconforter de son mieux jusqu'à ce que son âme retrouve au moins un semblant de paix.

— Tu sais, reprit-elle, le temps finit par atténuer un peu le chagrin. Pour toi, ce ne sont que des mots, je sais, et les mots sont impuissants à nous faire oublier un être disparu. Ils paraissent vides et froids...

Nigel la dévisageant sans mot dire, elle poursuivit :

— Je n'y croyais pas moi non plus et pourtant, c'est vrai : le temps est un grand consolateur. Le temps, mais aussi le travail. C'est le travail qui m'a sauvée, vois-tu. Dès l'instant où ton grand-père m'a autorisée à travailler, ma vie a été transformée. Le travail m'a empêchée de penser constamment à ma douleur d'avoir perdu ton père. Et c'est exactement ce qu'il te faut maintenant, enchaîna-t-elle en écoutant parler son cœur. Le travail. Ce n'est pas une vie que celle que tu mènes en ce moment, à errer comme une âme en peine dans ce grand appartement désert, à déjeuner de temps en temps avec un ami dont la compassion t'enfonce plus encore dans tes idées noires. Tu reprendras ton travail chez Jardine's dès demain matin.

Un instant, Nigel crut avoir mal entendu. La stupeur et l'incrédulité se succédèrent sur son visage. Il resta bouche bée, ne sachant que répondre.

— Il te faut une occupation absorbante, reprit Stevie. Si le travail a réussi à me distraire de ma douleur, il en fera autant pour toi, j'en suis persuadée. Tu feras donc ce que je te dis, Nigel : je t'attendrai au bureau demain matin.

— Tu... tu me rends mon ancien job, mère ? bredouilla-t-il avec effarement.

— Oui.

— Après ce que... ce que je t'ai fait ?

— Naturellement, voyons ! Je t'avais renvoyé pour insubordination, c'est-à-dire une faute professionnelle, mais pas du tout parce que je te jugeais incapable d'exercer tes fonctions dans la maison. En fait, tu les remplissais à la perfection. J'ai toujours dit et pensé que tu étais un garçon brillant. De toute façon, l'entreprise te reviendra. Quand je m'en retirerai d'ici deux ou trois ans, comme j'en ai l'intention, c'est toi qui la dirigeras des deux côtés de l'Atlantique. Je tiens seulement à ce que tu acquières un peu plus d'expérience avant que je te confie la barre.

Il y eut un silence.

— Je suis... abasourdi, dit Nigel quand il eut surmonté sa stupeur. Bouleversé. Je ne connais pas beaucoup de gens qui auraient consenti à me reprendre dans ces conditions.

— Je ne suis pas n'importe qui, Nigel, je suis ta mère. Tu es mon fils aîné, je t'ai toujours aimé de tout mon cœur. Même, ajouta-t-elle en souriant, quand tu cherchais à me nuire en sous-main et à saper mon autorité.

— Tu avais pourtant de quoi m'en vouloir.

— J'espère n'être pas femme à nourrir des rancœurs contre mes propres enfants, ce serait indigne de moi. La rancune est un sentiment mesquin qui ne convient qu'aux esprits bornés. Mais puisque nous en parlons, ta grand-mère Jardine n'a cessé de me détester de son vivant. Je me suis souvent demandé si ce n'est pas elle qui t'a empoisonné l'esprit en te dressant contre moi quand tu étais plus jeune.

Nigel ferma les yeux un instant comme pour mieux réfléchir à sa réponse.

— Ma grand-mère Alfreda était une... une vieille garce, mère. Fielleuse, hargneuse, envieuse — que sais-je encore ? Mais je ne m'en rendais pas compte quand j'avais treize ou quatorze ans. Tu as raison, elle n'arrêtait pas de me dire du mal de toi — un véritable lavage de cerveau, maintenant que j'y pense avec le recul. Ses commentaires désobligeants sur tes moindres faits et gestes, ses sous-entendus venimeux, ses constantes accusations n'avaient pour but que de tuer l'amour et le respect que je te portais.

— Ses accusations ? dit Stevie avec un réel étonnement. De quoi donc m'accusait-elle ?

Nigel hésita, se troubla :

— D'être responsable de la mort de papa.

Un instant, Stevie fut trop stupéfaite pour parler.

— Quoi ? s'exclama-t-elle. Je m'attendais à tout sauf à cela ! C'est absurde, tu le sais très bien. Ton père est mort d'une péritonite opérée en dépit du bon sens par un chirurgien incompétent qu'Alfreda avait elle-même choisi ! S'il faut imputer à quelqu'un la responsabilité de la mort de ton père, c'est bel et bien à Alfreda, sa propre mère.

— Elle avait choisi le chirurgien ?

— Oui, parce qu'il était le fils d'une amie d'enfance.

— Ça alors... Je n'en savais rien.

— Et que racontait-elle d'autre sur mon compte ?

— Elle te taxait... d'immoralité, répondit Nigel avec embarras. Surtout quand tu as été enceinte de Chloe.

— Cela ne m'étonne pas d'elle.

Stevie quitta son fauteuil pour venir s'asseoir à côté de Nigel, sur le sofa où il avait pris place.

— Sois franc, Nigel. A-t-elle réussi à tuer ton amour pour moi ? demanda-t-elle à mi-voix.

— Non, maman, pas tout à fait. Mais elle l'a altéré, je dois l'admettre. Elle a réussi à me faire croire que tu cherchais à faire main basse sur l'affaire par cupidité ou dans je ne sais quel but inavouable. Elle me disait aussi que tu m'en chasserais un jour.

— Et tu la croyais ?

— J'étais encore très jeune...

— Et impressionnable, je sais. Cette femme était foncièrement méchante, Nigel. Malfaisante. Tu ne t'en rendais pas compte ?

— Non, pas à ce moment-là. Je le regrette profondément.

— Je sais, mon chéri. N'oublie pas que mon amour pour toi n'a jamais changé. Malgré les apparences, je n'ai jamais cessé de t'aimer, j'espère que tu t'en rends compte.

— Je commence à comprendre beaucoup de choses dont je ne me rendais plus compte depuis longtemps, maman.

Pour la première fois depuis des semaines, un vrai sourire apparut sur les lèvres de Stevie.

— Te rends-tu compte au moins que, ces derniers temps, tu recommences à me dire *maman* comme quand tu étais petit ?

Pour toute réponse, Nigel la prit dans ses bras et la serra contre sa poitrine.

— Pourras-tu jamais me pardonner ce que je t'ai fait ? lui murmura-t-il à l'oreille.

— Oh ! mon chéri, je t'ai déjà pardonné il y a des semaines.

— Que puis-je faire pour réparer mes torts ?

— Venir demain matin à ton bureau. A l'heure ! ajouta-t-elle en souriant.

— Je ne sais pas comment me racheter...

— En faisant du bon travail, mon fils. En veillant sur tes enfants et en leur donnant tout l'amour dont ils ont besoin. En aimant tes frères et ta sœur. En vénérant Bruce, Derek et Blair, tes grands-parents. En étant droit et fier, pour redevenir l'homme de valeur que tu es.

— J'essaierai... Non, je le ferai. Je te le promets, maman.

Le regard débordant d'affection, Stevie lui caressa la joue, de ce même geste qu'elle avait quand il était enfant.

— L'amour est ce qui compte le plus dans la vie, Nigel. Je parle de l'amour sous toutes ses formes, pas seulement de l'amour romantique avec un grand A, mais aussi de l'amour de son prochain, de l'amour filial, de l'amour fraternel. L'amour, vois-tu, est le plus puissant des guérisseurs.

— Oui, j'ai constaté son pouvoir. J'ai vu ce que tu as accompli grâce à lui avec Chloe. Ses progrès sont incroyables.

— Mon amour pour elle l'a aidée en partie seulement. Il ne faut oublier ni le rôle de sa rééducation, ni l'amour de Miles, de Gideon, de Lenore. La famille entière a participé à sa guérison, mon chéri, comme elle participera à la tienne.

29

La semaine suivante, le mercredi matin, Stevie prit à Heathrow le vol British Airways Londres-Milan. L'appareil se posa à dix heures quarante, heure locale, à l'aéroport de Linate ; quelques minutes plus tard, Stevie héla un taxi qui l'emmena aussitôt vers la capitale lombarde. Bien calée sur la banquette, elle se sentait plus calme et détendue qu'elle ne l'avait été depuis la dramatique fusillade d'Aysgarth End.

Près d'une semaine auparavant, le lendemain de leur conversation à cœur ouvert, Nigel avait réintégré son poste chez Jardine's et paraissait déjà reprendre le dessus. Le travail avait toujours beaucoup compté pour lui, il l'aidait maintenant à le distraire de sa tragédie. Sachant d'expérience que le travail est un des remèdes les plus efficaces contre la douleur morale, Stevie l'avait prévu. A coup sûr, Nigel mettrait longtemps à se remettre de la mort de Tamara ; au moins avait-il désormais une chance de reprendre pied. Il pouvait aussi compter sur ses enfants pour le soutenir et lui redonner une raison de vivre.

L'état de Chloe s'améliorait de jour en jour. Ses cinq semaines de rééducation lui avaient permis de recouvrer ses forces et de récupérer ses facultés. Après l'avoir examinée, le professeur Longdon l'avait déclarée rétablie, en recommandant toutefois à Stevie de ne pas lui imposer la fatigue d'un long voyage avant un mois.

J'ai bénéficié d'une chance incroyable, pensa Stevie en regardant distraitement le paysage urbain qui défilait derrière la vitre du taxi. Chloe aurait pu mourir, rester dans le coma ou, pis encore, paralysée à vie. Dieu a réellement accompli un miracle en sa faveur. Pas pour Tamara, hélas ! A chaque fois qu'elle pensait à sa belle-fille, Stevie sentait son cœur saigner. Jamais elle ne pourrait l'oublier ni tout à fait surmonter sa tristesse.

Une vingtaine de minutes après avoir quitté l'aéroport, le chauffeur la déposa à son hôtel, situé en plein centre de Milan. Stevie s'installa, commanda un léger en-cas, défit sa valise. Elle passa ensuite une série de coups de téléphone à sa secrétaire, à Nigel et Gideon, à son appartement afin de s'assurer que tout allait bien avec Chloe.

Ayant encore largement le temps de se préparer pour son rendez-vous, elle rafraîchit son maquillage, rajusta sa coiffure, substitua à sa tenue de voyage un sobre tailleur de flanelle grise et un chemisier de soie blanche. Elle ne choisit pour seuls bijoux que ses perles et une montre en platine. Enfin, après avoir vérifié son apparence dans le miroir, elle prit son sac à main et descendit.

Les bureaux de Caracelli SpA étant tout proches, Stevie décida de s'y rendre à pied afin de profiter de cette belle et douce journée de mai. Le soleil et le ciel bleu — pour une fois épargné par la pollution — la changeaient agréablement de la grisaille humide qui attristait Londres. Admirant au passage les vitrines des élégantes boutiques de la Via Montenapoleone et des rues voisines, elle se promit de revenir y faire des achats avant son départ. Chloe serait ravie qu'elle lui rapporte quelques jolies choses.

Elle consulta sa montre en atteignant l'imposant siège social de Caracelli SpA et constata avec satisfaction qu'elle arrivait à l'heure dite. Elle eut d'ailleurs à peine le temps de s'asseoir dans la luxueuse salle d'attente et de feuilleter un magazine qu'une souriante hôtesse venait la chercher pour la guider vers le bureau du Signore Caracelli.

Quand elle le vit se lever et venir à sa rencontre, un large sourire aux lèvres, Stevie sentit sa gorge se nouer. Le calme, la maîtrise de soi qu'elle avait éprouvés jusqu'à cet instant s'évaporèrent en un clin d'œil. Figée au milieu de la pièce, elle crut que ses nerfs allaient la trahir.

Inconscient du trouble de sa visiteuse, il s'approcha, lui prit les mains, la toisa d'un regard admiratif.

— Chère Stephanie, quelle joie ! Vous m'avez fait une merveilleuse surprise en me téléphonant lundi.

— Je suis enchantée moi aussi de vous revoir, Gianni, répondit-elle, étonnée de s'entendre parler d'une voix normale. Je vous suis surtout très reconnaissante de m'avoir accordé ce rendez-vous aussi vite.

— J'étais trop heureux de vous revoir, voyons !

Sans lui lâcher les mains, il l'entraîna vers le coin conversation disposé dans un angle de la pièce.

— Puis-je vous offrir quelque chose ? reprit-il. Café, thé ? Une coupe d'asti ou de champagne, peut-être ?

— Non merci, Gianni. Je viens de déjeuner.

Il la fit asseoir dans un fauteuil, prit place en face d'elle sur le canapé. Son sourire dévoilait des dents d'une blancheur éblouissante dans son visage hâlé. Il la dévisageait avec une intensité qui, chez tout autre que lui, aurait paru désobligeante.

— Mais je suis impardonnable ! s'écria-t-il. Je ne vous ai pas demandé des nouvelles de votre fils. J'ai appris en lisant le *Times* que votre belle-fille avait été tuée dans des circonstances tragiques. Se remet-il du drame qui l'a frappé ?

— Il remonte peu à peu la pente. Ç'a été très dur pour lui, comme pour nous tous. Mais ses deux jeunes enfants le sauvent du désespoir.

— Je comprends. Perdre un être cher est une terrible épreuve, surtout dans de telles circonstances. Ma sympathie vous est tout acquise, Stephanie.

— Merci, Gianni... Ma fille a été gravement atteinte, elle aussi, ajouta-t-elle après une brève hésitation. Dieu merci, elle a survécu à ses blessures.

— Votre fille ? demanda-t-il avec une surprise évidente.

— Oui. Le jour de l'agression, elle était avec Tamara dans notre maison de campagne du Yorkshire. Elle a reçu une balle dans la tête et est restée une dizaine de jours dans le coma.

— Une balle dans la tête ? Grands dieux ! Guérira-t-elle ?

— Oui. Grâce à Dieu et aux excellents soins du chirurgien qui l'a opérée, elle est déjà entièrement rétablie.

— Tant mieux, mon Dieu, tant mieux...

La découverte de cette fille insoupçonnée piqua au vif sa curiosité, éveillée par la visite inattendue de Stevie.

— J'ignorais que vous aviez une fille, Stephanie, reprit-il en la regardant dans les yeux. Quel âge a-t-elle ?

— Dix-huit ans. Elle en aura dix-neuf en juillet.

— Dix-huit ans ?... Et comment s'appelle-t-elle ?

— Chloe.

— *Chloe* ? répéta-t-il avec tant de force que Stevie ne put s'empêcher de sursauter.

— Elle aura bientôt dix-neuf ans, elle s'appelle Chloe... C'est ma fille, n'est-ce pas, Stephanie ? dit-il d'une voix sourde. Chloe est ma fille ?

— Oui, Gianni.

Stupéfait, il la dévisagea un moment en silence.

— Pourquoi ne m'avoir rien dit à l'époque, Stephanie ? demanda-t-il enfin.

— Vous étiez marié, Gianni. Père de famille. Vous étiez trop connu pour vous permettre un scandale. En tant que catholique, vous ne pouviez pas divorcer. J'ai donc estimé qu'il valait mieux couper court. A tous points de vue.

— Oh ! Stephanie...

Il posait sur elle un regard si plein de reproche, de tristesse et de désarroi que Stevie, déconcertée par sa réaction, voulut se justifier :

— L'initiative de la rupture venait de moi, c'est vrai, mais vous l'avez acceptée...

— Parce que la poursuite de notre liaison aurait risqué de vous causer des problèmes graves ! l'interrompit-il avec véhémence. Je ne voulais pas vous compromettre vis-à-vis des Jardine. Je connaissais le caractère de Bruce et d'Alfreda, des gens durs, sans cœur, impitoyables. J'ai accepté votre décision parce que...

Il laissa sa phrase en suspens.

— Parce que quoi, Gianni ?

Son regard se voila tout à coup d'une tendresse chargée de mélancolie.

— Parce que je t'aimais de tout mon cœur, Stephanie, répondit-il en retrouvant le tutoiement de leur intimité passée. Parce que je ne supportais pas l'idée que tu puisses être malheureuse par ma faute. Parce que te faire souffrir, si peu que ce soit, m'aurait plongé un poignard en plein cœur. Entre un mariage raté, un père mourant, deux enfants à élever et la responsabilité d'une grande entreprise, j'étais enfermé dans un piège dont je ne pouvais pas me libérer. C'est toi seule que je voulais, mais je n'avais pas le droit de te garder. Alors, je t'ai laissée partir.

Sa peine était si évidente, ses paroles si sincères que Stevie ne put se méprendre. Elle avait toujours apprécié sa droiture. A l'évidence, il n'avait pas changé.

— Tu n'aurais pas dû me le cacher, Stephanie, dit-il après avoir attendu en vain une réponse.

— Il le fallait, Gianni.

— Tu as décidé à ma place, Stephanie. Tu as eu tort. Je suis capable de prendre mes décisions moi-même.

— Je le sais, mais pour moi c'était la meilleure, la seule décision. Du moins le croyais-je à l'époque.

— Comment as-tu justifié la naissance de cet enfant ? De *notre* enfant ?

— Je n'ai jamais rien expliqué ni justifié. J'ai refusé de nommer son père, un point c'est tout.

— Les Jardine ont accepté cette naissance... mystérieuse ?

— Oui. Comme la famille entière a accepté que je garde le silence.

— C'est incroyable !

— Personne ne pouvait rien faire ni rien dire,

Gianni. Les Jardine n'avaient pas le choix, Bruce avait trop besoin de moi pour diriger l'affaire.

— Tu as fait un travail remarquable. J'étais fier de toi en observant le développement de Jardine's. Mais pourquoi es-tu venue me parler de notre fille, Stephanie ? poursuivit-il. De Chloe ? A cause de ce qui lui est arrivé ?

— Oui, Gianni. Quand elle était dans le coma, j'ai juré devant Dieu de lui révéler la vérité sur son père si elle guérissait. Cet engagement, je *dois* le tenir. Je veux lui parler de toi, je veux aussi que tu viennes à Londres la rencontrer enfin. J'y tiens, Gianni, parce que, longtemps avant son accident, elle cherchait désespérément à connaître l'homme auquel elle devait la vie. C'est une curiosité bien naturelle, surtout maintenant qu'elle est une jeune femme.

— Je la comprends et je l'approuve. Tu ne lui as donc encore rien dit à mon sujet ?

— Non, Gianni. Je sais que ce sera pour toi un moment difficile, je ne cherche pas à te causer de problèmes dans ta vie familiale, mais...

— Je suis veuf, Stephanie, l'interrompit-il.

— Ah ?... Je suis navrée de...

— Pas d'hypocrisie entre nous, Stephanie. Tu sais très bien que mon mariage était une catastrophe. A la mort de Renata, nous étions d'ailleurs déjà séparés depuis douze ans. Elle m'avait quitté pour un autre homme, avec lequel elle vivait encore quand elle est morte il y a quatre ans.

— Je vois... Comment vont Carlo et Francesco ?

— Francesco est mort lui aussi, répondit-il avec tristesse. Il s'est tué il y a cinq ans dans un accident de voiture. Mais Carlo se porte bien.

— Cela me fait beaucoup de peine, Gianni.

Sincèrement. Je sais combien tu aimais ton fils. La vie t'a apporté ta part d'épreuves, à toi aussi.

— Bien sûr, mais la vie est dure pour tout le monde, d'une manière ou d'une autre... Dis-moi, poursuivit-il après un bref silence, quel père Chloe croit-elle avoir ? Tu as été obligée de mettre un nom sur son acte de naissance. Lequel ?

— John Lane, répondit-elle avec un sourire amusé. Un personnage que tu connais un peu, je crois ?

Gianni éclata de rire. L'expression de ses yeux noirs, si semblables à ceux de Chloe, passa sans transition de la gravité à la gaieté.

— Si je le connais ! Mon nom de code quand je te téléphonais chez Jardine's : John pour Giovanni et Lane parce que je descendais toujours au Dorchester, sur Park Lane !

— Tu as une bonne mémoire.

— Et quelle allure a-t-elle, ma fille ?

Stevie prenait une photo dans son sac à main quand le téléphone sonna.

— Excuse-moi, il faut que je réponde, dit Gianni en se levant. J'avais demandé qu'on ne me dérange qu'en cas d'urgence, cet appel est sans doute important.

Pendant qu'il parlait dans le combiné, debout près de son bureau, Stevie l'observa discrètement.

En dix-huit ans, il n'avait guère changé, jugea-t-elle. Il avait cinquante-quatre ans, sept de plus qu'elle, mais ne les portait pas. Sportif accompli, il jouait régulièrement au tennis, skiait, faisait de la voile, activités physiques qui le maintenaient dans une forme qu'auraient enviée bien des jeunes gens. Il s'était un peu épaissi ou, plutôt, semblait avoir forci, mais son visage, hâlé d'un bout de l'année à l'autre, n'était pas plus marqué par l'âge que dans les souvenirs qu'elle gardait de lui. Et si ses cheveux très bruns grisonnaient insensiblement aux tempes, cela ajoutait à sa séduction. Gianni Caracelli était en effet extrêmement séduisant, le plus bel homme peut-être que Stevie ait jamais connu. Grand, athlétique, il débordait toujours de l'énergie et de la vitalité qui l'avaient d'emblée conquise près de vingt ans plus tôt. Décidément, se dit-elle, il n'a guère changé, à l'extérieur du moins, même si la vie lui a infligé des épreuves sans doute plus nombreuses et plus cruelles que celles dont il a bien voulu me parler. Car elle sentait en lui une profonde tristesse, qu'il se donnait probablement beaucoup de mal à dissimuler par pudeur.

Depuis leur séparation, Gianni était devenu l'un des plus puissants industriels d'Italie. Surnommé le roi de la soie, il possédait ou contrôlait aussi des usines, des maisons de couture, des centres commerciaux, des hôtels. S'il avait suivi de loin l'expansion de Jardine's, Stevie n'avait pas manqué non plus de se tenir au courant des hauts faits de Gianni Caracelli par la lecture du *Financial Times* et du *Wall Street Journal,* où son nom apparaissait souvent.

Au bout de quelques minutes, il raccrocha et revint prendre place en face de Stevie.

— Cette photo est pour moi ? demanda-t-il.

Stevie la lui tendit.

— Bien sûr. Je l'ai prise l'été dernier, dans ma maison du Connecticut.

— Chloe me ressemble, dit-il après avoir longuement contemplé sa photo en silence.

— De façon frappante, approuva Stevie. Les yeux, le front, le bas du visage sont les tiens, Gianni.

— Puis-je la garder ?

— Naturellement. Mais ne veux-tu pas plutôt venir voir l'original par toi-même ?

— Si quelqu'un voulait m'en empêcher, je le réduirais en bouillie ! s'exclama-t-il en souriant.

Il se leva, vint s'assoir à côté de Stevie, lui prit les mains, plongea ses yeux dans les siens.

— Si seulement tu m'avais parlé à ce moment-là, j'aurais trouvé une solution, Stephanie, soupira-t-il avec une telle tristesse qu'elle sentit son cœur manquer un battement.

— Peut-être, murmura-t-elle en lui rendant son regard. Mais on ne revient pas sur le passé, Gianni. Tout ce que je veux, maintenant, c'est vous présenter l'un à l'autre. J'ai commis une faute grave en vous gardant à l'écart, il est grand temps que je répare mes torts envers vous deux.

Par le passé, Gianni conduisait à tombeau ouvert. Stevie s'étonna qu'il fasse preuve d'une prudence exemplaire au volant de sa Ferrari, qui traversait les faubourgs de Milan en direction du lac de Côme. Peut-être parce qu'il accordait plus d'attention à la conversation qu'à la conduite, car il ne cessait, depuis le départ, d'inonder Stevie de questions sur Chloe et le reste de sa famille.

— Je ne suis plus aussi fou de vitesse que lorsque tu m'as connu, lui dit-il à un moment, comme s'il avait deviné ses pensées. L'accident de Francesco m'en a guéri. Il roulait trop vite en parlant à sa petite amie, il n'a pas vu un camion qui débouchait d'une route secondaire. Le choc a été terrible. Ils sont morts tous les deux sur le coup.

— Mon pauvre Gianni... Je sais combien tu l'aimais.

Il se contenta d'acquiescer d'un signe de tête et ne dit plus rien jusqu'à la fin du trajet. Stevie mit ce silence à profit pour remettre un peu d'ordre dans ses pensées.

En conclusion de leur entretien, il l'avait invitée à dîner. Elle avait accepté sans hésiter et elle se trouvait maintenant là, assise près de lui en voiture, comme si le long hiatus de leur séparation n'avait jamais existé. Elle se sentait aussi intimement accordée à lui qu'au jour de leur première rencontre, quand elle avait cédé d'un élan de tout son être à l'attrait mutuel qui les poussait l'un vers l'autre. Sommes-nous si différents aujourd'hui de ce que nous étions alors ? se demanda-t-elle. Pas tellement, à vrai dire. Nous avons pris de l'âge, certes. La vie nous a tous deux marqués à certains égards. Mais au fond, nous sommes toujours les mêmes. Rien ne peut altérer en profondeur la véritable nature d'une personne.

En dépit de l'aisance et du naturel de leurs retrouvailles, Stevie ne pouvait cependant se défaire de la tension nerveuse qui l'avait brièvement paralysée quand elle s'était trouvée face à face avec Gianni dans son bureau, au début de l'après-midi. Elle ressentait avec acuité la virilité, la vitalité, la force qui émanaient de sa personne. Elle subissait plus intensément que jamais la fascination hypnotique qu'il exerçait sur elle lorsqu'elle était plus jeune.

Oh ! combien elle s'était languie de lui, de son visage, de sa voix profonde et mélodieuse ! Ayant décidé de renoncer à lui, elle avait réussi, par un constant effort de volonté, à ne pas fléchir dans sa détermination. Des années durant, elle s'était interdit de le revoir — mais au prix de quels regrets, de quels tourments inavoués !

Du coin de l'œil, elle détailla avec autant d'admiration que jadis la fermeté de sa mâchoire, le contour de son nez, les proportions parfaites de ses traits. Les mêmes que ceux de Chloe qu'elle contemplait tous les jours. Bientôt, elle pourrait les voir côte à côte, les comparer...

Comment avait-il vécu pendant ces dix-huit ans ? ne put-elle s'empêcher de se demander. Quelles autres femmes avait-il séduites ? Car il avait dû en connaître un certain nombre. Séparé de Renata depuis douze ans, il n'avait sûrement pas observé tout ce temps une vertueuse abstinence. Il était trop irrésistible, trop sensuel pour refuser les aventures, se dit-elle, non sans un peu de jalousie rétrospective, avant de chasser de son esprit ces réflexions inutilement déplaisantes.

Elle était venue à Milan dans le seul but de lui parler de Chloe, leur fille, et de les réunir enfin. Elle n'avait pas eu d'autre motif d'accepter son invitation à dîner...

Mais Stevie était trop lucide et trop honnête avec elle-même pour en être totalement convaincue.

Ils arrivèrent peu après à la villa du lac de Côme. Stevie ne s'étonna pas de sa beauté et de ses dimensions imposantes, elle n'en attendait pas moins d'un homme tel que Gianni, qui ne se satisfaisait que du meilleur.

Un majordome en livrée les introduisit dans un vaste vestibule d'une élégance austère. Gianni lui donna des ordres en italien que Stevie ne comprit pas. Puis elle le suivit à travers un spacieux salon ouvrant sur une longue terrasse qui dominait le lac.

Elle admira le panorama, se retourna vers la façade aux harmonieuses proportions.

— C'est une belle demeure, Gianni.

— Trop grande pour un homme seul, hélas !

— Carlo n'habite pas ici avec toi ?

— Non.

— Est-il marié ?

— Non plus. Il vit seul à Rome, où il dirige mes bureaux. Carlo et moi ne nous entendons guère, poursuivit-il avec un haussement d'épaules fataliste. Il a toujours été le chouchou de sa mère. C'est étrange, n'est-ce pas, comme certains enfants sont plus proches d'un de leurs parents que de l'autre ? Nous essayons pourtant d'éviter le favoritisme... Mais tu as des enfants, Stephanie, tu le sais aussi bien que moi, conclut-il avec un sourire.

— Oui, Gianni. Mon fils Miles a toujours été mon préféré, ce que je me suis efforcée de cacher à ses frères. Et Chloe, bien entendu, qui est l'enfant chéri de mon cœur.

— Francesco l'était pour moi et je l'ai perdu. La vie est difficile parfois, soupira-t-il. Mais asseyons-nous.

Le majordome reparut avec une bouteille de champagne dans un seau à glace et deux flûtes en cristal.

— Veuve Clicquot, dit Gianni en souriant. Tu vois, Steffie, je n'ai pas oublié.

Ils firent tinter leurs flûtes l'une contre l'autre, se portèrent un toast muet en se regardant dans les yeux.

— Et maintenant, reprit-il, parle-moi encore d'elle. De Chloe... Si ma grand-mère était de ce monde, poursuivit-il avec un bref éclat de rire, elle serait ravie que ma fille porte son nom. Je t'en remercie pour elle, Steffie.

La conversation tourna un long moment autour de Chloe, de son enfance, de ses projets, de ses rapports avec ses frères et les autres membres de la famille.

— Quand comptes-tu rentrer à Londres ? demanda-t-il quand Stevie marqua une pause pour boire son champagne.

— Demain.

— Demain jeudi ? Bien, j'irai avec toi, déclara-t-il. Je veux la voir.

— Mais c'est beaucoup trop précipité ! protesta Stevie. Il faut que je lui explique, que je la prépare...

Elle s'interrompit en voyant sa mine déçue.

— Combien de temps te faudra-t-il pour la préparer ? Dix minutes, un quart d'heure tout au plus, Steffie.

Il l'appelait encore une fois par ce diminutif dont lui seul avait eu le privilège de se servir. Elle leva les yeux vers lui, trouva son sourire plus irrésistible que jamais — et se détourna aussitôt, le cœur battant, sans oser répondre.

— C'est vrai, voyons ! insista Gianni. Il ne te faudra pas des heures pour lui parler de moi. De son père.

— Tu as peut-être raison, admit-elle à regret, en évitant de le regarder dans les yeux.

Tandis qu'elle affectait de contempler les reflets du couchant sur le lac, il l'observa et ne la trouva pas le moins du monde changée. Elle avait exactement la même allure que le jour de leur première rencontre à Londres, vingt ans auparavant, au cours d'un vernissage. Un seul regard échangé leur avait suffi pour tomber éperdument amoureux l'un de l'autre — un coup de foudre, au sens propre du terme. De sa vie, il n'avait eu avec aucune autre femme de rapports aussi passionnés, aussi profonds.

Il plissa légèrement les yeux afin de la distinguer plus nettement dans le jour qui déclinait. Pas une ride, pas une griffe ne déparait son ravissant visage... Il réprima un sourire : si, bien sûr, il avait remarqué tout à l'heure, sous la froide lumière de son bureau, un réseau de fines stries autour de ses yeux et de sa bouche. Mais ces stigmates s'évanouissaient comme par magie parce qu'il la contemplait telle qu'elle était alors, non comme elle était maintenant. A ses yeux, dans son esprit, dans son cœur, elle n'avait pas vieilli et ne vieillirait sans doute jamais.

Le silence se prolongeait. Gianni s'éclaircit la voix pour attirer l'attention de Stevie.

— Partons ensemble pour Londres, Stephanie. Demain. Dans mon avion.

Elle continua de regarder le lac et ne répondit pas.

Car elle avait peur. Peur de lui, peur de l'attrait qu'il exerçait sur elle, aussi puissant qu'au premier jour, et auquel elle ne se sentait que trop prête à céder. Elle avait peur d'elle-même et de sa faiblesse. Peur de se jeter dans ses bras, de lui avouer qu'elle n'avait jamais cessé de penser à lui et qu'elle l'aimait toujours.

— Je tiens à voir Chloe, insista-t-il. Le plus tôt sera le mieux. A quoi bon attendre ?

Au prix d'un effort, elle se tourna enfin vers lui et parvint à soutenir sans ciller l'intensité de son regard.

— Nous avons gâché tant d'années, Steffie, dit-il à voix basse. N'en perdons pas davantage.

30

Chloe entra en coup de vent dans la chambre de Stevie.

— Regarde, maman ! s'écria-t-elle. Je te plais comme ça ? Tu aimes la couleur de cet ensemble ?

Elle parada devant sa mère, prit des poses comme un mannequin dans une présentation de haute couture.

— Tu es parfaite, ma chérie, approuva Stevie. Le bordeaux te va à ravir. Les teintes foncées t'ont d'ailleurs toujours réussi, même quand tu étais petite.

— C'est mon teint olivâtre qui veut ça, dit Chloe en pouffant de rire. Dans des couleurs claires, je suis affreuse.

— Affreuse ? Olivâtre ? protesta Stevie en riant elle aussi. Tu n'as pas honte de dire des horreurs pareilles ? Les tons soutenus te vont mieux, voilà tout.

Chloe toisa sa mère d'un œil critique.

— Tu fais des frais de toilette, aujourd'hui. Avec qui disais-tu que nous allions déjeuner ?

— Tu me trouves trop habillée ? s'inquiéta Stevie. Non, tu dis n'importe quoi, ajouta-t-elle après s'être regardée dans le grand miroir qui couvrait les portes de sa penderie. Je ne suis pas du tout trop habillée. Je n'ai pas mis d'autres bijoux qu'une broche et des boucles d'oreilles.

— Je sais, mais tu portes ton nouveau tailleur, celui que tu réservais aux grandes occasions. Et je n'avais jamais vu non plus ces saphirs, ils sont superbes. Ils sont neufs ?

— Non, ma chérie. Ils sont très anciens, au contraire. C'est ton père qui me les avait offerts, ajouta-t-elle en observant avec soin la réaction de sa fille.

— Mon... père ? s'exclama Chloe. Quand cela ?

— Il y a dix-neuf ans.

Stevie s'approcha de Chloe, la prit par le bras.

— Il faut que je te parle, lui dit-elle. Viens, allons une minute dans mon boudoir.

— De quoi veux-tu me parler ? demanda Chloe, intriguée. Et pourquoi n'as-tu jamais porté ces saphirs jusqu'à aujourd'hui ?

— Viens avec moi, je t'expliquerai.

Dévorée de curiosité, Chloe la suivit, s'assit près de la fenêtre et attendit. Stevie s'éclaircit la voix.

— Quand je veillais à ton chevet à l'hôpital de Leeds, commença-t-elle, je priais Dieu pour que tu sortes du coma. J'ai aussi fait le vœu de te dire enfin toute la vérité au sujet de ton père. Cette promesse, je la tiens aujourd'hui, Chloe. Je vais te parler de lui et te dire qui il est.

— Il n'est donc pas mort, n'est-ce pas ? s'écria Chloe.

Prise au dépourvu par la vivacité de sa réaction, Stevie hésita un instant :

— Non. Mais comment le savais-tu ?

— Je ne le savais pas, maman. Pas avec certitude, mais je l'ai toujours *senti,* même quand j'étais toute petite. Je savais qu'il apparaîtrait un jour et me dirait : « Bonjour, Chloe, je suis ton papa. » J'en rêvais souvent. Je voyais l'image d'un homme grand, brun, très beau, qui s'avancerait vers moi et me prendrait dans ses bras. J'étais sûre qu'il me chercherait et me retrouverait.

Stevie en resta sans voix. Il lui fallut un long moment pour se ressaisir.

— Eh bien, tu as raison, dit-elle enfin. Il est vivant et il est grand, brun et très beau. Mais je ne comprends pas comment tu as pu le deviner.

— Je parie aussi qu'il ne s'appelle pas John Lane.

— Non, en effet. Enfin... en partie, du moins.

— Alors, maman, pourquoi m'as-tu si longtemps caché la vérité ? demanda Chloe avec un regard peiné. Pourquoi ne m'as-tu rien dit jusqu'à maintenant ?

— Je ne pouvais pas t'avouer la vérité quand tu étais en âge de la comprendre, ma chérie. Je n'avais pas le droit de te dire son vrai nom à cause de sa position dans le monde, de sa famille. Il était marié, vois-tu, et déjà très connu lorsque nous... nous nous aimions.

— Et pourquoi n'a-t-il pas divorcé ? s'exclama Chloe avec véhémence. Il aurait pu t'épouser quand tu m'attendais ! Il ne voulait pas de moi ?

— Il ne savait rien de toi, ma chérie. Je ne lui en ai jamais parlé.

— Mais pourquoi, maman ? Pourquoi ?

— Parce qu'il était marié et catholique. Il n'aurait pas pu divorcer, comprends-tu ? Et il avait déjà des enfants. A tort ou à raison, j'ai décidé de ne rien lui dire et de rompre avant ta naissance. Même si j'ai eu tort, ce qui est fait est fait, il serait vain de revenir dessus. Une fois ma décision prise, je ne l'ai jamais revu.

— Et il n'a jamais essayé de te revoir, lui ?

— Non, parce que je lui avais dit que je ne pourrais pas supporter de continuer avec lui une liaison clandestine. Il a respecté mes souhaits, car il savait combien ce serait pénible pour moi. Aimer un homme marié vous met dans une position intenable à la longue, Chloe. On en souffre, crois-moi.

Chloe réfléchit un instant.

— Je comprends, dit-elle enfin. Cela a dû être dur pour toi de ne plus le revoir, si tu l'aimais autant.

— Très dur, oui. Mais il vivait dans un autre pays, ce qui simplifiait un peu les choses. Il y vit toujours.

— Où cela ?

— En Italie.

— Il est italien, alors ?

— Oui.

— J'ai un père italien ? Je n'en reviens pas... Et quel est son vrai nom ?

— Gianni, le diminutif de Giovanni, ce qui veut dire John en anglais, comme tu le sais sans doute.

— Gianni quoi, maman ? insista Chloe.

— Caracelli. Tu es la fille de Gianni Caracelli.

Chloe dévisagea sa mère avec stupeur.

— Le célèbre industriel ? Tu veux dire que... mon père, c'est lui ?

— Oui.

Chloe resta un instant bouche bée. Puis elle se leva et alla s'examiner pensivement dans le miroir.

— Est-ce que j'ai l'air d'une Italienne, maman ? voulut-elle savoir. Les yeux peut-être... Pourtant, tout le monde dit que je ressemble à grand-mère Blair.

— Par l'allure, oui, mais tu ressembles aussi beaucoup à Gianni. Tu as ses yeux, son front, son menton, la forme de son visage.

Chloe poursuivit son examen en silence.

— C'est pour cela que tu es allée en Italie mercredi ? demanda-t-elle en se détournant enfin du miroir.

— Oui.

— Alors, tu l'as vu, maman ? Tu lui as parlé de moi ?

— Bien sûr.

— Qu'a-t-il dit ? Il a dû être secoué !

— Bouleversé, plutôt, rien ne peut déconcerter autant un homme tel que lui. Le premier choc passé, il était fou de joie.

— C'est vrai ? Bien vrai ? s'inquiéta Chloe.

— Oui, tout à fait vrai, surtout parce que je t'ai donné le nom de sa grand-mère qu'il adorait. Vois-tu, elle s'appelait Chloe, elle aussi.

Chloe écarquilla les yeux sans savoir que dire.

— Il a très envie de te voir, reprit Stevie. Je dirais même qu'il brûle d'impatience.

— Ah bon ? dit Chloe, partagée entre la crainte, la joie et la curiosité.

— Il est à Londres, précisa Stevie.

— Alors... c'est avec lui que nous allons déjeuner ?

— Oui, ma chérie, répondit Stevie en souriant. Au Dorchester. C'est toujours là qu'il descend quand il vient à Londres, et je crois bien que c'est là que tu as été conçue.

Chloe se retourna vers le miroir, fronça les sourcils avec inquiétude.

— Oh ! maman... Es-tu sûre que je suis bien comme cela ? Je devrais peut-être me changer... Je suis affreuse, j'ai une tête à faire peur... Tu aurais pu me dire tout cela avant que je me prépare !

— Tu n'es pas affreuse du tout, tu n'as pas une tête à faire peur ; tu es ravissante, crois-moi.

Chloe garda le silence un instant. Des questions par dizaines se bousculaient tout à coup dans sa tête.

— Qu'est devenue sa femme ? Elle ne compte donc plus ?

— Elle est morte il y a plusieurs années, Chloe. Gianni et elle étaient déjà séparés depuis longtemps.

— Tu disais aussi qu'il avait des enfants.

— Oui, deux fils, Francesco et Carlo. Francesco, son préféré, s'est tué dans un accident de voiture, le pauvre garçon. Carlo vit à Rome, il dirige la filiale de la société.

— Et... il n'a pas de fille ?

— Non, Chloe, tu es la seule.

Le silence revint pendant que Chloe s'efforçait d'assimiler cette avalanche de nouvelles, plus surprenantes les unes que les autres.

— Ce faux nom de Lane, maman, d'où vient-il ?

Stevie pouffa de rire malgré elle.

— Je t'ai dit tout à l'heure que ton père descendait au Dorchester quand il venait me voir à Londres. L'adresse du Dorchester étant Park Lane, c'est le nom de code dont il se servait pour me téléphoner. Il m'est venu tout naturellement à l'esprit quand il a fallu déclarer ta naissance.

Stevie se leva, alla s'accroupir près de Chloe, la prit par les épaules et l'attira contre elle.

— Je ne me pardonne pas de vous avoir séparés, privés l'un de l'autre aussi longtemps, ma chérie. Pourras-tu me pardonner, toi ?

Chloe se tourna vers elle, les yeux soudain pleins de larmes.

— Te pardonner, maman ? Il n'y a rien à te pardonner, voyons ! Personne ne peut rêver d'avoir une meilleure mère que toi ! Tu as fait à ce moment-là ce que tu croyais devoir faire pour moi, pour toi et pour les autres, j'en suis sûre. Je t'aime de tout mon cœur, maman.

Stevie eut du mal à refouler ses propres larmes.

— Il est temps de partir, ma chérie, dit-elle en se relevant. Ton père nous attend. Viens faire sa connaissance.

— Depuis quand est-il à Londres ?

— Nous sommes arrivés ensemble hier après-midi. Dans son avion privé.

— Il a un avion ? Ça alors ! Il le pilote lui-même ?

— Non, il a un équipage. Mais c'est un sportif émérite, tu sais. Il fait du bateau, du ski, il joue au tennis. Je suis sûre qu'il te plaira et que tu l'aimeras très vite.

Chloe hésita.

— Mais moi, maman, vais-je lui plaire ? Va-t-il m'aimer ? ajouta-t-elle avec anxiété.

— Il t'adore déjà, ma chérie.

Quand Stevie apparut à l'entrée du grill du Dorchester, Gianni Caracelli se leva et, à son propre effarement, sentit son cœur battre la chamade. La gorge nouée par une émotion qu'il ne dominait pas, il la suivit des yeux pendant qu'elle s'approchait de sa table avec une jeune femme brune qui ne pouvait être que Chloe. Qu'elle est belle ! se dit-il. Elle lui ressemblait en effet, mais beaucoup aussi à Francesco. Ce lien évident entre le fils défunt qu'il chérissait et la jeune et belle inconnue, sur le point d'occuper dans sa vie une place capitale, le bouleversa au point qu'il craignit de se ridiculiser en fondant en larmes en public.

Il s'efforçait encore de reprendre contenance quand elles s'arrêtèrent devant lui. Steffie, sa merveilleuse Steffie, son grand amour qu'il croyait à jamais perdu. Et sa fille, sa seule fille. Sa Chloe.

Fasciné, hypnotisé, il fut incapable de détacher les yeux de son visage, dont les moindres détails se gravèrent dans sa mémoire en traits indélébiles. Elle lui sourit, s'approcha, posa une main sur son bras en levant vers lui ses grands yeux noirs, si semblables aux siens. Alors, poussé par une force irrésistible, il la prit dans ses bras, la serra contre lui. La chair de ma chair, se dit-il en l'étreignant. Mon enfant. Ma fille... Il ne put s'empêcher de penser qu'il n'aurait jamais vécu cet instant irremplaçable si elle n'était pas sortie de son coma. Elle serait morte sans que son père ait eu le bonheur de la connaître.

Le cœur débordant de joie, il rendit grâces à Dieu qui lui avait beaucoup pris, mais le lui rendait avec générosité. Il se tourna vers Stevie, plein de gratitude qu'elle soit venue le voir à Milan. Il lui avait fallu du courage pour accomplir cette démarche hasardeuse. Elle ignorait tout de sa vie privée, de la manière dont il réagirait... Non, se corrigea-t-il aussitôt, elle le savait d'avance. Personne au monde ne l'avait compris mieux qu'elle ni si intimement connu. Quelle folie de n'avoir pas remué ciel et terre depuis des années pour la retrouver !

Un profond sentiment de paix l'envahit alors. Le jeune corps qu'il sentait palpiter dans ses bras était celui de Chloe, sa fille. Il n'avait pas éprouvé une telle plénitude depuis la mort de Francesco.

A regret, il lâcha enfin Chloe, se tourna vers Stevie, l'embrassa sur les joues. Ils prirent enfin place tous trois autour de la table.

— Il est inutile, je crois, de procéder à de plus amples présentations, dit Stevie en souriant.

— Ce serait en effet superflu, chère Steffie, approuva-t-il en lui rendant son sourire.

Aussi fascinée par Gianni qu'il l'avait été par elle en la découvrant, Chloe le dévisageait sans vergogne.

— Vous avez exactement l'allure que je pensais, lui déclara-t-elle à l'issue de son examen.

Déconcerté, il consulta Stevie du regard.

— Je croyais que tu ignorais mon existence, Chloe.

— C'est vrai. Mais comme je le disais à maman ce matin, j'ai toujours *senti,* je ne sais pas comment l'expliquer, que mon père était vivant et que je le rencontrerais un jour. Je le voyais grand, brun et beau. Comme vous.

Amusé par sa franchise directe, il éclata de rire.

— Merci du compliment, Chloe. Tu as un avantage sur moi, car j'ignorais tout de ton existence et je ne pouvais donc pas t'imaginer. Maintenant, je suis comblé de te découvrir aussi belle. Et tu ressembles à Francesco, ton demi-frère, quand il avait ton âge.

— Maman m'a parlé de lui. C'est trop triste, dit-elle en posant une main sur son bras.

— Merci, ma chère petite... J'ai commandé du champagne pour fêter l'événement, enchaîna-t-il à l'adresse de Stevie. J'espère que Chloe a le droit d'en boire, elle aussi. Ce n'est pas tous les jours qu'un homme peut célébrer une chance comme la mienne.

Sur un signe de lui, un serveur apporta la bouteille et remplit leurs trois flûtes. Gianni leva la sienne.

— A vous deux, dit-il en leur souriant. Je ne peux pas vous dire à quel point je suis heureux aujourd'hui.

— Nous aussi, Gianni, répondit Stevie.

— A vous... père, dit Chloe en hésitant. Puis-je vous appeler père ou préférez-vous Gianni ?

— Ni l'un ni l'autre. Dis-moi tu et appelle-moi papa. Je le suis, après tout !

— Oui... papa. Cela me fait un drôle d'effet d'utiliser ce mot-là, ajouta-t-elle. Je ne l'ai jamais dit à personne puisque je n'avais pas de père. Seulement des grands-pères.

Stevie ne put réprimer une exclamation peinée. Chloe se hâta de la rassurer :

— Ce n'est pas un reproche, maman, tu sais bien que je t'aime. Elle était pour moi à la fois un père et une mère, poursuivit-elle en se tournant vers Gianni. Et c'est elle qui m'a sauvé la vie. Elle est restée à mon chevet jour et nuit quand j'étais à l'hôpital, elle ne m'a pas quittée jusqu'à ce que je sorte du coma. Je sentais ma main dans la sienne, je l'entendais parler, mais je ne pouvais pas lui répondre. Sans elle, je n'aurais pas eu la volonté de survivre. Il n'y a pas de meilleure mère au monde que la mienne.

— Je sais, approuva-t-il. Tu n'as pas besoin de me chanter les louanges de Steffie, je connais ses qualités. C'est toi que je veux mieux connaître, maintenant. Parle-moi de toi, Chloe, de tes études, de tes projets.

Aussi naturellement que si elle avait connu Gianni toute sa vie, Chloe se lança avec volubilité dans un récit circonstancié de sa vie au collège, de ses amies, de ses projets d'avenir. Il l'écoutait avec une attention attendrie, souriait avec un plaisir évident, l'encourageait parfois d'un mot, d'une question qui la relançait.

Ils rattrapent tous deux le temps perdu, pensait Stevie qui écoutait Chloe tout en observant discrètement Gianni. Si elle ne doutait plus d'éprouver pour lui les mêmes sentiments que près de vingt ans auparavant, elle se demandait non sans angoisse ceux qu'elle lui inspirait. Avait-il lui aussi la gorge qui se nouait quand leurs mains s'effleuraient ? Vibrait-il sous l'effet d'un courant électrique quand ils étaient ensemble, comme elle le ressentait en cet instant même ?

La voix de Gianni la détourna de ses réflexions :

— J'ai eu une excellente idée hier soir, Steffie.

— Laquelle ?

— Je vous invite toutes les deux à séjourner le temps que vous voudrez dans ma villa du lac de Côme. Chloe y finira sa convalescence mieux que n'importe où ailleurs, tu ne crois pas ?

— Oh oui... papa ! s'exclama Chloe, encore mal accoutumée à ce vocable. C'est une merveilleuse idée ! Dis oui, maman, je t'en prie. Je serais si contente d'y aller.

— Il faut d'abord que j'en parle au professeur Longdon, répondit Stevie. Il m'avait déconseillé de l'emmener aux Etats-Unis en avion avant au moins un mois.

— Le vol est si court, deux heures à peine, plaida Gianni. Quand peux-tu le consulter ?

— Après le déjeuner, il sera sans doute à son cabinet.

— Merci, maman ! Excusez-moi, je reviens tout de suite, ajouta-t-elle en se levant et en prenant son sac.

Quand elle se fut éloignée, Gianni posa sur Stevie un regard chargé d'admiration.

— Il faut que je te félicite, Steffie, tu l'as élevée à la perfection. Elle est vive, intelligente, sûre d'elle, pas prétentieuse le moins du monde. Tu as réussi un chef-d'œuvre. Et tu as tout fait seule, ajouta-t-il tristement.

— Pas tout à fait. Ma mère, Derek, ses frères ont eux aussi contribué à son éducation. Mais merci de ce que tu viens de me dire, Gianni. Je suis heureuse que tu l'aimes.

— Comment ne pas l'aimer ? Elle est adorable. Et puis... je vois surtout en elle beaucoup de toi.

— Et moi, Gianni, c'est toi que je vois en elle — et que j'ai toujours vu.

Il y eut un bref silence.

— Steffie ?...

— Oui, Gianni ?

— Je voudrais te dire quelque chose.

— Quoi donc ?

— Je me demandais si... nous pouvions redevenir amis. Ne te méprends pas, se hâta-t-il de déclarer en la voyant déconcertée, je ne te propose pas de... de reprendre le fil là où nous l'avions laissé il y a dix-huit ans. J'aimerais simplement que nous soyons amis. Bons amis. Nous avons un trait d'union en la personne de Chloe, j'ai besoin de la revoir souvent, d'apprendre à la connaître.

Je veux surtout réapprendre à te connaître toi, s'abstint-il d'ajouter, bien que tu n'aies pas vraiment changé, au fond. Tu es toujours la Steffie que j'aimais, que j'aime comme avant. Un amour tel que le nôtre ne meurt pas. La séparation l'assoupit, c'est vrai, mais les retrouvailles lui redonnent vie. C'est de vous deux que j'ai besoin.

Elle l'avait observé avec attention en l'écoutant. Maintenant, elle ne doutait plus : il l'aimait encore, et d'un amour égal au sien. Un léger sourire apparut sur ses lèvres quand elle se pencha vers lui à travers la table :

— Bien sûr que nous pouvons de nouveau être amis, Gianni. Je le souhaite, moi aussi.

Ainsi, la seule femme qu'il eût jamais réellement, profondément aimée, revenait dans sa vie par miracle. Trop ému pour parler, il se contenta d'un hochement de tête.

Sous le feu de son regard débordant d'amour, elle sentit une vague de bonheur la submerger. Un bonheur intense, exaltant, qu'elle n'avait pas connu depuis qu'ils s'étaient séparés. Elle posa une main sur la sienne, le regarda dans les yeux.

— Nous avons déjà perdu trop de temps, Gianni, lui dit-elle. N'en perdons pas davantage. Soyons très bons amis. Soyons amis... *intimes*.

Il lui prit la main, la porta à ses lèvres. Un sourire éclaira son visage, jusqu'alors assombri par l'incertitude.

— Oui, Steffie. Nous serons les meilleurs amis du monde, mon amour. Et nous le resterons à jamais.

Composition réalisée par JOUVE

IMPRIMÉ EN FRANCE PAR BRODARD ET TAUPIN
La Flèche (Sarthe).
N° d'imprimeur : 3436 – Dépôt légal Édit. 5500-08/2000
LIBRAIRIE GÉNÉRALE FRANÇAISE - 43, quai de Grenelle - 75015 Paris.

ISBN : 2 - 253 - 14868 - 7

31/4868/1